Wo Aida Caruso fand

Mayra Montero

Wo Aida Caruso fand

Roman

Aus dem Spanischen von
Sybille Martin

Fretz & Wasmuth

Die Originalausgabe erschien unter dem Titel
«Como un mensajero tuyo» bei Tusquets Editores, Barcelona.

Erste Auflage März 2000

Für Vivian Martínez und Mario Flores
für die vielen Stunden in Havannas Bibliotheken

Zum Andenken an Enriqueta Cheng
von einer, die ihr immer geglaubt hat

Ich lodere auf der Anhöhe, im Raum und in der Zeit,
wie dein Bote, wie ein Traum, göttlicher Tod.

Giuseppe Ungaretti

Der Bote trete vor!*

«In die Calle Amargura», sagte er zu dem Taxifahrer und war einen Augenblick unschlüssig: Amargura dreiundsiebzig oder Amargura achtundsiebzig? Er suchte in seinen Taschen nach dem Zettel. «Calle Amargura fünfundsiebzig», fügte er hinzu, und beim Nennen des Straßennamens Amargura – Bitterkeit – kam ihm der Verdacht, dass die Greisin vielleicht schon tot sei.

«Und wenn sie gestorben ist?», sagte er zu sich selbst und drückte das Paket mit den Fotos. Der Taxifahrer sah ihn durch den Rückspiegel an.

«Was sagten Sie?»

Er schüttelte den Kopf und hütete sich zu antworten. Wenn er durch diesen Teil des alten Havanna fuhr, fühlte er sich immer unbehaglich. Ihn störte der Geruch, der Dunst schwarzen Wassers vermischt mit den Schwaden verbrannten Diesels. Die mit bereits morschen Holzpfosten abgestützten Balkone, die ihrerseits wieder von anderen fast vermoderten abgestützt wurden, grausten ihn. Ab und zu ein Abbruchhaus: Fenster ohne Scheiben und das nackte Gerippe einer Treppe.

«Amargura fünfundsiebzig», sagte der Taxifahrer. «Wir sind da.»

Beim Aussteigen suchte er an der Tür nach einem Hinweis: einem Trauerflor, einem versiegelten Schloss, einem Schild, dass das Haus zum Verkauf stand. Dann fiel ihm wieder ein,

* Alle Kapitelüberschriften sind Zitate aus dem Libretto der Oper *Aida* von Giuseppe Verdi.

dass in Havanna keine Trauerflore oder Schilder mehr angebracht wurden, dass die Häuser von Leuten, die ohne Nachkommenschaft starben, nicht einmal mehr verkauft wurden. Auf jeden Fall würden eine oder vielleicht zwei andere Familien einziehen. Dieses Haus ließe sich gut in drei Wohnungen aufteilen, dachte er und klingelte.

Es vergingen eine Minute, anderthalb Minuten. Eine Frau überquerte die Straße und sah neugierig erst ihn und dann die verschlossene Tür an. Er fühlte sich versucht zu fragen: Wissen Sie, ob Señora Enriqueta zu Hause ist?, und stellte sich flüchtig die Antwort vor: Wissen Sie das noch nicht? Die alte Frau ist vor einem Monat gestorben.

«Sie ist gestorben», sagte er leise, und in dem Moment hörte er das Geräusch von Schritten. Dann ging die Tür auf, Finsternis schlug ihm ins Gesicht, und ein Schatten sagte zu ihm:

«Herzlich willkommen.»

«Versprochen ist versprochen», rief er aus und hielt dabei das Paket auf Augenhöhe der Greisin.

Sie trat beiseite. Aus dem Hausinnern drang der Mief nach feuchten Lappen, Katzenpisse und vergorenen Kartoffeln. Vor langer Zeit hatte er in einem der Zimmer einen Haufen lose an der Wand aufgetürmter Kartoffeln gesehen; einige waren nicht mehr essbar gewesen, halb verfault und voller Triebe, langen Fühlern, die sich um das Korbgeflecht eines Sofas wickelten.

«Wann sind Sie angekommen?», fragte sie.

«Gestern», antwortete er. «Aber da ich Sie nicht anrufen konnte...»

«Vier Jahre, zwei Monate und etwa zwanzig Tage», seufzte sie. «So lange habe ich kein Telefon mehr. Wie ist es möglich, dass die das Telefon nicht reparieren können?»

Sie durchquerten den halb dunklen Flur zum Esszimmer. Die Frau ging schlurfend voraus und ließ ihren Geruch zurück: nach Menthol, aufgelösten Tabletten, einer Mischung aus ewigem Schweiß und ranziger Vanille. Als sie an der Küche vorbeikamen, sah er flüchtig den Kater.

«Canio», rief er ihn und kraulte seinen Kopf.

«Er ist krank», sagte die Greisin. «Er frisst kaum.»

Sie setzten sich an den Tisch, er öffnete das Paket und holte ein paar Fotos heraus. Dann ein zweites Päckchen in Geschenkpapier.

«Darum haben Sie mich nicht gebeten, aber ich weiß, dass es Ihnen gefallen wird.»

Sie schob es ungeöffnet beiseite und streckte die Hand nach den Fotos aus.

«Eines nach dem anderen», sagte er und reichte ihr das erste Foto. «Hinten habe ich das Datum und den Ort, wo ich es aufgenommen habe, notiert. Das, zum Beispiel, ist die Via San Giovannello, San Giovannello Nummer sieben, dort wurde er geboren.»

Sie setzte ihre Brille auf und sah es sich flüchtig an, dann las sie die Zeile auf der Rückseite.

«Via San Giovannello ...», wiederholte sie.

«Das ist das Hotel», sagte er und überreichte ihr das zweite Foto. «Achten Sie auf den Namen, Vesuvio, und in dieser Ecke, die ich rot markiert habe, das ist das Zimmer, in dem er gestorben ist.»

Sie legte das Foto auf das andere und nahm das dritte entgegen.

«Das Grab», murmelte er. «Ich habe noch zwei andere, aber das ist das beste von allen. Erkennen Sie die Gedenktafel? Zweiter August 1921. Das sind die Blumen, die ich in Ihrem Namen hingestellt habe.»

Ihm schien, dass sie blass wurde, oder vielleicht war sie von Anfang an, als sie die Tür geöffnet und begriffen hatte, dass er gekommen war, um seinen Teil einzufordern, blass gewesen. Als sie sich das dritte Foto angesehen hatte, zeigte er ihr ein kleines Album.

«Die von der Gallerìa sind alle hier drin: insgesamt zweiundfünfzig. Ich habe die Gebäude und Geschäfte aufgenommen, dieses beispielsweise ist ein Plattengeschäft. Auch das Dach ist dabei, Sie wollten dieses Dach sehen, nicht wahr? Und das sind die vom Fußboden, das ist der Originalboden, derselbe, über den er gegangen ist.»

Während sie das Album durchblätterte, schwiegen sie beide. Er spürte, dass er sie allein lassen sollte, und stand geräuschlos auf, ging den Korridor entlang und blieb vor der Küche stehen; er rief zwei- oder dreimal «Canio», aber der Kater war verschwunden. Als er ins Esszimmer zurückkehrte, hatte die Greisin das Album zugeklappt und war dabei, langsam das in Geschenkpapier eingewickelte Päckchen zu öffnen.

«Es ist nur ein Souvenir der Scala», kam er ihr zuvor.

Sie zog etwas hervor, das wie ein kleines Bild wirkte, fuhr mit dem Finger über den Rahmen und streifte dann die ziselierte Marke, die in der Mitte glänzte.

«Wenn Sie wollen, hänge ich es auf, Sie müssen mir nur sagen, wohin.»

Die Greisin antwortete ihm nicht. Sie nahm die Fotos, stand auf und ging langsam zur Anrichte.

«Ich sehe sie mir später in Ruhe an. Wollen Sie kein Wasser?»

«Ich reise morgen ab», sagte er. «Sie wissen schon, was ich will.»

Er war auf das Schlimmste gefasst. Dass sie ihm erzählte, sie habe ihn verkauft, weil sie glaubte, dass er nicht zurückkommen würde; oder dass man ihn ihr gestohlen hätte, in letzter Zeit wurde in der Stadt viel gestohlen; oder dass sie es sich anders überlegt hätte. Niemand konnte sie zwingen, ihren einzigen Schatz wegzugeben.

«Ich möchte nur wissen», sagte die Greisin, «ob Sie ihn aufbewahren werden.»

Er schüttelte den Kopf. «Ich habe schon einen Käufer. Aber er zahlt nicht so viel, wie ich dachte. Dort ist nur das Gold etwas wert, denn die Geschichte glaubt keiner: Sie und ich wissen, dass sie wahr ist, aber es gibt keine Möglichkeit, sie zu beweisen.»

Sie stand regungslos und auf die Rückenlehne eines Sessels gestützt da.

«An wen haben Sie ihn verkauft, wenn man das erfahren darf?»

«Einem Sammler. Jemand, der uns gern Glauben schenken möchte und der ihn nicht vernichten oder später jemand anderem verkaufen wird.»

«Das ist das Geringste», antwortete sie. «Manchmal denke ich, dass es besser gewesen wäre, ihn ins Meer zu werfen.»

«Das können Sie jetzt nicht mehr. Ich habe versprochen, diese Fotos mitzubringen, Blumen auf das Grab zu stellen und die Gallerìa auf- und abzuwandern. Wissen Sie, dass die Gallerìa wie eine Tokioter Straße wirkt? Immer voller Japaner...»

Er hörte sie lachen. Für ihr Alter hatte sie ein junges Lachen, ein fernes Glöckchen, das nicht aus diesem unglücklichen Mund zu kommen schien.

«Sie können ihn nicht ins Meer werfen», fügte er hinzu, «eine Abmachung ist eine Abmachung, und ich habe meinen Teil erfüllt.»

Sie drehte sich zur Anrichte, zögerte einen Augenblick und entschied sich schließlich, die Schublade zu öffnen. Sie holte ein Knäuel aus Zeitungspapier heraus und legte es auf den Tisch.

«Da haben Sie ihn.»

Er nahm das Knäuel und begann, es mit gewisser Ungeduld auszuwickeln, er ließ das Papier zu Boden fallen und erwartete, jeden Moment den Glanz, eine kleine Rundung zu sehen. Schließlich kam ein kleiner unbehandelter Goldklumpen in der Größe eines Eis zum Vorschein.

«Lesen Sie es noch einmal!», befahl sie ihm.

Er drehte ihn um und suchte die winzige Plakette:

IN MEMORIA DELLA BOMBA CHE CI HA FATTO ARDERE

Neben der in das Gold eingelassenen Plakette steckte ein kleines Holzstückchen.

«Das ist ein Span, den sie aus den Trümmern geholt haben.»

«Ich weiß», antwortete er. «Ich habe es dem Käufer erzählt.»

«Wenn Sie es vorziehen», fügte sie hinzu, «kann ich Ihnen die Details schriftlich geben. Zu Lebzeiten meiner Mutter haben wir zusammen aufgeschrieben, was geschehen ist. Außerdem habe ich einige Leute befragt.»

Sie ging, ohne eine Antwort abzuwarten, hinaus, und er hob das Zeitungspapier vom Boden auf. Er wollte den Klumpen wieder einpacken, zerriss aber eine der Seiten. Er legte ein paar Fetzen zusammen und konnte die Überschriften lesen:

HEUTE VOR NEUNUNDZWANZIG JAHREN
DETONIERTE IM TEATRO NACIONAL EINE BOMBE...
KELLNER VERDÄCHTIGT...
ABER DAS RÄTSEL WURDE NIE GELÖST...

Er suchte nach dem Datum der Zeitung: 13. Juni 1949.

Die Greisin kehrte mit einem Stapel Hefte zurück, die mit einer blauen Kordel zusammengebunden waren. Auf der ersten Seite stand in Druckbuchstaben:

AIDA PETRIRENA CHENGS GESCHICHTE,
WIE SIE SIE IHRER TOCHTER, ENRIQUETA CHENG,
ERZÄHLT HAT.

«Wenn der Käufer ein Sammler ist, wird er wissen wollen, was passiert ist.»

«Bestimmt», sagte er. «Wollen Sie diese Zeitung nicht aufbewahren?»

Er zeigte ihr den Artikel, aber sie schüttelte den Kopf.

«Ich will nichts aufbewahren.»

Er wickelte den Klumpen richtig ein und steckte ihn in die Tasche.

«Ich weiß, dass es kein Geld auf der Welt gibt, das seinen Wert aufwiegt», sagte er dann und überreichte ihr einen Umschlag. Sie machte eine abweisende Geste, aber er stand auf und legte ihn auf die Anrichte. «Das sind Dollars», fügte er hinzu,

«Sie werden Canio etwas zu essen kaufen müssen, die Gräten werden ihn umbringen.»

«Er kann nicht mehr jagen», bestätigte sie. «Wenn ich ihn rauslasse, wird er gefangen und gekocht. Wissen Sie, dass die Leute gekochte Katzen essen?»

Er legte ihr den Arm um die Schultern und log:

«Ich werde nächstes Jahr wiederkommen und Sie besuchen.»

«Vielleicht sind wir dann nicht mehr da. Vielleicht muss auch ich irgendwann Canio essen.»

Er tat, als hätte er nicht gehört, und nahm die Hefte vom Tisch.

«Darf ich sie lesen?»

«Es wäre angebracht, wenn Sie das täten», antwortete sie. «Obwohl sie Sie vielleicht langweilen. Als meine Mutter beschloss, mir ihre Geschichte zu erzählen, verbrachte ich Stunden damit, sie mitzuschreiben. Jetzt kann ich nicht mehr schreiben, ich kann nicht einmal mehr lesen.»

Sie begleitete ihn zur Tür, und beide blieben stehen und betrachteten den Kater, der ein schmerzerfülltes Miau ausstieß.

«Canio verabschiedet sich», flüsterte sie.

Sie gingen hinaus, und er sah nach oben, um einen Blick auf die Balkone zu werfen.

«Amargura ist kein guter Name für eine Straße.»

«Natürlich nicht», antwortete sie. «Aber Sie werden verstehen, dass das nicht mehr wichtig ist.»

★ Dies ist die Geschichte meiner Mutter. Eine Geschichte, die am Dreikönigstag im Jahre 1920 beginnt. Damals war sie siebenundzwanzig Jahre alt, verwitwet und hatte ihr erstes Kind, eine Tochter, verloren.

Meine Mutter hieß Aida Petrirena Cheng – ich trage ebenfalls ihren Familiennamen –, Tochter von Noro Cheng Po, einem chinesischen Einwanderer, der auf Kuba Händler wurde, und von Domitila Cuervo, einer Mulattin, die ihrerseits einer Liebe zwischen einer Afrikanerin vom Volk der Yoruba, namens Petrona, und einem Spanier entsprang, dessen Namen wir nie erfuhren, seinen Familiennamen aber schon, eben jener Cuervo, mit dem er seine Tochter anerkannte.

Als meine Mutter erfuhr, dass sie krank sei, erzählte sie mir ihre Geschichte. Anfangs wollten wir sie nicht aufschreiben, aber mit der Zeit wurde mir bewusst, dass es schwer sein würde, die Namen und Zeitpunkte im Gedächtnis zu behalten, so dass ich ein paar Hefte kaufte, sie bat, langsam zu sprechen, und ihre Erzählungen mitzuschreiben begann.

Wir fingen am fünften März 1952, meinem einunddreißigsten Geburtstag, zu schreiben an und waren acht Monate später, am sechzehnten November, fertig.

In jener Nacht, genau um neun Uhr, schrieben wir zusammen das letzte Wort.

Befragtest du schon die heilige Isis?

Fünf Monate bevor die Bombe explodierte, empfing mein Pate in seinen Händen das Lied, das mein Leben erschüttern würde.

Dies geschah im Januar des Jahres 1920. Ich war mit meiner Mutter zu Besuch bei ihm; es war Sitte, ihn am Dreikönigstag zu besuchen, und nachdem er mir ein kleines Goldmedaillon geschenkt hatte, sagte er zu mir:

«Setz dich, ich werde dich untersuchen.»

«Untersuchen» hieß, in meine Zukunft sehen, und er bat meine Mutter, draußen zu warten. Mein Pate hieß José de Calazán Bangoché und war schon alt, als ich ihn kennen lernte, aber er wurde noch älter, er alterte wie ein Baum und starb erst, als ich schon zweiundvierzig war, denn in dem Alter war ich auf seinem Begräbnis.

An jenem Tag schlossen wir uns in dem Raum ein, in dem sein Altar stand, er rieb mir die Stirn mit Kokosstückchen und etwas, was mir Butter schien, ein, befahl mir, ihm meine Handflächen zu zeigen, und spuckte in sie, dann verteilte er den Speichel mit seinem Finger und legte diesen auf meine Lippen. Wir setzten uns auf den Boden einander gegenüber, und zwischen uns lag diese alte Matte mit den afrikanischen Mustern. Er lehnte sich an die Wand und begann, das *ékuele** zu reiben, ein Kettchen mit acht Anhängern: acht Teile, manche aus Kokos und andere aus Schildpatt. Während er das Ékuele rieb,

* Erklärungen zu den afrokubanischen Begriffen finden sich im Glossar Seite 237.

flehte er zu seinen Heiligen, segnete und rief seine Toten an: seinen verstorbenen Paten, den Paten seines Paten und all die großen *babalawos*, von denen er die Fähigkeit geerbt hatte.

«Ifá sagt...», flüsterte er und warf das Kettchen, das sich auf der Matte wand, als wäre es lebendig. Er hob es auf und warf es erneut, und genau das wiederholte er mehrmals. Jedes Mal, wenn er es warf, ärgerte er sich, seine Halsschlagader schwoll an, und er stieß klagende Gebete aus, die anfangs wie ein Aufstoßen klangen. Nach einer Weile beruhigte er sich, nahm meine rechte Hand, führte sie zum Mund und sprach zu ihr. Ich spürte seinen heißen Atem zwischen den Fingern, seinen harten Atem, als würde er wie ein Vogel erbrechen, ein wütendes Tier, das fliehen möchte.

«Ifá sagt, dass ein Mann kommen wird», sagte mein Pate. «Er kommt, um dich zu krönen, um dir zu sagen, dass du die Königin seiner Gedanken bist. Davor wirst du einen Donner hören, es werden Wände einstürzen, es wird Feuer und Staub geben. Hör gut zu: An diesem Tag holst du dein Schutzamulett heraus und legst es dir aufs Haar. Dann bringst du mir diesen Mann her. Du musst ihn mir herbringen.» Er nahm das Ékuele und verbarg es in seinen Händen. «Er kommt zum Sterben her. Wenn du ihn mir aber sofort herbringst, wird er nicht sterben. Bring ihn her, damit du dich nicht befleckst. Er kommt nicht zum Sterben: Er kommt schon tot an.»

Ich erinnere mich, dass mir ein Schauer über den Rücken rann und dass ich einen Schrei ausstieß, der kein Schrei von mir war, sondern eher von einem Tier, als hätte ein tollwütiger Hund meine Kehle besetzt. Mein Pate schüttelte mich und schlug mir ins Gesicht, worauf ich nach hinten kippte und ohnmächtig wurde. Als ich erwachte, stützte meine Mutter meinen Kopf, ich war bis zur Hüfte nackt, denn in der Trance war meine Bluse zerrissen, und José de Calazán kniete neben mir und bat mich, einen Absud zu trinken. Während ich ihn trank, sah ich ihm in die Augen und erinnerte mich an seine Worte; es war wie eine Erinnerung an das, was geschehen würde: der anfängliche Lärm und die Trümmer, dann das Gesicht eines Mannes, sein ganzer Körper, der aus der Staubwolke auftauchte.

«Er ist weiß», schrie ich. «Hast du nicht gesehen, dass er weiß ist?»

Mein Pate zuckte die Schultern. Meine Mutter strich mir den Rock glatt und fuhr mir mit den Fingern durchs Haar. Sie wischte mir auch mit einem Taschentuch über das Gesicht.

«Wenn es irgendeine Möglichkeit gäbe, ihn aufzuhalten», flüsterte sie, «ihm auf dem Meer den Weg abzuschneiden, damit er nicht nach Kuba gelangt.»

Mein Pate schüttelte den Kopf.

«Er trägt den Tod in sich, aber es ist besser, wenn er nicht stirbt, das ist das Einzige, wovon wir ihn abhalten können: dass er nicht bei deiner Tochter stirbt, dass er seine Bürde woanders ablädt. Er kommt schon belastet an, er verfault lebendig. Oh, mir tut der Kopf weh.»

José de Calazán schüttelte sich und hielt sich die Ohren zu. Meine Mutter wirkte sehr verängstigt und bat mich, draußen auf sie zu warten. Ich habe nie erfahren, was sie mit Calazán besprochen hat, ich weiß nur, dass sie sein Haus mit gesenktem Kopf und verweinten Augen verließ und mir, ohne mich anzusehen, die Hand hinstreckte: Diese Hand sagte mir, dass sie Angst hatte. Mein Pate lebte in dem Dorf Regla auf der anderen Seite der Bucht, und es gab ein Boot, das uns hin- und zurückbrachte. Von dem Boot, das uns nach Havanna übersetzte, warf meine Mutter sieben Centavos ins Meer und gab auch mir sieben Münzen, um sie hineinzuwerfen.

«Dein Pate möchte, dass du Bäder im Meer nimmst und dass du dir den Kopf mit Indigo wäschst. Und das jeden Freitag, bis wir wiederkommen müssen.»

Sie sagte das so, dass ich verstand: Das nächste Mal müssten wir mit diesem Mann zurückkehren.

«Er hat im Ékuele eine Musik gehört», fügte meine Mutter hinzu, «und in dieser Musik wurde dein Name erwähnt. Er sagte mir, dass das sehr merkwürdig sei, weil das Ékuele sonst nie singt.»

Ich fragte sie, welchen Namen, denn ich habe immer zwei gehabt: Aida, den sie mir geben wollte, und Petrirena, den sie mir auf Grund eines Versprechens geben musste, weil meine Großmutter sie darum gebeten hatte. Mein Vater hätte mir einen anderen Namen gegeben, vielleicht einen chinesischen, aber meine Mutter war dagegen gewesen. Von Noro Cheng, so hieß mein Vater, hatte ich die Augen und das Haar geerbt, deshalb gaben mir die Leute den Spitznamen «Chinita». Meiner Mutter gefiel es nicht, dass sie mich so nannten, sie sprang immer höchst beleidigt auf und rief, dass ihre Tochter Aida heiße. Später tröstete sie mich, besser gesagt, tröstete sie sich damit, dass mich die Leute mit der Zeit bei meinem Namen nennen würden. Aber es wurde im Gegenteil schlimmer, und wir beide fanden uns damit ab, oder wir taten so, als würden wir uns damit abfinden: Den chinesischen Einschlag nahmen die Leute als Erstes wahr.

Meine Mutter war eine schlanke Mulattin, die sich immer sehr flink bewegte und beim Gehen kaum ein Geräusch machte. Meine Großmutter hingegen, die Mutter meiner Mutter, war eine massige und laute Negerin gewesen, die keine zwei Schritte ging, ohne an ein Möbelstück zu stoßen. Ich erinnere mich, dass sie eine sehr kräftige Stimme hatte und so rau wie ein Mann lachte. Diese Großmutter, die eine Zeit lang bei uns lebte, kannte ich kaum, denn sie starb, als ich klein war. Aber am meisten an ihr beeindruckte mich, dass das Weiße ihrer Augen gelb war; ich starrte immer in diese Augen, und dann betrachtete ich mich im Spiegel und versuchte herauszufinden, ob meine eines Tages auch gelb werden würden. Meine Großmutter sagte, ich solle mir keine Sorgen machen, bei ihr hätte sich das Weiß in Gelb verwandelt, weil ihre Mutter von den Yoruba aus Nigeria abstammte, und ihr Vater, mein Urgroßvater, ein Mandingo gewesen war, und diese Mischung ergab aus der Art schlagende Kinder mit solchen Glubschaugen, die nach und nach verblassen würden.

Ich glaube, dass meine Mutter ihren Mann Noro Cheng nie liebte. Als sie ihn kennen lernte, war er schon ziemlich alt, und sie war erst achtzehn. Da Petrona, ihre Mutter, so viele Kinder hatte und ihr Vater spurlos verschwunden war, überließ sie dem Chinesen, kaum dass er sich erboten hatte, Domitila sie zu heiraten, die Tochter nur mit dem, was sie anhatte. Laut meiner Mutter war es das Schlimmste für eine Frau, einen Chinesen zu heiraten, aber das war das Einzige, was ein armes Mädchen mit krausem Haar wie sie anstreben konnte. Anfangs redete dieser Chinese kaum mit ihr, und die wenigen Male, die er es tat, konnte meine Mutter ihn kaum verstehen. Nach ein paar Jahren, als sie schon glaubte, dass ihr Mann bereits zu alt war, um ihr Kinder zeugen zu können, wuchs ihr Bauch, und ich kam auf die Welt. Das war zumindest das, was sie mich lange Zeit glauben ließen. Damals wurde mein Vater krank, und meine Mutter vertrat ihn in dem kleinen Waschsalon, den er zusammen mit zwei Landsleuten aufgebaut hatte. Ich blieb zu Hause bei meinem Vater, und so kam es, dass ich begann, alles auf Chinesisch zu erfragen, und so gewöhnte sich auch meine Mutter daran, uns reden zu hören und nichts zu verstehen. Nachdem sie Berge von Wäsche geflickt hatte, kam sie müde nach Hause und nickte beim Klang unserer Stimmen ein. Zu jener Zeit sprach sie nicht viel mit uns, und sie küsste uns auch nicht. In meiner Familie wurde nie viel geküsst.

Als kleines Mädchen hing ich sehr an meinem Papa. Es störte mich nicht, dass er Chinese war oder an die Wände spuckte oder nach dem stank, nach dem sie alle stinken: nach einer Pflanze, die sie essen. Als er nach tagelangen Hustenanfällen an einem Dezembermorgen starb, kamen jede Menge Chinesen ins Haus und baten meine Mutter, ihm auf ihre Art mit Gesängen und Räucherstäbchen die Totenwache halten zu dürfen. Meine Mutter willigte ein, und sie brachten ihn am nächsten Tag zum Friedhof und begruben ihn, wie sie alle ihre Landsleute begraben: mit dem Kopf in die Himmelsrichtung, in der die Sonne aufgeht. Meine Mutter kümmerte sich weiter um den Waschsalon, und ich glaube, irgendwann ließ sie sich mit einem anderen Chinesen ein, einem der Männer, die die Wäsche abholten und austrugen. Sie lebten nie zusammen, aber die Leute klatschten, und als ich älter wurde und auch zu arbeiten anfing, schämte ich mich sehr. Das war zu der Zeit, als ich mich von meinem Vater, meiner Mutter und jenem Waschsalon, in dem die Chinesen ihre Hemden auszogen, Nudeln aßen und manchmal vor lauter Hitze tot umfielen, zu lösen begann. Damals überredete ich meine Mutter dazu, ihren Anteil zu verkaufen, es war nicht viel Geld, aber wir konnten davon eine Nähmaschine kaufen, was zu jener Zeit ein großer Luxus war, ein Luxus, der uns Geld einbringen würde.

So entstand das Geschäft: Meine Mutter war eine sehr sorgfältige Schneiderin, und ich lernte zusammen mit ihr nähen. Mit der Zeit kamen auch weiße Señoras, um ihre Kleider von uns schneidern zu lassen. Unter jenen Señoras war eine Lehrerin, die Ester hieß, eine sehr feinsinnige Frau, die schon von Jugend an graue Haare hatte. Sie wirkte viel älter, war aber nur fünf oder sechs Jahre älter als ich. Eines Nachmittags bat Ester ihren Mann, ihre Kleider aus der Schneiderei abzuholen. Baldomero Socada blieb mehrere Stunden und plauderte mit mir, bis es dunkel wurde, und schließlich fragte meine Mutter, die einen Riecher für Tragödien hatte, ob er nicht glaube, dass es Zeit sei, nach Hause zu seiner Frau zurückzukehren und ihr die Kleider zu bringen. Baldomero ging, aber am nächsten Tag kam er wieder und bat mich, ihm ein Hemd zu nähen. Am Tag der Anprobe war ich verblüfft, als ich seine blonde Brustbehaarung sah. Das war der Beginn eines Lebens; aus diesem Blick heraus wurde uns eine Tochter geboren: mit dunkelblondem, aber krausem Haar und diesen grünen Augen, die mal chinesisch, mal ein bisschen afrikanisch wirkten.

Kurz vor der Geburt des Kindes zog Baldomero zu uns. Aus seinem früheren Leben brachte er nur ein Porträt mit, das seiner verstorbenen Ester, die, so feinsinnig wie sie gewesen war, Gift genommen hatte, als sie erfuhr, dass ihr Mann mit einer anderen Frau, einer Schneiderin und Mulattin, die zu allem Überfluss «La China» genannt wurde, ein Kind haben würde.

Mich hat dieser Gifttod immer verfolgt, denn sowohl meine Mutter als auch José de Calazán hatten mich darauf hingewiesen, dass es sehr schlecht sei, wenn jemand mit dem Gedanken an ein zukünftiges Leben starb. Und mit diesem Schatten, mit diesem gegen Ester gehegten Groll brachte ich ein Mädchen zur Welt, das wir Esperanza nannten. Baldomero gab ihr seinen Namen, Socada, den er nie zuvor hatte vergeben können, weil er mit Ester keine Kinder gehabt hatte.

Unsere Tochter wuchs mit Esters Porträt, das im Esszimmer an der Wand hing, auf. War sie zu Lebzeiten grauhaarig und liebreizend gewesen, veränderte sich Ester nach ihrem Tod. Wenn Esperanza abends vor dem Foto stand und es betrachtete, wachte sie am nächsten Morgen mit Fieber auf. Wahrscheinlich deshalb, weil meine Mutter es sich zur Gewohnheit machte, das Foto zu besprengen; sie besprengte es mit geweihtem Wasser, was es nur verschlimmerte, denn mit all diesen Tropfen auf ihrem Gesicht wirkte es, als würde Esters Porträt weinen. Baldomero hütete sich, es anzusehen, aber unsere Tochter, die immer ein seltsames Mädchen war, stellte sich davor und betrachtete es aufmerksam, als gäbe es zwischen den beiden einen Wettstreit.

Baldomero starb unvermittelt auf der Straße, am selben Tag, als Esperanza fünf Jahre alt wurde. Ich war damals vierundzwanzig und hatte weniger das Gefühl, einen Ehemann verloren zu haben, als vielmehr etwas zurückzugeben, was mir nicht gehörte. Das Mädchen folgte ihm kurze Zeit später. Das Porträt konnte sie nicht mehr betrachten, denn als Baldomero starb, nahmen wir es ab, legten es in eine Schachtel und begruben es mit ihm. Aber sie starrte weiter auf dieses Stück leere Wand, dann wurde sie still und flüsterte etwas, was wir nicht verstanden, aber ihr Verhalten machte uns Sorgen. Bis sie eines Morgens mit Fieber aufwachte, und statt wie die anderen Male zu genesen, bekam sie Krämpfe und ging noch in derselben Nacht von uns. Meine Mutter dachte, ich würde verrückt werden, aber die Monate vergingen, und ich nähte weiter, und ein Jahr nach ihrem Tod ging ich zu ihrem Grab und brachte ihr ein Kleid, dann ging ich zu Baldomeros Grab und brachte ihm ein Hemd. Diese beiden so schlichten Opfer gaben mir meinen Frieden zurück. Einen Frieden, der 1920 gestört wurde, als mein Pate im Ékuele das Lied hörte, das meinen Namen erwähnte.

Meine Mutter erinnerte sich, dass Ester Klavier spielen und ein bisschen singen konnte, aber ich selbst erinnerte mich an etwas Schlimmeres: Ich erinnerte mich, dass Ester neun Jahre zuvor an einem Dreikönigstag von meiner Beziehung mit Baldomero und dem Kind, das unterwegs war, erfahren hatte. In genau jener Nacht gab sie das Gift in ihren Milchkaffee; es war Rattengift.

«José de Calazán hat auch einen Donnerschlag gehört», sagte ich zu meiner Mutter. «Im Mai müssen wir aufmerksam sein.»

Sie begann einen *omiero* zuzubereiten, einen Pflanzensud zum Erfrischen des Hauses. Während sie das tat, betete sie, und zum ersten Mal nach vielen Jahren hörte ich sie Sätze in der alten Sprache ausstoßen, es war die Yorubasprache, die ihr meine Großmutter beigebracht hatte.

«Ich werde deinen Paten besuchen», sagte sie plötzlich. «Vielleicht müssen wir dieses Porträt herausnehmen. Vielleicht will die verstorbene Ester nicht, dass ihr Bild bei Baldomeros Knochen liegt.»

«Vielleicht», brachte ich flüsternd heraus.

«Falls nötig, werde ich es herausholen», fügte sie mutig hinzu. «Du gib mir Bescheid, wenn dieser Teufel auftaucht.»

Das unselige Geheimnis ...

In jenem Mai blitzte es viel. Es waren kräftige Donnerschläge, die die Wände erzittern ließen, und es waren schwächere, entferntere Donnerschläge zu hören, wie die Schritte eines Teufels, der um uns herumschlich.

Meine Mutter ging wieder zu José de Calazán, und ich begleitete sie nach Regla. Ich wartete vor dem Haus auf sie, aber durch die offene Tür drangen ihre Stimmen, das Flüstern des Babalawo und ihr Weinen. Sie flochten Sätze in der Yorubasprache in das Gespräch, Sätze, die sich Calazán für schwierige Augenblicke vorbehielt. Dann wurden ihre Stimmen lauter und sie drückten sich immer derber aus, sie schrien lauter und lauter, bis sie es müde wurden oder bis sich ihre Wörter in Steine verwandelt hatten. Schließlich spuckten sie diese Steine aus und zündeten sich Zigaretten an.

Auf dem kleinen Boot, auf dem wir nach Havanna zurückkehrten, erzählte meine Mutter, dass ihr mein Pate verboten hätte, Esters Porträt aus dem Grab, in dem es zusammen mit Baldomeros Knochen lag, herauszunehmen. Die Knochen dürften weder mit Luft noch Licht, noch Kummer in Berührung kommen, und wir würden nichts wieder gutmachen, wenn wir ihre Ruhe störten. Ich war erleichtert, denn der Gedanke, den Sarg eines Mannes zu öffnen, den ich kräftig und blond gekannt hatte, und nur seine Knochen vorzufinden, die wer weiß was für eine Farbe haben würden, war mir unheimlich. Auch hätte ich nicht die Kraft gehabt, Esters Porträt, ihr aus dem Staub und der Dunkelheit wiederkehrendes Gesicht, ihren Ausdruck nach so vielen Jahren, anzublicken. Davor hatte ich Angst.

Meine Mutter sagte, dass man in Fällen wie dem meinen die Fähigkeit der Landsleute in Anspruch nehmen müsse. «Landsleute» nannte sie alle Chinesen, die mit meinem Vater befreundet gewesen waren oder auch nicht. Unter diesen Landsleuten war Yuan Pei Fu, ein alter Obsthändler, der sich im Alter der «Kraft» gewidmet hatte: der Kraft der Schwarzen, vermischt mit den Kräften der Drachen. Das Ergebnis dieser beiden Kräfte war ein in Rauch gehüllter Krieger: Sanfancón.

«Calazán kann nicht mehr tun», insistierte meine Mutter. «Und das, was der afrikanische *nganga* nicht bewirkt, hat noch immer der chinesische *nganga* geschafft.»

Yuan Pei Fu lebte in einem Haus in der Calle Manrique, fast auf der Kreuzung zur Calle Real de La Zanja, im Herzen des Chinesenviertels. Dort lebten sieben Landsleute mit ihm zusammen, und meine Mutter kannte sie alle. Diese Chinesen sahen uns nicht in die Augen, sie redeten leise oder gar nicht, aber sie behandelten meine Mutter wie ein Familienmitglied. Es gab keine Frauen in diesem Haus, und sie verhielt sich dort, als wäre sie die Hausherrin: Kaum war sie eingetreten, begann sie zu ordnen und herumzuwirtschaften, sie suchte die Wäsche zusammen und spülte die Teller, überzog die Betten neu und hängte die frischen Handtücher auf, die sie einmal die Woche hinbrachte, denn die Chinesen besaßen kein einziges Handtuch, und ich fragte mich, womit sie sich wohl die Hände abtrockneten.

Als ich klein war, pflegte mich mein Vater auch an diesen Ort mitzunehmen. Er setzte sich zum Rauchen in ein Zimmer, und ich irrte herum und sah mir die chinesischen Lämpchen an. Yuan Pei Fu, der Große Olúo, der Babalawo, der oberste Hexer, schenkte mir Bonbons, und dann war da noch ein invalider Chinese, der aus Papier Figuren ausschnitt und sie mir zum Spielen gab. Als ich fünfzehn Jahre alt wurde, musste ich Sanfancón, dem Herrn des Schwertes und des Donners, Opfergaben darbringen. Um mir die Geschichte dieses Heiligen zu vermitteln, dessen wirklicher Name Cuang Cong war und der seinen Kopf in einer Schlacht verloren hatte, hob Yuan Pei Fu die Arme und lief durchs Haus. «Mein Kopf!», schrie er. «Wo ist mein Kopf?» Dann hockte er sich neben mich und erzählte mir den traurigen Teil der Geschichte, die im Todesboot im Zwölften Mond begann, als Kaiser Tu Kong siebenundvierzig Jahre alt war. Das Boot war die Fregatte *Oquendo*, und der zweite Januar 1847 war das Datum der Monde und Kaiser. Mehr als dreihundert Chinesen zogen an diesem Tag von Kanton aus, um zum Arbeiten nach Kuba zu fahren. Yuan Pei Fu war damals acht Jahre alt und reiste mit seinem Vater, der Wächter von Cuang Congs Bildnis war. Nachts versammelten sich die Männer um dieses Bildnis, brannten Räucherstäbchen ab und baten den Heiligen darum, sie heil auf dem Festland ankommen zu lassen. Aber wenige Tage nach dem Auslaufen brach die Krankheit aus, Cholera oder Typhus, und die Männer starben an Deck wie Fische, die nach Luft schnappen und herumzappeln. Sie mussten sechsundneunzig Leichen ins Meer werfen, und Yuan Pei Fus Vater war eine davon, aber bevor er starb, beauftragte er seinen Sohn, Cuang Congs Bildnis zu verwahren. Yuan Pei Fu hatte sich nie wieder davon getrennt und trug es unter dem Arm von Bord, als sie im Hafen von Puebla anlegten. José de Calazán, mein Pate, war damals noch nicht geboren, aber sein Vater, Moro Calazán, war unter den Neugierigen am Kai, die sie ankommen sahen. Anfangs lachten die Leute, es war das erste Mal, dass sie chinesische Sklaven sahen, aneinander gekettet wie die schwarzen, aber zerlumpter und verzweifelter, mit hohlen Augen und vom Salzwasser aufgeschwemmten Füßen. Inmitten dieser Männer war ein Junge, ein Knabe mit langem Haar, der ein Bildnis trug, das für die Yorubas Changó ähnelte.

Die Heiligen sind überall gleich, in China sind es dieselben wie in Guinea. Zu dieser Schlussfolgerung gelangten José de Calazán und Yuan Pei Fu an dem Tag, als meine Mutter sie zu einem Gespräch zusammenbrachte. Sie trafen sich in Calazáns Haus in Regla, und das war wirklich ein Ereignis, denn die chinesischen Babalawos trafen sich nie mit den schwarzen Babalawos. Sie tranken etwas, redeten von ihren *orishas*, und

Calazán sagte, es sei eine außerordentliche Fügung, dass sich dieser verirrte kleine Chinese, den sein Vater auf einem Schiff ankommen sah, in einen so berühmten, weisen Greis verwandelt hätte.

Meine Mutter erklärte, dass sich mein Pate José de Calazán deshalb und aus anderen Gründen, die ich nicht kannte und mir nicht einmal vorstellen konnte, nicht gekränkt fühlen würde, wenn wir Yuan Pei Fu um Hilfe baten.

«Heilige», sagte meine Mutter, «sind Blutsbrüder. Die Babalawos auch. Und außerdem hast du das Blut eines Landsmannes in den Adern.»

Sie schnitt das Thema nicht mehr an, nicht einmal an jenem Morgen, als sie mich kurz vor Tagesanbruch weckte. Wir gingen die Calle Amargura hinunter, geradewegs in die Calle Manrique. Meine Mutter redete vor sich hin, sie ging schnell und blickte zu Boden, und ich dachte, sie studierte ein, was sie Yuan Pei Fu sagen wollte. Als wir beim Haus der Chinesen ankamen, bekreuzigte sie sich und holte ihren Schlüssel heraus, betätigte zweimal den Türklopfer, wie sie es immer tat, und schloss dann auf. Drinnen war es dunkel, aber meine Mutter kannte alle Winkel und Zimmer, in denen die Landsleute zu zweit schliefen, außer Yuan Pei Fu, der seinen eigenen Raum und Altar hatte, und außer dem Invaliden, der im Wohnzimmer schlief. Zu dieser Stunde waren die meisten Chinesen unterwegs und verkauften, was sie eben so verkauften: Süßigkeiten, die «Langohren» hießen, Sesamfigürchen oder geröstete Erdnüsse und einen Fisch mit schwarzem Fleisch, entweder frisch oder gesalzen, der etwas eklig war und auf mich wirkte, als würde er für nichts Gutes verwendet.

Meine Mutter ging sofort zu Yuan Pei Fus Zimmer, stieß ohne zu klopfen die Tür auf und zog mich am Arm hinter sich hinein. Der Chinese kniete in einer Ecke, rauchte oder brannte Räucherstäbchen ab, in dem Qualm war kaum etwas zu erkennen. Nur Sanfancóns Bild darüber, geschützt von einem Ring aus Öllampen.

«Dieser Mann ist schon auf Kuba», verkündete Yuan Pei Fu.

Seine Stimme drang von einem entfernten Ort, weder aus seinem Mund noch aus seiner Kehle, sondern von oben, aus dem Dunst oder dem wolkenlosen Himmel, zu uns. «Ich sehe ihn seit Tagen.»

Ich wollte fragen, von wem er sprach, wer der Mann sei, der unter uns weilte, und auf welche Weise er ihn sah, aber meine Mutter sank auf die Knie, schlug die Hände vors Gesicht und sah aus, als würde sie gleich zu weinen anfangen.

«Er ist ganz nah», fügte der Chinese hinzu, und dann sprach er auf Chinesisch weiter. Meine Mutter hob den Kopf und begann, diese Worte aufzusaugen, als würde sie alles verstehen. An diesem Tag verabschiedete sich Yuan Pei Fu nicht von mir, er war nicht einmal fähig, mich anzulächeln oder mir über den Kopf zu streichen, wie es sonst seine Art war. Wir ließen ihn zusammengekauert in diesem geheimnisvollen Raum zurück, wo er seine feinen Fingerchen, die im Halbdunkel auf mich wie Würmer wirkten, zusammenlegte und ineinander schlang.

Bevor wir nach Hause zurückkehrten, versteifte sich meine Mutter darauf, in die Kirche de La Merced zu gehen und der heiligen Flora eine Opfergabe darzubringen; das war eine geköpfte Heilige, an die sie immer geglaubt hatte. Wir kauften weiße Blumen, zündeten eine Kerze an und knieten vor dem vergoldeten Hostienkelch nieder, in dem die Zunge der Jungfrau lag. Meine Mutter bekreuzigte sich und mich mit Weihwasser, betete mit gesenktem Kopf, und nach diesem Gebet wirkte sie ruhiger auf mich. Wieder zu Hause, sprachen wir weder über Yuan Pei Fu noch über die wenigen Worte, die er uns gesagt hatte.

Der Mai ging ohne besondere Vorkommnisse zu Ende. In meinem Leben geschah nichts Besonderes, und als der Juni anbrach, war ich erleichtert. Meine Mutter merkte es und riet mir, Calazáns Worte nicht zu vergessen, ich sollte sie im Kopf behalten, egal, wie viel Zeit verginge.

An einem Sonntag nach dem Mittagessen machte ich mich bereit, um ein paar Pakete mit Kleidern auszuliefern, die wir am Samstag fertig genäht hatten. Zwei davon gingen in dasselbe

Haus in der Calle Compostela. Das dritte musste ich etwas weiter ins Hotel Inglaterra bringen. Von allem, was an diesem Tag geschah, war das Traurigste das Gesicht meiner Mutter beim Abschied. Sie hatte eine Vorahnung und sagte, sie würde sich an meine Großmutter erinnern, sie wäre ihr im Traum erschienen und hätte aus der anderen Welt in der Yorubasprache zu ihr gesprochen. Aber am meisten waren ihr ihre Augen aufgefallen, die immer gelb gewesen waren und jetzt weiß geworden seien. Meine Mutter sah in dieser Veränderung ein Zeichen. Wir umarmten uns, und ich machte mich auf den Weg. Die beiden ersten Pakete lieferte ich wohlbehalten ab, und kurz nach vier Uhr nachmittags lief ich den Paseo del Prado hinunter, bog in die Calle San Miguel ein und stieß das Eisentürchen auf, das in die Küche des Hotels Inglaterra führte. Die Köchin freute sich, mich zu sehen. Ich händigte ihr das Paket aus, und sie bezahlte mich. Dann fragte sie, ob ich etwas trinken wolle, und obwohl es unsere – sowohl die meiner Mutter als auch meine – Gewohnheit war, die Kundinnen nicht aufzuhalten, verspürte ich an diesem Nachmittag Durst und sagte ja. Um diese Zeit arbeiteten noch zwei Männer in der Küche; einer von ihnen wusch Pfannen ab, und der andere schälte Gemüse. Die Köchin reichte mir ein Glas Limonade, es war ein hübsches blaues Glas, aber mir blieb keine Zeit, es an den Mund zu führen, denn in dem Moment gab es eine heftige Explosion. Sie rief: «Mein Gott!» und sah den Männern nach, die auf die Straße hinausstürzten. Ich stellte das Glas ab und holte mein Schutzamulett heraus, ein Tütchen, das Calazán vorsorglich verstärkt hatte. Ich setzte es mir auf den Kopf und wartete.

«Das war im Theater», rief einer der Männer. «Die Decke ist eingestürzt, und es dürfte Verletzte geben.»

Ich wollte hinauslaufen, aber die Köchin hielt mich zurück. Sie sagte, dass ich hier sicher sei, draußen herrsche große Verwirrung und Geschrei und wer wüsste schon, ob es nicht noch mehr Explosionen gäbe. Ich wich zurück und lehnte mich an den Tisch, an dem ein paar Minuten zuvor einer der Männer Kürbis geschnitten hatte. Ich griff mir eine Hand voll Kerne und Fasern, drückte sie und schloss die Augen. Ich glaubte Yuan Pei Fus Stimme zu hören: «Er ist schon nah.» Ich öffnete die Augen und sah auf die offene Tür, in der in dem Augenblick ein Mann auftauchte. Die Köchin rief erneut: «Mein Gott!», und ich flüsterte die Worte, die mein Pate mir aufzusagen befohlen hatte: *«Iyá nlá, Iyá Oyibó, Iyá erú, Iyá, mi lánu …»*, das war ein Gebet und bedeutete: «Große Mutter, Mutter der Weißen, Mutter der Schwarzen, Barmherzigkeit.»

Der Mann stürzte herein, riss sich den Umhang herunter und ließ ihn auf die über den Boden verteilten Kürbisschalen fallen. Unter dem Umhang trug er nur eine weiße Tunika, und in der Tunika wirkte er auf mich wie ein König aus anderen Zeiten, wie ein kriegerischer Orisha, der vor der Raserei eines anderen Orisha geflohen war. Ich wollte davonlaufen, aber ich war sprach- und willenlos und dachte nur, dass die Würfel gefallen seien: Der, der gekommen war, um mich zu krönen, derselbe, der nach Kuba zum Sterben gekommen oder schon tot war, gezeichnet und verurteilt vom Heiligen, der seinen Kopf regierte, stand endlich, dem Rauch und den Trümmern entkommen, zitternd vor mir.

«Bringen Sie mir ein Glas Wasser.»

Er sagte das mit Autorität, und die Köchin kam seiner Bitte sofort nach. Er sah sich suchend nach einer Sitzgelegenheit um und entdeckte neben mir einen Hocker. Langsam kam er näher und fuhr sich dabei mit der Hand über die Stirn. Auf dem Kopf trug er noch immer das, was mir wie ein mit Schlangen verzierter Turban vorkam, den er schließlich abnahm und neben den klein geschnittenen Kürbis auf den Tisch legte. Ich konnte die Ausdünstung seiner Kleidung riechen, ich sah seine Sandalen und seine geschwärzten Füße, ich glaube, ich begann ihn wegen dieser winzigen Zehenspitzen, die mir wie die Zehen einer Frau vorkamen, zu lieben. Mehrere Tage später, weit weg von Havanna, würde ich diese Zehen streicheln und ihm leise gestehen, dass damit alles angefangen hätte, mit diesen Zehen, von denen die chinesischen Babalawos sagen, dass sie der Schweif der Seele seien. Er würde auflachen und mir schwören, dass er sich an kaum etwas von jenem Abend erinnern könne, lediglich an die Explosion und an die Staubwolke, die ihm in Nase und Kehle gestiegen sei, und an das Entsetzen, das er empfand, weil seine Kehle heilig sei. Er würde sich nicht einmal mehr daran erinnern, dass die Köchin ihm ein Glas Wasser gebracht und dass sie ihn in dem Moment erkannt hatte und entsetzt zurückgefahren war: «Verzeihung, Señor», sie wiederholte es mehrmals, bis sie ihm endlich das Glas reichte.

Er trank das Wasser und blieb nachdenklich sitzen, aber plötzlich fragte er, wo er sich befinde. Die Köchin klärte ihn darüber auf, dass dies die Küche des Hotels Inglaterra sei, und er erwiderte, dass er nicht mehr in sein Hotel zurückkönne, welches das Sevilla sei, und dass er besser hier bleiben würde. Er fragte, ob das Inglaterra ein sicherer Ort sei, und da erinnerte ich mich an meinen Paten; es war, als ob José de Calazán neben mir stand und mir ins Ohr flüsterte, was ich zu tun hatte, mir versicherte, dass dieser Mann nicht sterben würde, wenn ich es nicht zulassen und ihn schnell zu ihm bringen wollte.

«Das Inglaterra ist nicht sicher», log ich, «aber ich kann Sie an einen Ort bringen, der wirklich sicher ist.»

Die Köchin sah mich an, als könnte sie nicht glauben, was sie gerade gehört hatte, sie stotterte ein paar Worte, die sinnlos waren, denn plötzlich stand der Mann auf und sagte: «Gehen wir.» Da packte sie mich am Arm; sie war eine gute Freundin meiner Mutter und wusste ganz genau, wer José de Calazán war, deshalb vertraute ich ihr an, dass ich ihn zu meinem Paten bringen würde, dass mir Calazán selbst befohlen hätte, das zu tun. Calazáns Befehle wurden von niemandem in Frage gestellt, am wenigsten von einer Frau, so dass sie nicht widersprach, mir aber in ihrer Kopflosigkeit ihre Fingernägel in den Arm krallte, sie hatte kurze Nägel, aber kräftige Finger.

«Aida, weißt du, wer der Mann ist?»

Ich wusste es und ich wusste es nicht. Er war Calazáns Albtraum. Er war mein Albtraum.

«Das ist Caruso, mein Kind!» Und sie ließ mich los, als hätte sie sich verbrannt.

★ Enrico Caruso ging am 5. Mai 1920 mit Zahnschmerzen und großer Lust, sich umzudrehen und augenblicklich nach New York zurückzukehren, in Havanna von Bord. Er war siebenundvierzig Jahre alt, litt an chronischen Kopfschmerzen, rauchte täglich mindestens fünfzig Zigaretten und wachte jeden Morgen mit einem Stechen in der Leber und einem bitteren Geschmack im Mund auf.

Als er von dem Impresario, der ihm vorgeschlagen hatte, auf Kuba aufzutreten, zehntausend Dollar pro Konzert verlangte, war er überzeugt, dass ihm der Mann eine Absage erteilen würde. Es war eine verrückte Summe, eine beängstigende Zahl, mehr, als ihm jede andere Stadt der Welt jemals bezahlt hatte, und mehr, als sich ein anderer Tenor jemals zu verdienen erträumt hätte. Aber zu seiner großen Überraschung akzeptierte Adolfo Bracale: zehntausend pro Vorstellung, acht Vorstellungen. Achtzigtausend Dollar, die, wie Enrico Caruso verlangte, einen Monat vor Reisebeginn auf seinem New Yorker Konto eingehen sollten. Bracale bat ihn nur um einen Gefallen: dass er zwei Matineen für je die Hälfte singe. Der Tenor antwortete, er sei es nicht gewohnt, Rabatt zu geben, schlug dem Veranstalter jedoch vor, in seinen Vertrag eine weitere Vorstellung aufzunehmen: Offiziell wären es neun Vorstellungen, und er würde zwei Matineen zu je fünftausend Dollar singen.

Am Pier von Havanna erwarteten ihn eine Gruppe auf Kuba lebender Italiener, ein Abgesandter des Präsidenten der Republik, eine Musikkapelle, die *Vesti la giubba* spielte, der Impresario Bracale und die Sopranistin Gabriella Besanzoni, die man angesichts der großen Zahl von Fotografen und Reportern, die sich schon sehr früh vor dem Dampfschiff *Miami* versammelt hatten, nicht lange hatte bitten müssen, zu Carusos Empfang zu kommen.

Caruso kam als Erster herunter; ihm folgten sein Sekretär Bruno Zirato, sein Diener Mario Fantini, ein weiterer Diener, der früher Sänger gewesen war, ein blasser Mann namens Punzo, und sein Repetitor Salvatore Fucito. Mit Bracale und dem Abgesandten des Präsidenten posierte er für die Kameras, beantwortete die Fragen der Reporter, nahm höchst erfreut eine Havannazigarre an, die er später dem Maler Pieretto Bianco schenkte, aber vor allem schwitzte er. In den zwei Monaten seines Aufenthaltes auf Kuba hörte Caruso nicht eine Sekunde zu schwitzen auf, nicht einmal, wenn er schlief. Die Schweißausbrüche in Havanna verwandelten sich in eine Zwangsvorstellung, die sich zu den beiden großen Zwangsvorstellungen gesellte, die ihn zu jener Zeit quälten.

Einerseits sorgte er sich um die Reaktion des kubanischen Publikums, reiche Großgrundbesitzer, die sich schon den Luxus gegönnt hatten, ihn in seinen besseren Jahren in Mailand oder New York zu hören, und die bereit waren, die überhöhten Preise der Eintrittskarten zu bezahlen, die dafür jedoch auch etwas verlangten. Andererseits sorgte er sich um seine Sicherheit. Jahre zuvor hatte ihm die sizilianische *Mano Negra* mit dem Tode gedroht, wenn er der Organisation nicht fünfzehntausend Dollar spendete. Die New Yorker Polizei hatte zwei Italiener festgenommen, die mit dieser Mafiagruppe zu tun hatten, sie wurden verurteilt und in Sing-Sing eingesperrt, von wo sie später verlegt worden waren. Zu dem Zeitpunkt, als er auf Kuba eintraf, lebte Caruso noch immer in der Angst vor Vergeltungsmaßnahmen, eine Angst, die sich verschärfte, als ihm auf dem Dampfschiff nach Havanna ein anonymer Brief überreicht wurde. Es handelte sich um eine kindische Notiz, und deshalb beachtete er sie. Er wurde in knappen Worten beschuldigt, das kubanische Publikum zu betrügen, und unter der Androhung, dass ihm sonst ein Unglück geschähe, wurde von ihm verlangt, die Aufführungen im Teatro Nacional abzusagen. Die Notiz war von einem «Freundeskreis Hipólito Lázaro» unterzeichnet, und er hatte die böse Ahnung, dass die Mano Negra dahinter steckte. Caruso gab den anonymen Brief dem Kapitän weiter, und sobald sie in den Ford gestiegen waren, der sie ins Hotel brachte, erzählte er Bracale davon. Bracale versicherte ihm, dass im Hotel Sevilla alle Vorkehrungen getroffen worden seien und dass mehrere Wachmänner für die Sicherheit seiner sechs Zimmer sorgen würden. Präsident Menocal hatte seinerseits die Überwachung des Teatro Nacional durch Zivilpolizisten angeordnet. Zudem stand ihm auf seinen Spaziergängen durch Havanna ein Begleitschutz zu, aber Caruso erklärte, dass er außer seinen beruflichen Verpflichtungen keinerlei Absichten hätte, öfter als unbedingt nötig auszugehen: ein Besuch beim Präsidenten, zwei Abendessen, die ihm zu Ehren angekündigt waren, und ein Ball mit Versteigerung zu Gunsten der Kriegsversehrten, an dem er am Ende nicht teilnahm.

Sobald Caruso seine Zimmer bezogen und sein Bad genommen hatte, wies sein Diener Mario das Zimmermädchen an, die Baumwollbettwäsche im Bett des Tenors gegen die mitgebrachte Leinenbettwäsche auszutauschen, die er der Frau nicht aushändigen wollte, bevor sie sich nicht die Hände gewaschen hatte. Mario überwachte das Austauschen der Bettwäsche, während Punzo damit beschäftigt war, Caruso die Handtücher zu bringen; dieser benutzte nämlich grundsätzlich keine Hotelhandtücher.

Der Sekretär Bruno Zirato wartete im Vorzimmer mit einem Stapel Telegramme, die noch vor Ankunft des Sängers eingetroffen waren. Einige davon waren aus New Orleans und Atlantic City, Städte, in denen der Tenor die nächsten Auftritte hatte; zwei weitere Telegramme, die er beiseite ließ, waren persönlicher Natur: eines von seinem Sohn Mimmi, der damals an der Culver Military Academy in Indiana studierte, und das andere von seiner Frau Dorothy. Während Punzo ihm beim Anziehen half, las Zirato sie ihm vor, aber nach der Hälfte der Lektüre konnte der Sekretär nicht anders, als wenigstens einen besorgten Blick mit dem Diener zu wechseln: Caruso hustete und beklagte sich zweimal beim Heben der Arme. Bevor er Dorothys Telegramm vorlas, schlug Zirato ihm vor, eine Weile auszuruhen, aber Caruso weigerte sich; Bracale erwartete ihn, um ihn ins Teatro Nacional zu begleiten. Ihm unbekannte Bühnen inspizierte Caruso vor den Proben gerne persönlich.

Mario reichte ihm sein Eau de Cologne, Acqua di Parma, und Caruso befeuchtete sich die Hände und betupfte sich die verschwitzten Wangen. Da vorauszusehen war, dass sie bei dieser Hitze mehrmals täglich die Leintücher wechseln müssten, fragte er seinen Diener, ob er genügend Bettwäsche mitgebracht hätte. Mario verneinte und erklärte, dass er sofort welche kaufen ginge. Caruso machte eine verdrießliche Handbewegung und verließ mit Zirato das Zimmer. Diesem fiel eine andere Besonderheit auf: Sein Schutzbefohlener neigte beim Gehen eine Schulter, als müsse er einer Beschwerde oder einem Schmerz in der Seite entgegenwirken. Fucito und Bracale erwarteten ihn in der Hotelhalle, und die vier stiegen in den Ford, der sie ins Theater brachte. Zirato hatte Ersatztaschentücher in einem Köfferchen, aber kurz nach ihrer Abfahrt waren sie schon alle feucht. Bracale bot Caruso sein Taschentuch an und beteuerte ihm, dass es sauber sei. Caruso lehnte das Angebot ab.

Nach zwei Uhr nachmittags kehrten sie zum Mittagessen ins Hotel zurück. Der Maler Pieretto Bianco sowie die Mehrzahl der Italiener, die am Morgen bei seiner Ankunft zugegen gewesen waren, saßen bereits am Tisch. Caruso bat um Papier und lenkte sich mit dem Anfertigen von Karikaturen der Anwesenden ab, die er eine nach der anderen verschenkte. Eine blonde junge Frau, die an einem Nachbartisch aß, bat ihn um ein Autogramm, und Caruso fragte nach ihrem Namen. Er zeichnete eine Tasse auf die Serviette und schrieb die Widmung auf Spanisch darunter: Für die schöne Lydia Cabrera. Als die junge Frau an ihren Tisch zurückgekehrt war, zeichnete Caruso eine Karikatur von ihr, die zweifellos die meistbejubelte von allen war, und Doktor Castelli, einer der Italiener, schlug vor, sie auf dem Ball zur Versteigerung zu Gunsten der Kriegsversehrten zu spenden.

Des Weiteren zeigte sich der Sänger guter Laune und aß mit Appetit – Kalbsfilet und Pasta –, trank drei Gläser italienischen Spumante, den Pieretto Bianco entkorkte, und stieß auf das gute Gelingen der Auftritte an. Bracale nutzte die Gelegenheit, ihm zu berichten, dass man das Debüt vielleicht vom zehnten auf den zwölften Mai verlegen müsse, weil eine der Kisten mit den Partituren der Oper *Martha* versehentlich im Zug nach La Florida gelandet war. Graf Tamburini, der neben dem Star saß, versuchte über das Missgeschick zu scherzen und rief aus, dass *Martha* nun über den Sümpfen schweben würde. Bracale lächelte, aber Caruso kommentierte unmutig, dass er keinen weiteren Aufschub dulde.

Um vier Uhr nachmittags zog er sich in sein Zimmer zurück, und Punkt sieben Uhr war er fertig zum Treffen mit Präsident Menocal. Auf dem Weg vom Hotel zum Auto hielt ihn eine Frau auf, eine Negerin mit grauen Wangen und eingefallener Stirn. Aus irgendeinem Grund waren ihre Lider nach oben geklappt, zumindest war das Carusos Eindruck, als er ihr in die Augen schaute: Lider aus rohem Fleisch. Sie versuchte ihn zu berühren, aber Bracale ging dazwischen, und über dessen Schulter hinweg schrie die Negerin seinen Namen aus alten Zeiten in Neapel:

«Errico!»

Einer der im Hotel eingesetzten Wachposten kam angelaufen und zerrte die Alte beiseite, die spuckte und fluchte, bevor sie den Namen ein zweites Mal rief:

«Errico…, zieh dir was Weißes an.»

Was sehe ich! Er?

Einer der Männer, die in der Küche arbeiteten und Kürbis geschält hatten, half uns ein Taxi zu finden. Ich gab dem Taxifahrer die Adresse, Calle Amargura fünfundsiebzig, und dann warf ich einen Blick auf das Theater, das noch von der Polizei abgesperrt und von Menschen umringt war, die versuchten, hineinzugelangen oder etwas über die Verletzten zu erfahren. Caruso neben mir atmete schwer, er schwitzte in seinem Königskostüm, und als das Taxi auf dem Paseo del Prado wendete, fragte er, wohin wir fahren würden.

«Zu mir nach Hause», antwortete ich und fürchtete schon, er würde sich anders besinnen.

«Zu dir nach Hause», murmelte er, als könnte er es nicht glauben.

Er hatte eine seidenweiche Stimme, die aus seinem Bauch zu kommen schien, und in dem Augenblick dachte ich, er sei Schauspieler. Ich war nie im Theater gewesen, nur im Kino; ich las nicht einmal Zeitung und konnte mir weder vorstellen, wer dieser Mann war, noch, woher er kam. Ich erklärte ihm, dass mein Haus ganz in der Nähe sei, und dann fragte er mich, wie ich heiße.

«Aida», antwortete ich. «Aida Petrirena Cheng.»

«Aìda», wiederholte er mit Betonung des Buchstabens i und fügte dann einen Satz hinzu, den ich in meiner Unwissenheit nicht verstehen konnte. «Nun, und ich bin Radames.»

Als wir vor meinem Haus ankamen, bezahlte ich das Taxi mit dem Geld, das ich von der Köchin für die abgelieferten Schneiderarbeiten erhalten hatte. Zwei vorübergehende Männer blieben stehen und starrten uns an; einer von ihnen lachte über Carusos Verkleidung, und der andere blieb stehen und beobachtete mich, während ich an die Tür klopfte; ich klopfte leise, damit die Nachbarn mich nicht hörten. Meine Mutter öffnete. Als Erstes wich sie zurück, als hätte sie einen wunderschönen Teufel gesehen. Dann zog sie mich ins Haus, weg von diesem Mann.

«Er ist Schauspieler», erklärte ich ihr. «Im Theater haben sie eine Bombe gelegt, und er ist verkleidet.»

Caruso streckte ihr die Hand entgegen und sagte, er heiße Enrico, sei aber nicht Schauspieler, sondern Sänger. Er schwitzte so sehr, dass ich ihm ein Glas Wasser und ein Handtuch holte. Als ich ins Wohnzimmer zurückkam, kramte meine Mutter ein paar Hemden und eine Hose hervor, die Baldomero gehört hatten. Da wurde mir klar, dass mein verstorbener Mann eine ähnliche Statur gehabt hatte, eine gewölbte Brust und Rippen, die hervorsprangen, wenn er lachte oder tief durchatmete.

«Da sind noch irgendwo Schuhe», erinnerte sich meine Mutter. «Findest du nicht auch, dass er Schuhe braucht?»

Ich bejahte, und wir ließen ihn allein, damit er sich umziehen konnte. Auf der Suche nach den Schuhen gingen wir gemeinsam zu einem Schrank, in dem noch immer ein paar von Baldomeros Kleidungsstücken sowie die ganze Kinderwäsche meiner verstorbenen Tochter lagen.

«Es gab eine Explosion», sagte ich leise zu ihr, damit Enrico mich nicht hören konnte. «Es war, wie mein Pate es vorausgesagt hat. Jetzt fahren wir nach Regla.»

Meine Mutter setzte sich aufs Bett und klagte, sehr erschöpft zu sein, und ich bat sie, sich eine Weile hinzulegen.

«Ich kann nicht», stammelte sie, «ich will bei dir bleiben, ich will wissen, wie das alles ausgeht.»

Sie redete so eigenartig, als hätte sie Steinchen in der Kehle. Wir gingen wieder ins Wohnzimmer zurück. Enrico drehte uns als Baldomero verkleidet den Rücken zu, er hatte dessen Hemd und Hose an. Uns beiden kam es vor, als würden wir uns in der

Zeit rückwärts bewegen, meine Mutter sah mich an und bekreuzigte sich ängstlich.

«Wir müssen zu meinem Paten gehen», sagte ich zu Enrico. «Das ist der sicherste Ort.»

Er streifte die Sandalen ab und machte sich daran, die Schuhe anzuziehen, die meinem Mann gehört hatten, aber zuerst besah er sie von innen, vielleicht verwundert darüber, dass sie noch neu waren. Tatsächlich hatte Baldomero sie nicht mehr getragen: Wir hatten sie ihm nach seinem Tod zur Totenwache angezogen und kurz vor dem Begräbnis wieder ausgezogen. Meine Mutter hatte sie sofort in eine Schachtel gesteckt, und bis zu diesem Sonntag hatten wir sie völlig vergessen.

«Ich muss etwas schreiben», sagte Enrico zu uns. «Haben Sie Papier und Tinte?»

Er sprach langsam, damit wir ihn verstanden. Manche Wörter sprach er nicht sehr deutlich aus, aber meine Mutter, die ein Luchs in Sachen Kauderwelsch war – sie war nicht umsonst die Frau eines Chinesen gewesen –, suchte nach einem Blatt Papier und dem Bleistift, den sie benutzte, um die Maße ihrer Kundinnen zu notieren. Sie brachte ihm auch ein frisches Handtuch, und er rollte es sich um den Hals.

«Das ist für meinen Hals», sagte er. «Ich will nicht, dass er sich verkühlt.»

Baldomeros Schuhe waren ihm zu groß, aber auf jeden Fall besser als die Sandalen, in denen er aus dem Theater geflohen war. Er schrieb eine Nachricht und bat meine Mutter, sie ins Hotel Sevilla zu bringen, sie einem Señor Bruno Zirato persönlich auszuhändigen und dort auf eine Antwort zu warten. Er fügte hinzu, er müsse sich ein paar Tage oder so lange, bis man wisse, wer ihn hatte umbringen wollen, verstecken.

«Bring ihn nach Regla», flehte meine Mutter, wobei sie mich am Arm zog. «Lauf ins Haus deines Paten.»

Sie schien es zufrieden zu sein, jemandem die uns verbliebenen Sachen von Baldomero einschließlich eines Panamahuts, der sein Lieblingshut gewesen war, geschenkt zu haben. Enrico setzte ihn sofort auf, als wäre er immer seiner gewesen oder als hätte er ihn vor langer Zeit verloren und schließlich dort wieder gefunden, wo er ihn am wenigsten vermutete. Wir gingen zum Muelle de Luz, wo die Motorboote anlegten, die nach Regla übersetzten. Während ich neben ihm herlief, ging mir durch den Kopf, dass er nicht mehr wie ein Schauspieler oder Sänger wirkte, nicht einmal wie ein Ausländer. Er war einfach nur ein Nachbar aus der Calle Amargura, ein weißer Mann, der eine farbige Frau, eine hellhäutige Mulattin mit auffällig chinesischem Einschlag, begleitete. Enrico schlurfte in den Schuhen, er war schnell erschöpft und schlug mir schon bald vor, wieder ein Taxi zu nehmen; aber zu dem Zeitpunkt und in diesen Straßen war keines zu sehen, nur ein paar Kohlenhändler, die mit ihren Karren auf dem Rückweg waren, und Angestellte, die spät nach Hause zurückkehrten. Da waren auch ein paar spielende Kinder, eines von ihnen kam auf uns zugelaufen und bat um einen Centavo, und darauf nahm Enrico mich am Arm. Wir gingen ein gutes Stück weiter, und als wir endlich das Meer erblickten, fragte er mich, was ich zu dem Zeitpunkt, als die Bombe explodierte, im Hotel Inglaterra gemacht hätte.

Ich erklärte ihm, dass ich Schneiderin sei und mehrere Lieferungen in der Calle Compostela abgegeben hätte, bevor ich der Köchin die Kleider brachte. Ich wagte nicht, ihm zu erzählen, dass alles, was geschehen war, geschrieben stand und dass mein Pate fünf Monate zuvor, am Morgen des Dreikönigstages, im Ékuele gelesen hatte, dass ein Mann kommen würde, um mich zu krönen. Ich erzählte ihm auch nicht, dass ihn der Babalawo Yuan Pei Fu in den ersten Maitagen, genau zu den ersten Donnerschlägen, zwischen Drachen und farbigen Stangen hatte ankommen, dass er ihn hatte in Sanfancóns mächtigen Nebelschwaden Gestalt annehmen sehen.

«Wir müssen ans andere Ufer», sagte ich zu ihm und zeigte auf die Bucht.

Er schien nicht sehr erfreut darüber zu sein, in ein Motorboot steigen zu müssen, aber er sagte nichts und setzte sich in den entlegensten Winkel. Zu jener Stunde fuhren wenige Leute mit, in der Mehrzahl Fischverkäufer und viele Farbige, die nach einem Spaziergang durch Havanna nach Hause zurückkehrten. Enrico starrte aufs Wasser, und während der Überfahrt schien es mir, als fiele er in sich zusammen; er atmete wie ein kranker Mann und blickte niemanden an, bis das Motorboot anlegte und wir auf den Kai sprangen.

Calazán wohnte etwas weiter weg, fast am Rande des Dorfes. Um sein Haus herum gab es damals nur Berge, und um hinzufinden, pflegte ich mich an einem Wollbaum zu orientieren. Da es schon dunkel wurde, fiel es mir schwer, den Wollbaum auszumachen. Ich erklärte Enrico, dass ich den Baum finden müsse, um zum Haus zu gelangen, und in dem Augenblick entdeckte ich das Licht, ein kleines Licht, das auf uns zukam. Hinter diesem Licht – es war eine Petroleumlampe – erkannte ich Calazáns Gestalt, und gleich darauf stand er mit missmutigem Gesichtsausdruck und unter seinem Hut schwitzend vor uns.

«Es kommt Wasser», brummelte er und zeigte auf die Regenwolken, «gehen wir nach Hause.»

Enrico war blass geworden, und als wir Calazán folgten, stolperte er – oder hatten seine Beine nachgegeben? – und landete auf den Knien. Wir fanden ihn so schwach, dass mein Pate ihm seinen Arm als Stütze anbot. So gelangte er schwankend zum Haus. Calazán führte ihn in einen Raum, zeigte ihm ein Eisenbett und bat ihn, sich hinzulegen. Darauf verlor Enrico sofort seine mühsam aufrechterhaltene Fassung und presste sich beide Hände auf den Bauch; er klagte lautlos, ohne dass ihm auch nur ein leiser Ton entschlüpft wäre. Eine Frau aus dem Haus, auch ein Schützling meines Paten, erbot sich, mir zu helfen, ihn auszuziehen. Gemeinsam zogen wir ihm das durchgeschwitzte Hemd aus und streiften ihm die Schuhe ab. Calazán ging in die Küche, und die Frau verschwand auf der Suche nach einer Decke. Ich hatte Angst, mit Enrico allein zu bleiben, ich hatte noch nie jemanden so verzweifelt gesehen, mit verdrehten Augen und diesem offenen Mund, aus dem keine Worte strömten, nur Leere, nur ein Hauch schmerzhaften, form- und ziellosen Atems. Mein Pate kehrte mit einer

Tasse Absud zurück, und wir beide stützten Enricos Kopf, damit er trinken konnte. Er brauchte eine Weile, bis er sich erholte, und als er schließlich wieder sprechen konnte, sagte er, dass er einen schrecklichen Schmerz, ein Stechen verspürt hätte, das ihm das Atmen verunmöglicht hatte. Calazán nickte und fügte hinzu, dass er jetzt schlafen müsse; wenn er wollte, könnte er im Morgengrauen nach Havanna zurückkehren, um einen Arzt aufzusuchen; wenn er jedoch hier bleiben wollte, könnte er die Medizin des Berges einnehmen und versuchen, die Orishas zu beruhigen, die Heiligen, die zu unserer Verteidigung den Kopf hinhielten, denn es gäbe weder Gesundheit ohne Kopf noch Lächeln ohne Vergebung der Toten.

Ich trat mit meinem Paten beiseite und erzählte ihm, dass dieser Mann durch die Macht Gottes am Leben sei; dass es ihm gelungen war, der Explosion zu entkommen, dass er aber noch von dem Lärm und dem Rauch betäubt sein müsse.

«Ich weiß nicht, worüber du dich wunderst», sagte Calazán. «Ich habe dich schon vor Monaten gewarnt, und jetzt wiederhole ich es: Ein Teil von ihm ist schon gestorben, und dieser Teil ruft den anderen. Er wird vollends sterben, und das darf nicht hier geschehen.»

Die Frau, die mir geholfen hatte, Enrico auszuziehen, verabschiedete sich von meinem Paten. Sie war ein hageres, trauriges Wesen, und als sie seine Hand küsste, bat sie um seinen Segen. Er ergriff ihren Arm.

«Morgen gehst du nach Santiago de Las Vegas zu Señor Calvino und bezahlst ihn für das ‹Hundekraut›. Kauf alles, was du kriegen kannst.»

Sein Schützling nickte und steckte die Scheine ein, die ihr Calazán gegeben hatte. Als sie gegangen war, erklärte er mir, dass dieses Kraut helfe, die Schmerzen des Kranken eine Zeit lang zu lindern. Nicht für immer, aber für ein paar Monate, bis er dort anlangte, wo er anlangen musste, wo er sterben musste. Ich fragte ihn, wo er sterben müsste, und er antwortete mir, dass dies auf Kuba hätte sein sollen, aber dass die Orishas dank seiner Verhandlungen eingewilligt hätten, ihn woanders sterben zu lassen, an einem Ort am Meer, wo es zuvor Feuer gegeben hätte. Das sei das Einzige, was er aus einer geheimnisvollen Schrift hätte herauslesen können, die im Ékuele aufgetaucht sei. Dann wollte ich wissen, warum das «Hundekraut» so heiße, und er erklärte mir, dass seine Ähren im frischen Zustand wie gespitzte Ohren wirkten und beim Kochen schlapp würden. Es sei kein kubanisches Kraut, sondern komme von weit her. Señor Calvino sei ein Ausländer, der alle Kräuter der Welt und des Landes anpflanze; er hatte Calazán mit den Kräutern der übrigen Welt vertraut gemacht, ihm erklärt, ob sie giftig sind oder irgendeine Tugend haben. Calazán seinerseits unterwies ihn in den einheimischen Kräutern, er erläuterte ihm, wie er sie anbauen und welchen Heiligen er um Erlaubnis bitten musste, um sie zu pflücken. Sie kämen gut miteinander aus, und manchmal besuchte ihn dieser Calvino in Regla, oder mein Pate reiste zu Pferd nach Santiago de Las Vegas, verbrachte den Tag mit ihm und führte ihn in die Geheimnisse des Berges ein.

In dieser Nacht schlief ich auf einer Pritsche am Fußende von Enricos Bett. Ich hörte ihn schnarchen und sich von einer Seite auf die andere wälzen. Er hatte einen unruhigen Schlaf, aber im Morgengrauen sah ich, dass er sich besänftigte und sich wie ein Kind zusammenrollte. Meine Mutter kam sehr früh nach Regla, um uns mitzuteilen, dass Bruno Zirato bei uns zu Hause gewesen sei. Um nicht aufzufallen, war er wie ein Kubaner gekleidet allein und in einem gemieteten, ziemlich alten Gefährt gekommen. Er lasse seinem Herrn ausrichten, dass er ruhig bleiben solle, wo er sich aufhalte, bis die Gefahr vorbei sei. Er hatte ihr ein paar Zeitungen, ein Paket mit Kleidung und Zigaretten sowie einen Umschlag mit Geld mitgegeben.

Meine Mutter ging wieder, ohne Enrico gesehen zu haben, der noch immer schlief. Vorher redete sie noch mit Calazán. Ich sah, dass sie das Haus verließen und dass meine Mutter redete, Calazán aber hartnäckig schwieg. Als sie des Redens und Fragens, ohne Antwort zu erhalten, müde war, drehte sie sich um und ging weinend weg.

Ich machte für meinen Paten und mich Frühstück. Enrico

verabreichten wir denselben Absud wie am Vorabend und bereiteten ihm ein Kräuterbad zu. Als er seine eigenen Kleider anzog, suchte ich Baldomeros Kleidungsstücke zusammen, um sie zu waschen, aber mein Pate befahl mir, sie liegen zu lassen, er müsse sie vergraben.

Enrico zählte das Geld und beharrte darauf, einen Teil davon Calazán zu geben, weil er ihn in seinem Haus aufgenommen hatte. Mir wollte er auch ein paar Scheine geben, und da ich mich weigerte, sie anzunehmen, sagte er, dass er mir später etwas schenken würde. Er schien sehr erleichtert und fragte, ob ich ihm aus den Zeitungen vorlesen könnte. Zu jener Zeit las ich nicht gut, und aus Angst, mich zu verhaspeln, fing ich leise an. In den Zeitungen wurde von der Bombe berichtet und behauptet, dass Enrico Caruso hätte umgebracht werden sollen und dass die Polizei die Täter suchte. Jedes Mal, wenn er seinen Namen hörte, schloss er die Augen und wurde blass. Dann bat er mich mit geschlossenen Augen, lauter zu lesen.

Nach kurzer Zeit wurden wir von Calazán unterbrochen. Er meinte, er müsse uns etwas Wichtiges sagen, etwas, was auch ich hören müsse. Mein Pate hatte eine sehr verworrene Art, mit den Menschen zu sprechen, er redete lange drum herum, bevor er enthüllte, was er wollte. Er setzte sich auf einen Hocker und beugte sich über Enrico.

«Wir müssen diese Woche *ebbó* machen», setzte er an. «Das bedeutet, die Heiligen zufrieden zu stellen. Wir tun das, damit Sie aus diesem Bett aufstehen können, damit Sie das Meer überqueren und an den Ort, an den Sie gehören, gelangen können. Damit sie Ihnen den Weg ohne Blut oder Krankheit ebnen.»

Enrico antwortete nicht, und Calazán legte ihm seine Hand auf die Schulter. «Bevor wir Ebbó machen, muss ich die Heiligen fragen, was sie zu essen wünschen. Ich werde zu den *babalochas* gehen, und die werden für mich anfragen.»

Es entstand ein Schweigen, in dem beide ernst blieben, und mein Pate stand mit diesem ernsthaften Gesichtsausdruck auf, setzte sein weißes Mützchen auf und ging zur Tür.

«Wenn deine Mutter kommt», sagte er zu mir, «sag ihr, sie soll nichts unternehmen. Sie soll auf mich warten.»

Er rauschte ab, und ich hatte ein Vorgefühl, es war wie ein Stein, der mir im Mund klopfte. Ich stand auf und lief ihm hinterher.

«Warum wird meine Mutter kommen? Sag es mir, Pate.»

Calazán zog die Augenbrauen hoch und sah mich beleidigt an. In diesem Ton sprach niemand mit ihm.

«Deine Mutter wird kommen, um dich nach Havanna mitzunehmen.» Ich senkte den Blick und wartete auf den Rest. «Sie ist nicht damit einverstanden, dass du hier bist», fügte Calazán hinzu. «Aber du bist kein Kind mehr, du bist eine Witwe, die das Leben kennt. Orula hat gesagt, dass du hier bleiben musst, bis ich fertig bin. Wenn du nicht bleibst, werde ich ihm nicht helfen können, und noch viel weniger werde ich dir helfen können.»

Ich ging langsam in das Zimmer zurück, und Enrico bat mich, ihm zu erklären, was mein Pate wolle. Ich begann damit, ihm zu erläutern, dass mein Pate gar nichts wolle, dass es die Heiligen seien, die um Opfergaben baten, und dass man deshalb Ebbó machen müsse, was bedeutet, ihnen zu essen und zu trinken zu geben, sie zu grüßen und sie zu unterhalten. Manchmal werde außer Ebbó-Machen auch getrommelt. Es kämen die Schützlinge meines Paten, es würde ein großes Festessen zubereitet, sechs Trommler würden mittags zu spielen anfangen und erst aufhören, wenn die Sonne unterginge. Sie könnten weder früher anfangen noch später aufhören. Die Trommel, die *ana* genannt würde, sei die Botin. Enrico fragte, wessen Botin, und ich antwortete ihm, die Botin der Kinder, die mit ihren Eltern sprechen wollten. Ich versicherte ihm, dass auch er, obwohl er weiß sei, Kind irgendeines Orisha sein müsse.

Ich dürfte traurig geklungen haben, denn er fragte mich, ob ich etwas hätte, und ich erzählte ihm, meine Mutter wollte, dass ich nach Havanna zurückkehrte. Er nahm mich bei der Hand und fragte mich, was ich denn wollte. Ich antwortete ihm, dass ich bei ihm bleiben wollte, bis er sich gesund fühlte und keine Gefahr mehr bestünde; dass ich versprochen hätte, ihn an einen sicheren Ort zu bringen, und dass ich ihn jetzt nicht allein lassen könnte. Dann fragte er, ob ich ledig sei, und ich musste ihm von Baldomero erzählen, von den wenigen Jahren, die wir glücklich sein konnten, und von dem Mädchen, das ich gehabt hatte, das aber gestorben war. Ich konnte ihm nicht alles erzählen, denn ich begann zu weinen, und Enrico setzte sich im Bett auf und umarmte mich. «Aìda», flüsterte er und streichelte mir über den Kopf. Ich umarmte ihn auch, schlang meine Arme um seinen Rücken und roch den Duft seines Parfüms, ein grünes Fläschchen, das in dem Paket mit seinen Kleidungsstücken gewesen war.

«Aìda», wiederholte Enrico.

Da hob ich den Kopf, und er küsste mich auf die Augen. Ich spürte, wie sich mein Blick auflöste: zwei heiße Tropfen flossen in meine Kehle hinab, und von dort gelangten sie auf meine Lippen, wo sie wieder das wurden, was sie gewesen waren.

Ich öffnete die Augen, ich weiß nicht, vielleicht öffnete ich den Mund. Und es war, als würde ich mir einen Schleier abnehmen, als würde ich ihn zum ersten Mal sehen.

★ 1952 stand meine Mutter kurz vor ihrem sechzigsten Geburtstag; ihr Erinnerungsvermögen war lebendig, und darüber hinaus schien sie entschlossen, mir die Wahrheit zu erzählen. Doch um ihre Geschichte zu erhärten, begann ich als Erstes in den Zeitungen jener Zeit zu forschen.

Ich arbeitete damals bei einem Radiosender. Als junge Frau war ich Vorleserin in einer Tabakfabrik gewesen. Dank des Zuspruchs eines Nachbarn, der mich einmal hatte lesen hören und sagte, dass meine Stimme und meine Artikulation sehr gut geeignet für diesen Beruf seien, wurde ich die erste weibliche Vorleserin auf Kuba. Dieser Nachbar verkaufte Tabak in Büscheln, besuchte regelmäßig Tabakfabriken und kannte demzufolge die Tabakhändler, die Chefs, die für das Einstellen der Vorleser verantwortlich waren. So erwirkte er meine Einstellung, was nicht einfach war, weil ich eine Frau bin, obgleich ich das Glück hatte, von einem Mann geprüft zu werden, der etliche Töchter hatte und mir wohlgesinnt war, weil ich einer von ihnen ähnelte. In den Tabakfabriken wurden sowohl Romane als auch Zeitungen vorgelesen, und manchmal wurde sogar Lyrik verlangt. Es ging darum, die Unmenge von Arbeitern zu unterhalten, die eine so eintönige Arbeit verrichteten. Das natürliche Ziel eines jeden Vorlesers war jedoch früher oder später das Radio, und meine Wunschvorstellung war, vor einem Mikrofon zu landen und mich mein Leben lang nicht mehr davon zu trennen. Mit vierundzwanzig Jahren hatte ich es geschafft. Ich insistierte so sehr, ich bat so lange darum, eine

Probe geben zu dürfen, dass ich eines schönen Tages vom Sender Cadena Azul angerufen und eingestellt wurde.

Ich begann damit, Werbetexte zu lesen: über Seifen, Abhilfen bei Grippe und sogar über Kekse. Nach einiger Zeit setzten sie mich auch bei Hörspielen ein und ließen mich Nebenfiguren sprechen, fast immer ältere Frauen. Ich war jung, aber ich hatte eine raue Stimme, die sehr erwachsen klang. Und das war meine Spezialität: Schwiegermütter, Großmütter, Wirtschafterinnen. In jenem März, als meine Mutter erkrankte und mir ihre Geschichte zu erzählen begann, erhielt ich meine erste wichtige Rolle, fast eine Hauptrolle: die der Ketty Villada, einer Witwe, die sich in einen Angestellten ihrer eigenen Fabrik verliebt.

Mittags, wenn ich mit der Rolle der Ketty fertig war, ging ich direkt in die Bibliothek, um die Zeitungen durchzuforsten, die über die Bombe berichtet hatten. Anhand dieser Artikel schrieb ich eine erste Übersicht; ich stellte eine Art Puzzle mit Anmerkungen zusammen, die ich der einen oder anderen Zeitung entnahm. Ich skizzierte Carusos Ankunft, die Leute, die ihn in Havanna empfangen hatten, seine ersten Tage in der Hauptstadt und die Anekdoten, die man sich erzählte; ich kopierte sogar die Witze, die auf seine Kosten gemacht wurden, die ätzenden Kommentare, die heftigen Kritiken. Diese Notizen brachten mich auf die Idee, die Menschen ausfindig zu machen, die an jenem Abend im Theater gewesen waren, die Reporter, die über die Explosion berichtet hatten, und die Angestellten vom Hotel Sevilla. Einer der Ersten, den zu befragen ich mir vornahm, war ein Klatschkolumnist namens Arturo Cidre. In dem langen Bericht, den er zu jener Zeit für die Tageszeitung *La Discusión* geschrieben hatte, enthüllte er, dass er die Männer gesehen hatte, die die Bombe legten, so dass ich dachte, er könnte noch über anderes Bescheid wissen, was nicht gedruckt worden war und was irgendwie in die Geschichte passte, die meine Mutter erzählte.

Cidre ausfindig zu machen war einfacher, als ich gedacht hatte. So einfach, wie das Telefonbuch aufzuschlagen und seinen Namen zu suchen. Ich rief ihn an, und wir vereinbarten ein Treffen. Drei Tage später fand ich mich in seiner Wohnung in der Calle Infanta ein. Er begrüßte mich in diesem eingebildeten Tonfall, den ich schon bei unserem Telefongespräch wahrgenommen hatte, und führte mich direkt auf den Balkon.

Ich weiß nicht, wie alt er damals war, aber ich fand ihn ziemlich alt, damit hatte ich nicht gerechnet. Dennoch versicherte er, dass er sich an jede Einzelheit besagten Tages erinnere. Ich bat ihn, langsam zu sprechen, da ich alles mitschreiben würde. Cidres Hände zitterten, sie waren voller Sommersprossen, und seine Stimme zitterte auch. Er begann zu erzählen, und ich begann zu schreiben, ein paar Worte entgingen mir, aber am Ende las ich laut vor, was ich notiert hatte, und er half mir nachzutragen, was noch fehlte. Er fragte, wo ich die Geschichte zu veröffentlichen beabsichtige. Es fiel mir schwer zu sagen, nirgendwo, und ich erfand die Ausrede, im Auftrag eines Mannes zu forschen, der ein Buch schreiben wollte. Nun folgt, was Cidre mir erzählte:

«Es war der dreizehnte Juni 1920, stellen Sie das klar, denn in den Jahren danach wurde oft ein anderes Datum genannt, aber es stimmt nur das Datum, das ich nenne: Die Bombe explodierte am Sonntag, den dreizehnten.

Ich war an jenem Nachmittag im Theater, da ich einen Artikel über diese Vorstellung, die letzte in Havanna, schreiben sollte: eine Matinee zu verbilligten Preisen, gefördert von der Kommission für Tourismus. Der Saal des Teatro Nacional war überfüllt, und in der Präsidentenloge saß Señorita Georgina Menocal, die jüngste Tochter des Präsidenten, die mich selbstverständlich erkannte und von weitem grüßte. Ich erinnere mich, dass ich es mir in meinem Sessel bequem machte, meinen Notizblock hervorholte und darauf wartete, dass der Vorhang aufging. Zufällig sah ich zu dem riesigen Kronleuchter an der Decke hinauf, den sie ein paar Monate zuvor in der Mitte des Saales aufgehängt hatten. Dieser Kronleuchter hatte viel Aufsehen verursacht, denn die Leute glaubten, dass er jeden

Moment ins Publikum stürzen könnte. Aber die Aufregung legte sich, und niemand achtete mehr auf ihn. Nun, ich sah hinauf, und in der Vertiefung, wo sich die Träger des Leuchters kreuzten, entdeckte ich drei Männer, die sich da oben bewegten.

Ich befürchtete, dass sie eine Missetat ausheckten. Im Geiste sah ich den Kronleuchter herabstürzen, ich sah Blut und Rauch, ich hörte schon die Schreie. Ich verließ meinen Platz und lief durch die Gänge hinaus ins Foyer, wies mich bei einem der Saaldiener aus, erklärte ihm, dass ich der berühmte Reporter Arturo Cidre sei und dass ich mit einem der Betriebsleiter des Centro Gallego sprechen müsste, das war die Gesellschaft, der das Theater gehörte. Nach ein paar Minuten erschien dieser Betriebsleiter, ein kahlköpfiger, nervös wirkender Mann. Ich erzählte ihm, was ich gesehen hatte, und er befahl mehreren Angestellten, hinaufzusteigen und die Sache zu überprüfen, aber als diese Angestellten oben ankamen, war die Wölbung, wo sich die Träger überkreuzten, leer. Da die Vorstellung beginnen sollte, ging ich zu meinem Sitzplatz zurück. Ab und zu sah ich zu dem Kronleuchter hinauf, ich konnte es nicht lassen, nach oben zu blicken.

Der erste Akt von *Aida* verlief ganz normal. Aber im Verlauf des zweiten Akts kurz vor Radames' triumphalem Auftritt, als gerade der berühmte Mezzosopran Gabriella Besanzoni in der Rolle der Amneris und María Luisa Escobar in der Rolle der Aida auf der Bühne standen, gab es eine große Explosion. Ich blickte entsetzt zum Kronleuchter hinauf und sprang im Glauben, er würde herabstürzen, auf, aber der Leuchter hielt stand. Stattdessen fielen jede Menge Steine, Gipsteile und Holzstücke herab. Die Escobar und die Besanzoni verschwanden unter einem Regen von Bauschutt, der sich aus dem Bühnenbogen gelöst hatte. Einen Augenblick lang war nichts zu hören, nur das Echo des Getöses, aber gleich darauf ertönten Schreie. Alle schrien wir, ich selbst auch, baten um geordnetes Verlassen des Theaters und um Hilfe. Eine Frau vor mir brach zusammen, sie blutete aus der Nase und am Kopf, ich half ihr aufzustehen und beschmierte mich mit Blut.

Ein Mann wusste die Ruhe zu bewahren. Ich erinnere mich an seinen Namen, weil ich ihn später interviewte: Er hieß Antonio Henry und spielte bei der Städtischen Blaskapelle das Horn. Er wartete darauf, mit den Trompetern aufzutreten, die Radames' Einzug begleiteten. Mitten in der Konfusion hob er das Instrument und begann, die Nationalhymne zu spielen, und mehrere Orchestermusiker stimmten ein. Die Leute hörten auf hinauszustürzen, die Hymne ließ sie innehalten, sie erinnerte sie daran, dass sie keine Tiere waren. Das war der Augenblick, den die Theaterangestellten nutzten, endlich alle Notausgänge zu öffnen und uns ordentlich hinauszulassen.

Auf der Straße begann ich nach den Sängerinnen zu fragen. Ich dachte, sie seien tot. Aber nein, die beiden waren entkommen. Die Besanzoni war in ihrer prächtigen Tunika durch den hinteren Teil des Theaters geflohen und die Calle Consulado hinuntergelaufen, wo sie das Glück hatte, den jungen Manuel Martínez zu treffen, der sie in ein nahe gelegenes Café führte und ein Glas Likör trinken ließ, was ihre Nerven beruhigte. Diesen Manuel Martínez interviewte ich später, ich glaube, er hatte sich in die Besanzoni verliebt. Wissen Sie, was es für einen Mann bedeutet, eine ägyptische Prinzessin auf der Straße zu treffen, besonders wenn diese Prinzessin mit zitternden Lippen und nackten Brüsten in seinen Armen ohnmächtig wird? Caruso war auch geflohen, aber niemand konnte mir sagen, wohin. Einer der Saaldiener des Theaters erzählte mir, dass er ihn in seinem Radames-Kostüm in ein Taxi hätte steigen sehen. Aber dieser Manuel Martínez versicherte mir, dass er, während er der Besanzoni Luft zufächelte, den großen Tenor die Straße überqueren und durch ein Türchen verschwinden sah, das, wie er später feststellte, in die Küche des Hotels Inglaterra führte.

Ich fragte dort nach. Die Köchin, eine schreckliche Frau, versicherte mir, dass weder Enrico Caruso noch sonst ein Künstler jemals ihre Küche betreten hätten. Da waren noch zwei Männer, Küchengehilfen, die beiden sahen mich nicht an, aber ich spürte, dass sie etwas wussten und dass sie nicht redeten, weil es ihnen diese Kaninchen zerlegende Matrone verboten hatte.

In derselben Nacht gingen wir Reporter ins Hotel Sevilla. Wir trafen uns mit Bruno Zirato, das war Carusos Sekretär, und Adolfo Bracale, dem Impresario, der ihn nach Kuba geholt hatte. Zirato sagte, dass Caruso keine Verletzungen erlitten habe, aber dass wir ihn noch nicht interviewen könnten, da er sich erst von dem Schrecken erholen müsse.

Der Korrespondent der *Prensa Asociada*, ein verschwiegener, vorsichtiger junger Mann, der eine Zeit lang mein Schüler gewesen war, fragte, ob es denn stimme, dass die sizilianische Mano Negra dem Sänger mit dem Tod gedroht habe. Zirato antwortete, die Untersuchungen befänden sich in Händen der kubanischen Polizei. Ein anderer Reporter, vom *Diario de la Marina*, wollte wissen, ob es stimme, dass Caruso in den Stadtpark gelaufen und dort von einer Bande Straßenjungs umringt worden sei, die sich über seine Ohrringe und Armbänder lustig gemacht hätten und vor denen die Polizei ihn, einem hysterischen Anfall nahe, hätte retten müssen. Zirato lächelte und sagte, dass sich Caruso dem Park nicht einmal genähert hätte. Da hatte ich die Eingebung, ihm die einzige Frage zu stellen, die ihn die Fassung verlieren ließ: War der große Sänger nicht zufällig in die Küche des Hotels Inglaterra gelaufen?

Zirato beeilte sich, so heftig zu verneinen, dass ich spürte, ich hatte den Finger in die Wunde gelegt. Er versicherte uns Reportern, dass Caruso keine Zeit gehabt hätte, sich umzuziehen, und dass er auf Drängen der Theaterangestellten, die behaupteten, sein Leben sei in Gefahr, in seinem Radames-Kostüm auf die Straße gelaufen wäre. Laut seiner Version war es ein Privatmann gewesen, ein Arzt, der in seinem Auto vorbeigekommen war und ihm angeboten hatte, ihn ins Hotel Sevilla – keinesfalls ins Inglaterra – zu bringen, wo er heil und gesund, wenn auch ziemlich durcheinander, angekommen wäre.

Im Theater gab es eine polizeiliche Einvernehmung, und ich musste aussagen und erzählen, was ich gesehen hatte: die drei Gestalten, die sich zwischen den Balken bewegt hatten, an denen der Kronleuchter aufgehängt war. Aber die Bombe war nicht dort gelegt worden; wäre es so gewesen, würde ich das heute nicht erzählen. Sie war in den Publikumstoiletten, nahe beim Bühnenbogen, gelegt worden. Es gab keine Explosion im Publikum, denn das war nicht beabsichtigt. Ich weiß, dass es dreißig Verletzte gab und mehrere Verdächtige festgenommen wurden. Unter den Verhafteten befanden sich ein Apotheker aus dem Viertel Cerro und seine beiden Töchter, zwei Besatzungsmitglieder eines im Hafen vor Anker liegenden Schiffs und andere.

Im Laufe der Ermittlungen kam heraus, dass das Theater und sogar die Polizei von dem Attentat unterrichtet waren. Dies belegt die Tatsache, dass die Eingänge des Teatro Nacional an jenem Abend bewacht waren und auch der Polizeichef des Bezirks dort patrouillierte. Wer auch immer die Bombe gelegt hatte, wusste, wie man hineinkam, ohne Verdacht zu erregen.

Enrico Caruso blieb ein paar Tage lang verschwunden. Die einen sagten, dass er sich in seine Räume im Hotel Sevilla eingeschlossen habe, die anderen, dass er schon nach New York abgereist sei. Aber ein Mann, den ich zum Reden bewegen konnte und dessen Namen ich niemals zu enthüllen versprach, vertraute mir an, dass der *Commendatore* nach Regla geflohen war, in dieses Dorf voller Hexer und Heiliger, ein Ort, an dem zu suchen niemandem eingefallen wäre. Von dort war er nach Matanzas gefahren, in die Bucht von San Joaquín, die zu Läuterungen, Reinigungen und wer weiß was für Obskuritäten genutzt wird. Können Sie sich Caruso vorstellen, wie er sich unter Babalawos auszieht, mit ihnen singt und zulässt, dass sie ihm eine Taube durch den Schritt führen? Schließlich tauchte er in Santa Clara im Haus der Eheleute Berenguer wieder auf. Von dort schrieb er seiner Frau Dorothy einen Brief, die in jenen Tagen ihrerseits einen ordentlichen Schreck bekommen hatte, denn in ihr Haus waren Diebe eingedrungen und hatten alle ihre Juwelen gestohlen. Und wieder wurde behauptet, dass dies keine gewöhnlichen Diebe, sondern Killer der Mano Negra gewesen seien.

Caruso reiste Ende Juni ab. Ich war der einzige Reporter, der ihn vor seiner Abreise interviewte. Nachdem ich Matrosen und Offiziere geschmiert hatte, konnte ich wenige Stunden vor Auslaufen an Bord des Dampfschiffs *Cartago* gelangen. Ich traf den großen Tenor oder das bisschen, was von ihm übrig war, im leeren Speisesaal an. Als ich ihn sah, war ich beeindruckt: Er saß mit dem Kopf zwischen den Händen über einen Tisch gebeugt und flüsterte folgenden Satz: *‹Chi me l'ha fatto fare? Chi me l'ha fatto fare?›* Das Hemd klebte ihm am Körper, er wirkte, als wäre er gerade aus dem Wasser gezogen worden, und sein Jackett war zu Boden gefallen. Ich dachte, er sei betrunken, aber dem war nicht so. Als ich ihn grüßte, drückte er seine Zigarette aus und versuchte zu lächeln. Sein Gesichtsausdruck erinnerte mich an seinen Pagliaccio: Er strahlte diese Todesangst aus, diese Verzweiflung, die einen Menschen entstellt. Ich dachte einen Moment lang, dass ihm mein Auftauchen lästig sein würde, dass er bei meinem Anblick die Fassung verlieren würde, aber ich bemerkte, dass er zu dem Zeitpunkt schon ganz weit weg war oder zumindest sehr weit über den Dingen stand.

Wir redeten eine halbe Stunde lang. Schwerfällig erzählte er mir von seinen Plänen, er sagte mir, dass er zunächst nach Mexiko, danach nach New Orleans und in andere Städte reisen würde. Einer der wenigen Träume seines Leben war damals, mitten im Urwald singen zu können, an einem Ort namens Iquitos, wo ein gewisser Señor Fitzgerald ein großes Theater bauen ließ, das er, Caruso, einweihen sollte. Er wies auf den ersten Radames hin, den er in St. Petersburg gesungen hatte, und gestand mir, dass er nie schönere Hände als die von Salomea Krusceniski gesehen hätte, der Sopranistin, die ihn begleitete. Eines führte zum anderen, und er erinnerte sich, dass zu jenem Zeitpunkt auch die Sängerin Tetrazzini in St. Petersburg gewesen sei, die ihn «mein Dicker» zu nennen und ihm die Schläfen mit Kölnisch Wasser einzureiben pflegte … Jetzt, wo ihm der Kopf zu zerspringen schien, hätte er sonst was dafür gegeben, wenn ihm zwei weibliche Hände, die der Krusceniski beispielsweise, die Schläfen massieren würden.

Ich merkte, dass Caruso all das nicht mir erzählte, und fühlte, dass sich ein Teil dieses Mannes schon aufgegeben hatte oder im Begriff war, sich aufzulösen. Zirato und Fucito kamen in den Speisesaal und wurden sich ihres großen Fehlers, Caruso allein gelassen zu haben, bewusst: Da saß ich, ein so wichtiger Reporter, und sammelte die Überreste des großen Sängers auf, während ich seinen endgültigen Abstieg miterlebte. Zirato errötete und bat mich, sie zu entschuldigen, der *Commendatore* müsse in seine Kabine zurück.

Als ich das Schiff verließ, spürte ich, dass ich mich an dieser großen Traurigkeit angesteckt hatte. Ich benötigte dringend ein Glas, ein Gespräch. Also ging ich ins Aires Libres, eine Kneipe am Paseo del Prado, in der ich mich immer wie in einer Pariser Kneipe gefühlt hatte, nur hatte ich diesmal nicht das Gefühl, in Paris zu sein, sondern am Ende eines Tunnels. Ich versprach mir selbst, kein einziges Wort darüber zu schreiben, was ich gesehen hatte.

Und ich hielt mein Wort: Ich habe bis heute nicht darüber geschrieben, und jetzt schreibe auch nicht ich, Sie schreiben alles auf.»

Oh! Wer rettet ihn?

Zwei Tage später kehrte meine Mutter nach Regla zurück, betrat den Raum, in dem ich Enrico pflegte, und sagte, dass sie mit mir reden müsse. Beim Hinausgehen strich sie mir übers Haar. «Arme Aida», flüsterte sie, «du bist doch schon einmal verwitwet, was willst du denn noch?» Ich legte meine Hände vors Gesicht, konnte aber nicht weinen. Der Schmerz über den Tod enthält auch das: Er kann zeitweilig austrocknen; wenn eine sie am nötigsten braucht, gibt es keine Tränen, die in die Augen steigen, es gibt nur diesen im Bauch festsitzenden Schmerz, ein Skorpion unter dem Stein des Herzens.

Ich habe nie erfahren, ob meine Mutter es ahnte oder ob Calazán es ihr erzählt hatte, dass ich Enrico geküsst hatte. Wenn sie es ahnte, blieb ihr keine Zeit, mir Vorwürfe zu machen, denn Calazán, der kurz zuvor mit einem seiner Schützlinge weggegangen war, kam ganz atemlos zurück und erzählte, dass Fremde mit Pistolen in Regla aufgetaucht seien. Wir standen in der Tür, es war ein bewölkter Mittag, und hinter Calazán tauchten seine schon älteren Schützlinge auf: vier Neger, die wie Stauer wirkten, und ihre Freunde, etwa zehn oder zwölf, die gekommen waren, um uns zu beschützen. Einer von Calazáns Schützlingen trug eine Pistole – die anderen hatten Macheten –, und der mit der Pistole begleitete meine Mutter zu dem Bötchen, das sie nach Havanna zurückbrachte. Bevor sie ging, strich sie mir übers Gesicht und sagte, dass sie keine Angst hätte, mich hier zu lassen, denn mit der Gunst der Orishas und unter dem Schutz meines Paten könnte mir nichts Schlimmes geschehen.

Enrico berichteten wir nicht gleich, dass seine Verfolger in Regla waren. Meine Mutter hatte ihm ein weiteres Kleiderpaket von seinem Sekretär mitgebracht, das auch Gurgelwasser und eine ganze Stange Zigaretten enthielt. Er wusste nicht, dass das Haus von Calazáns Schützlingen bewacht wurde, die eher zu töten bereit waren, als zuzulassen, dass sich ein Fremder dem Haus näherte. Doch war der Mann, der ihnen in die Hände fiel, kein Fremder, sondern Kubaner, ein einäugiger Mulatte, der gegen Einbruch der Dunkelheit unter dem Vorwand, seine Schwester zu suchen, auf das Haus zukam. Calazán nahm ihn in Empfang und ließ ihn eintreten. Als der Mann im Haus war, stürzten sich die Wächter auf ihn, durchsuchten seine Taschen und schlugen ihn. Er blutete aus dem Mund und schwor bei seiner Mutter, nicht zu wissen, wovon sie redeten. Die Wächter schlugen ihn wieder, aber er wusste noch immer nichts. Am Ende blieb ihm nichts anderes übrig, als zu reden, denn kaum spürte er den Strick, löste sich seine Zunge: Einer der Schützlinge drückte ihm den Hals zu und flüsterte ihm ins Ohr, dass Regla Calazán gehöre und sich niemand darum scheren werde, wenn sie ihm einen Stein an den Gürtel binden, ihn in einen Sack stecken und in die Bucht werfen würden. Der Mann war nun sehr eingeschüchtert und gab zu, dass er im Auftrag von ein paar Italienern gekommen sei, die wissen wollten, ob dies das Haus sei, in dem sich der Opernsänger Enrico Caruso verstecke, wie viele Leute darin wohnten und was zu tun sei, um ihn gewaltsam herauszuholen und nach Havanna zu bringen. Als Calazán dies hörte, ließ er seine Schützlinge zurücktreten und baute sich vor dem Mann auf: Er solle den Fremden ausrichten, dass ohne seine Erlaubnis niemand einen Fuß in das Dorf Regla setze, und sollte er erfahren, dass einer von ihnen mitten in der Nacht um das Dorf herumstreiche, würde er sich mit den *ñañigos* seines *cabildo* auf die Suche nach ihm machen und ihm seine Geschlechtsteile sowie seine Zunge abschneiden und ihn so, mit zwei Körperteilen weniger, in der Kaserne von Regla abliefern, wo ein weiterer seiner Schützlinge das Sagen hätte.

Der Mann stand auf, er blickte weder zurück, noch zeigte er

Reue. Er wusste, dass sie ihm vorläufig eine Chance gegeben hatten, diese Botschaft zu überbringen, und dass ihm keiner der Schützlinge meines Paten etwas tun würde. Enrico und ich sahen ihn vom Fenster aus weggehen. Er wollte wissen, was los sei, und ich log ihn an und behauptete, es habe sich um einen Dieb gehandelt. Mein Pate kam kurze Zeit später ins Zimmer und teilte uns mit, dass wir beruhigt sein könnten, es gäbe keinen sichereren Ort als das Dorf Regla und alle hier würden ausschließlich ihm gehorchen. Dann verkündete er, dass der Tag, um Ebbó zu machen, schon festgelegt sei und dass dies nicht in Regla geschehen würde, sondern in einer Lagune bei Matanzas. Wenn er dann die Heiligen befriedigt hätte – das war sein Lieblingswort: befriedigen –, könnten wir beide in Frieden ziehen.

An jenem Abend zur Essenszeit erinnerte sich Enrico an das Meer. Zum ersten Mal in meinem Leben hörte ich von einer Stadt namens Neapel. Er vertraute mir an, dass er als Junge Seefahrer hatte werden wollen und dass ein mit seinem Vater befreundeter Friseur ihm versprochen hatte, ihm das Segeln beizubringen. Der Friseur war, bevor er Friseur wurde, Steuermann auf einem Schiff gewesen und um die ganze Welt gereist. Von einer seiner Reisen hatte er ein Marmorei mitgebracht, und jedes Mal, wenn er einen Greis rasieren musste, steckte er diesem, um seine Wangen zu spannen, das Marmorei in den Mund. Wenn er das Ei wieder herausnahm, steckte er es ungewaschen in die Tasche, und von dort wanderte es in den Mund des nächsten Greises und immer so weiter, und der letzte Greis schluckte die Spucke von allen, die vor ihm rasiert worden waren. Enrico lernte in diesen Jahren, dasselbe zu tun, aber mit Hühnereiern. Er steckte sich ein Ei in den Mund und versuchte, ihn zu schließen, ohne es zu zerbrechen; laut dem Friseur stärkte diese Übung die Muskulatur und härtete die Stimme ab. Ein Seefahrer benötigte ebenso wie ein Sänger eine abgehärtete Stimme. Enrico wurde Sänger.

Damals starben die Leute in Neapel an drei Krankheiten, die sich vermischten. Der Typhus gesellte sich zu Cholera und

Ruhr, und das Ergebnis dieser Mischung wurde «Fieber von Neapel» genannt. Die beiden vor Enrico geborenen Brüder waren als Kinder gestorben, und dass er damals weder starb noch am Schwefel des Desinfektionsmittels erkrankte, das auf den Straßen verstreut wurde, dass er weder seine Stimme noch seine Zähne beim Einatmen der Dämpfe verlor, lag daran, dass seine Mutter eine kräftigere und besser ernährte Frau fand, die ihn in den ersten Monaten stillte. Enrico erinnerte sich noch an seine Amme. Solange er in Neapel lebte, hatte er sie regelmäßig besucht. Die Form ihres Körpers und der Geschmack ihrer Brüste waren unauslöschlich in seine Erinnerung gebrannt, und ich glaube, er war aufrichtig, als er sagte, dass es ihm unglaublich erscheine, in einem so abgelegenen, afrikanischen Dorf wie Regla erneut diesen Geschmack, die Nahrung seiner Kindheit, wieder gefunden zu haben. Während er dies sagte, berührte er mich unter meiner Bluse und wurde augenblicklich tief betrübt, denn dieser Zufall schien ihm ein Zeichen zu sein: Das Leben schloss am selben Ort, wo es begonnen hatte. Er bat mich, ihm ins Gesicht zu sehen und zu sagen, was ich sah. Ich antwortete ihm, dass ich sein Gesicht sähe, aber er schüttelte den Kopf. «Alles ist zu Ende», sagte er. «Du bist die letzte Etappe.» Ich war damals siebenundzwanzig Jahre alt, aber vielleicht wirkte ich wie dreißig. Bis dahin war ich nur mit einem Mann zusammen gewesen, Baldomero Socada. Und in all diesen Jahren hatte ich ihn nie weinen sehen. Enrico weinte geräuschlos, wie jemand weint, wenn es von Herzen kommt, die Tränen strömen unaufhaltsam, aber das Gesicht bleibt ausdruckslos, und kein Muskel bewegt sich. Ich sah ihn diese ganze Zeit weinen, und als ich spürte, dass keine Tränen mehr kamen, zog ich mich aus und legte mich neben ihn. Er legte mir seine Hand auf den Bauch, und ich bat ihn zu schlafen. Aber er schlief nicht, er wiederholte, ich sei sein Ende, und damit er sich beruhigte, sagte ich ihm schließlich die Wahrheit: dass sein Ende nicht auf Kuba kommen würde, dass mein Pate es im Ékuele gelesen hatte. Wir blieben wach und sahen den Morgen grauen, dieses erste Licht, das wie sanft fließendes Wasser wirkt und ohne zu kochen überläuft. Irgendwann in der Nacht hatte er erzählt, dass Regla wie Neapel röche und dass dieses Bett, in dem er ausruhe, den Geruch des Bettes seiner Mutter verströme. Ich fragte ihn, ob seine Mutter noch lebe, und er antwortete, dass sie gestorben sei, als er fünfzehn Jahre alt war, und dass sich am Abend ihres Todes seine Stimme verändert hatte. Er sang gerade in einem Kirchenchor, und in seiner Kehle stieg Hitze auf: Das war die Hitze, die seiner Stimme einen anderen Ton verlieh. Am Ende des Gottesdienstes kam eine Frau zu ihm und flüsterte ihm zu, dass er schnell nach Hause gehen solle. Enrico begriff sofort und begann zu weinen. Die Hitze kam und verschwand, und bis zu seinem achtzehnten Lebensjahr wusste er nicht, ob er Tenor oder Bariton sein würde. Er erklärte mir, was das eine und was das andere ist. Er sang ein Stück als Bariton, und dann sagte er, dass er mir etwas als Tenor vorsingen würde, was er tatsächlich sei.

Er begann sachte, und seine Stimme schien nicht aus seiner Kehle zu dringen, sondern war wie ein Summen, das von der Erde aufstieg, kräftiger wurde und alles ausfüllte, wie ein Erzittern der Luft. Das Erste, was ich von diesem Lied hörte, war mein Name.

Ifá lügt nicht, er irrt sich nie, und mein Pate war schlicht Ifás Dolmetscher. Durch das Ékuele hatten ihm die Orishas jene Melodie eingegeben, eine Musik, die mich mein Leben lang begleiten würde. Viele Jahre später, als ich die Platte auftrieb und ein Grammofon kaufen konnte, um sie abzuspielen, hörte ich jeden Morgen als Erstes noch vor dem Kaffeetrinken oder Waschen dieses Lied. Enricos Stimme floss mir dann durch die Adern, es war eine Melodie, die mich schmerzte und verzweifeln ließ, und diese Verzweiflung erlaubte mir weiterzuleben.

Als Enrico damals nach Kuba kam, war er verheiratet und hatte eine kleine Tochter, die Gloria hieß. Er erzählte mir von Gloria, aber nichts von seiner Frau, über die ich später erfuhr, dass sie Amerikanerin und in meinem Alter war. Von der Mutter seiner beiden älteren Kinder erzählte er mir schon. Ada Giachetti war auch Sängerin gewesen, hatte Enrico aber nie geheiratet, weil sie schon verheiratet war, als sie einander kennen lernten. Anfangs dachte ich, sie sei gestorben, wegen der Art und Weise, wie er von ihr sprach, aber eines Nachts erzählte er mir, dass Ada sie alle, ihn und die Kinder, verlassen hätte, und von dem Augenblick an hatte sich seine Stimme erneut verändert. Es war ihm keine Hitze in der Kehle aufgestiegen, sondern es war ein kalter Schnitt gewesen, ein Schmerz, der sich anfühlte, als würde ihm ein Eiswürfel ein Stimmband zerschneiden.

Auf seine amerikanische Frau war ich nie eifersüchtig. Mir ging kein einziger Gedanke durch den Kopf, der mit dieser Frau zu tun hatte. Aber Ada Giachetti oder die Erinnerung an sie, was dasselbe ist, quälte mich. Sie quält mich noch immer, obwohl der Staub, der von ihren Knochen übrig geblieben ist, wer weiß wo sein dürfte. Dieser Staub ist ein Staub, der von Enrico geliebt wurde. Er suchte sie in anderen Frauen: Er suchte sie in Adas Schwester, die Rina hieß, und er suchte sie in seiner amerikanischen Frau, von der ich später erfuhr, dass sie Dorothy hieß. Zum Schluss suchte er sie in mir, nicht die ganze Zeit, aber am Anfang. Er sagte, ich hätte dieselben Zähne wie Ada. Das war das Einzige, in dem ich ihr ähnlich sehen konnte, da ich ja eine hellhäutige Mulattin mit Schlitzaugen vom Vater und der verdächtigen Nase der Yorubas war. Ich war eine ähnliche Mischung wie das Fieber von Neapel. Mein Leben setzte sich aus vielen Fiebern zusammen, und mit dieser Hitze versuchte ich Enrico zuzudecken. Was mir bis zu dem Tag, an dem er ein Schiff bestieg, das ihn für immer von Havanna fortbrachte, halbwegs gelang.

An dem Abend wurde mir klar, dass Calazán aus dem Ékuele mehr herausgelesen hatte, als er mir sagte: Er hatte gelesen, dass ich Enrico kennen lernen und mich in ihn verlieben würde. Aber er hatte außerdem herausgelesen, dass ich dazu auserwählt war, Enrico zu begleiten, ihm bis zum Ort seines Todes zu folgen, wobei es egal war, ob er auf Kuba starb oder in Neapel: Mir war beschieden, zu enden, wo er enden würde.

Calazán hatte alles so deutlich gesehen, dass er die Augen

schloss. Aber vor seinen geschlossenen Augen erschien Ikús Schrift, was bedeutet, dass man den Tod nahen sieht, und genau so erzählte er es meiner Mutter. Wenn sie mich gebeten hatten, den Mann, der gekommen war, um mich zu krönen, zu ihnen zu bringen, wenn sie Enrico Caruso Zuflucht gewährt und ihn vor seinen Verfolgern beschützt hatten, dann nicht, um ihn, sondern um mich zu retten. Als sie uns auf Kuba trennten, lösten sie mich aus dem Schatten, den er mir zu geben bestimmt war, lösten sie mich von den Schmerzen, die wir teilen sollten. Sie trennten meine Haut von meinem Fleisch, meine Knochen von meinem Blut, mein Herz von meinen Gefühlen. Aber dem, was in mir war, konnten sie nichts anhaben. Das stand auch geschrieben, und Orula hatte befohlen, es nicht anzurühren. Orula hatte angeordnet, dass du leben sollst, Enriqueta. Deshalb erzähle ich dir die Geschichte.

★ Mitte April, kurz nach meinem Gespräch mit Arturo Cidre, besuchte ich Manuel Martínez, der in einer kleinen Wohnung im Dachgeschoss eines Gebäudes in der Calle Lealtad wohnte: zwei Zimmer, die von einem Duschvorhang abgeteilt wurden. Neben der Wohnung war ein Taubenschlag, ein Kasten aus verkrusteten Brettern. Als ich an die Tür klopfte, hörte ich Flügelschlagen hinter den Brettern, und aus dem Taubenschlag antwortete eine Männerstimme.

«Arturo Cidre schickt mich», sagte ich. «Ich möchte Sie über Enrico Caruso befragen.»

Der Mann streckte den Kopf heraus.

«Von Caruso weiß ich nichts.»

«Ich bin gekommen, um Sie über den Tag der Bombe zu befragen», insistierte ich.

«Davon weiß ich auch nichts.»

Er kam mit offenem Hemd aus dem Taubenschlag. In der Hand hielt er eine tote Taube, wickelte sie in Zeitungspapier und warf sie in eine Ecke. Manuel Martínez war ein Gespenst mit armseligem Schädel und Augen, die von Lieblosigkeit gezeichnet waren, ein Hauch, der von einem Mann übrig geblieben war. Er forderte mich auf einzutreten, und wir setzten uns an einen Tisch, auf dem zwei große Eimer mit Maiskörnern standen. Von dort aus sah ich das verblasste Foto, das über die Unordnung herrschte. Ich zweifelte keinen Moment: Das war ein Bild von Gabriella Besanzoni.

«Ich weiß nur etwas über sie», sagte Manuel und zeigte auf das Foto. «Das ist das Einzige, was ich weiß.»

Auf seinen feuchten Armen und auf der Haut am Hals klebte weißer Taubenflaum, und Hemd und Hose trugen Spuren alter oder frischer Vogelscheiße, vom Licht gebleichte Federn, Essensreste.

«Ich assistiere einem Professor, der ein Buch schreiben wird», log ich, nie in meinem Leben habe ich mit so überzeugender Stimme gelogen.

«Was wollen Sie wissen?»

«Alles, woran Sie sich erinnern», antwortete ich. «Ich will wissen, was an jenem Tag geschah.»

Ich zeigte ihm das Notizbuch, und er machte eine unwillige Handbewegung. Ich weiß nicht, ob ihm irgendwann durch den Kopf gegangen ist, mich zu bitten, seine Wohnung zu verlassen. Er atmete schwer, vielleicht aus Rührung, er wirkte so erschöpft, dass ich ihm schon vorschlagen wollte, an einem anderen Tag wiederzukommen. Aber etwas hielt mich zurück, es war sein erster Satz; dieser Satz, den ich erst später richtig verstand, war der Schlüssel zu allem, was geschehen war.

«Es war eine Bombe, die uns im Innersten zerstört hat.»

Ich bat ihn langsam zu sprechen und begann mitzuschreiben.

«An Caruso erinnere ich mich kaum noch. An Gabriella erinnere ich mich deutlich. Es war der 13. Juni 1920, schreiben Sie das Datum richtig auf, denn es wurden andere genannt. Ich bin die Calle San Miguel Richtung Zulueta hochgegangen, zum Haus meiner Braut. Damals kümmerte ich mich um die Verwaltung eines Ladens, eines riesigen Ladens voller Knoblauch und Heringe. Ich verdiente gut und sparte, um heiraten zu können.

Ich habe die Explosion nicht gehört, ich habe nichts gespürt. Zwei Männer liefen an mir vorbei, sie wirkten sehr verwirrt und schrien sich an, ich achtete aber nicht darauf, was sie sagten. Als ich an die Kreuzung Calle Consulado kam, sah ich aus dem Hintereingang des Theaters eine Frau kommen, ein Gespenst in Schleiern und mit Armreifen, ganz allein, sie ging wie eine Erscheinung. Ich wurde auf ihre Kleidung aufmerksam, sie schien verkleidet, sie trug eine goldbestickte Tunika und eine merkwürdige Krone auf dem Kopf. Von der Tunika hatte sich ein Träger gelöst und eine ihrer Brüste war entblößt, aber sie schien es nicht zu merken. Ich sah diese Brust an, als wäre sie ein Auge, und diese Brust sah mich ebenfalls an, sie aber nicht. Sie war nicht in der Verfassung, jemanden zu sehen oder zu hören, sie konnte auch nicht sprechen. Sie kam lediglich auf mich zu und sank in sich zusammen.

Der Aufprall ihres Körpers auf das Pflaster war der Gnadenstoß für mein ganzes Leben. Ich lief zu ihr und versuchte, ihren Kopf zu heben, ich tat, was ich andere hatte tun sehen, wenn jemand ohnmächtig wurde: Ich gab ihr Klapse auf die Wangen. Sie antwortete nicht, und ich versuchte, sie aufzurichten, ich schüttelte sie und pustete ihr ins Gesicht, sie hatte Schweißperlen auf den Lippen, und ihr Haar war von einer Art feinem Staub überzogen. Ihre Arme waren ebenfalls mit Ruß und Staub bedeckt, aber selbst so erschien sie mir noch unberührbar, eine Frau, die sich in nichts auflösen konnte.

Sie kam wieder zu sich, es gelang ihr, sich aufzurichten, und ich fragte sie nach ihrem Namen. Sie sagte, sie heiße Gabriella, dass es im Theater eine Explosion gegeben hätte und dass etwas von der Decke gestürzt und auf ihren Kopf gefallen wäre, sie erinnerte sich aber nicht, wie es ihr gelungen war zu entkommen. Sie fügte hinzu, dass sie nichts als in ihr Hotel zurückwollte, und fragte mich, ob ich sie hinbringen könnte. Ich zog mein Jackett aus und legte es ihr über die Schultern, wir setzten uns in Bewegung, und sie hakte sich bei mir ein. Das war der Augenblick, in dem wir Caruso sahen, ich hätte ihn nicht erkannt, aber Gabriella rief zweimal seinen Namen, sie rief: «Rico, Rico!», er hörte aber nichts oder wollte nicht stehen bleiben. Er war wie ein ägyptischer Krieger verkleidet, es war schwierig, ihn aus der Entfernung zu erkennen, aber das schrieben die Zeitungen. Er wirkte sehr verängstigt und stolperte mehrmals, bevor er durch ein Türchen schlüpfte, von dem ich dachte, dass es in eine Kneipe führt, aber später entdeckten wir, Arturo Cidre und ich, dass es die Küchentür vom Hotel Inglaterra war.

Ich führte Gabriella in ein Café. Zum Glück waren zu der Tageszeit nur wenig Leute da, und der Wirt brachte uns eine Flasche Cognac. Als wir ihm sagten, dass im Teatro Nacional eine Bombe explodiert sei, fragte der Mann nach Caruso. Wir erklärten ihm, dass er lebe, wir hätten ihn gerade auf der Straße getroffen. Gabriella trank ihren Cognac und bat mich erneut, sie ins Hotel zu bringen. So begleitete ich sie ins Sevilla, ging mit auf ihr Zimmer, sie gab mir mein Jackett zurück und bat mich dann aber, bei ihr zu bleiben. Sie zitterte noch immer, wenn sie an die Explosion dachte, sie sagte, sie hätte große Angst, und ich blieb den ganzen Abend und die ganze Nacht bei ihr. Ich habe sie nicht angerührt, ich sah ihr nur beim Schlafen zu und hörte sie stöhnen, sie stöhnte im Schlaf. Sie reiste mit einem Dienstmädchen, das Eindringlinge fern hielt, und der Impresario Bracale fertigte, so gut er konnte, die Reporter ab. Arturo Cidre war der Einzige, der wusste, dass ich bei Gabriella war und in ihrem Zimmer über sie wachte; er hatte es, wer weiß, von einem Dienstmädchen oder von irgendeinem Kellner erfahren. Damals pflegte Cidre gute Schmiergelder zu verteilen.

Am nächsten Tag, es war ein Montag, verabschiedete ich mich von Gabriella und ging direkt zur Arbeit. Ich fand mich im Lager ein, als wäre nichts geschehen oder als geschähe alles zum ersten Mal: die Routine, die Stauer, die Lieferscheine. Ich sog mich mit dem Geruch nach Knoblauch und den vielen Heringsgerüchen voll, ich war wie verwandelt und kehrte am Abend ins Hotel Sevilla zurück, wo ich eine ruhigere Gabriella vorfand. Sie lud mich ein, ein Weilchen zu bleiben, und bat mich um Verzeihung. Um ehrlich zu sein, wusste ich nicht, was ich ihr zu verzeihen hatte, und sagte ihr das auch. Sie antwortete, dass sie mir den Sonntagabend verdorben hätte mit ihrer Bitte, die ganze Nacht bei ihr zu bleiben. Ich antwortete ihr, dass ich tausendmal bei ihr geblieben wäre, und wenn ich sie tausendmal getroffen hätte. 1920 war ich nicht das, was ich heute bin, ein heruntergekommener alter Taubenzüchter. Gabriella kam zu mir, und ich ließ zu, dass sie an meinem Körper entlangglitt, ich ließ zu, dass sie sich leerte, als wäre sie flüssig.

Ich hätte mir nie vorstellen können, dass der einsame Blick dieser Brustwarze, die mich angeblinzelt hatte, fähig wäre, mir so viel Schaden zuzufügen. Sie gab mir ihr Foto und sagte zu mir, so könne sie Kuba nicht verlassen. Ich umarmte sie und schlug ihr vor, zusammen das Sevilla zu verlassen und von hier durchzubrennen, und sie war einverstanden.

Ich nahm alle meine Ersparnisse und dachte mir eine Geschichte aus. Meinen Eltern erzählte ich, dass der Lagerbesitzer mich beauftragt hätte, aus der Provinz Matanzas eine Knoblauchlieferung abzuholen. Meine Braut, die Francisca hieß, log ich ebenfalls an, aber sie hatte eine Vorahnung und fragte mich, wo ich schlafen, wie lange ich bis zu meiner Rückkehr brauchen und mit wem ich fahren würde. Ich konnte ihr wenig antworten. Ich packte einen Koffer und nahm Gabriella mit. Mit zweiundzwanzig, so alt war ich damals, packt man eilig einen Koffer und versucht, eine einzige, große Verrücktheit zu begehen. Gabriella war auch sehr jung, nur ein paar Jahre älter als ich, und die Bombe hatte sie verstört, sie hatte sie gezwungen, an den Tod zu denken. Wegen dieser Gedanken floh sie mit mir.

Wir kamen nicht weit, wir flüchteten uns in ein Dörfchen bei Santiago de Las Vegas, mieteten ein kleines Haus neben einer Försterstation, die wie ein Garten wirkte, der zufällig von einem Italiener gepflegt wurde, einem Pflanzenkundler namens Marino Calvino. Er und seine Frau waren sehr gerührt, als sie erfuhren, dass diese zurückhaltende Italienerin die berühmte Gabriella Besanzoni war. Wir baten sie, unser Geheimnis zu wahren, und Calvinos Frau, die damals gerade schwanger war, verkündete, sollte sie ein Mädchen bekommen, würde sie es Gabriella nennen, und sollte es ein Junge werden, würde sie ihn Italo nennen, wegen Italien, das so weit weg war. Auf jeden Fall musste Gabriella ihnen versprechen, das Kind zu taufen. Aber Gabriella erfüllte ihr Versprechen nie, denn nach wenigen Tagen kehrten wir nach Havanna zurück.

Ich trennte mich von Francisca und stritt mit meinen Eltern, die bereits von meinem Abenteuer erfahren hatten. Im Hotel Sevilla erwarteten Gabriella mehrere Telegramme, ein paar

Briefe ihrer Familie und von Impresarios, die ihr Termine und Städte vorschlugen. Zwei Nächte nach unserer Rückkehr gestand sie mir, dass sie in New York singen wollte, dass sie aber zurückkehren würde. Mir wurde klar, dass ich verloren war, ich versuchte, es ihr auszureden, und sie antwortete, dass sie die Oper nicht aufgeben könnte, sie sei ihr wirkliches Leben. Ich begleitete sie zum Schiff, aber insgeheim beschloss ich, ihre Abreise zu verhindern. Als sie mich küssen wollte, hob ich die Hand. Ich ohrfeigte sie heftig vor allen mit Taschentüchern winkenden Reisenden und vor den Zurückbleibenden. Ich stieß sie wütend weg, und zum zweiten Mal hörte ich das Aufschlagen ihres Körpers auf dem Pflaster. Ein paar Männer liefen herbei und hielten mich fest, jemand schlug mir ins Gesicht, und Gabriella ging eilig an Bord, weil sie nicht wollte, dass sie jemand erkannte.

Am nächsten Tag kehrte ich nach Hause zurück und redete mit meinen Eltern. Ich versöhnte mich mit Francisca, und wir heirateten früher als vorgesehen. Des Weiteren nahm ich meine Arbeit im Lager wieder auf, das überfüllter denn je mit Knoblauch und Heringen war. Gabriella schrieb mir oft, und einmal bat sie mich, sie in Mexiko zu treffen; sie schrieb, dass sie mich dort erwarte und dass sie mich nicht vergessen hätte. Ich roch an meinen Armen; Knoblauch auf der Haut riecht seltsam; dieser Geruch, der sich in meinen Poren festgesetzt hatte, diente mir als Ausrede, nicht hinzufahren. Francisca, die den Brief las, fragte mich, ob ich sie verlassen würde. Wir hatten schon ein Kind, und sie musste wissen, ob ich daran dachte, sie zu verlassen. Ich versicherte ihr, dass ich das nicht tun würde; ich sagte ihr, dass ich mich für meinen Geruch schämen würde.

Oftmals habe ich gedacht, wäre das an jenem Sonntag mit der Bombe nicht geschehen, wäre ich am Theater vorbeigegangen und hätte gehört, was man eben hört: das Echo der Musik und manchmal den Applaus. Niemand wäre vorzeitig hinausgelaufen, keine Frau in Schleiern und Edelsteinen, keine Prinzessin mit dem entflammten Auge einer Brust. Francisca, meine arme Frau, hätte nicht die siebenundzwanzig Jahre gelitten, die sie an meiner Seite litt, indem sie meine Sehnsucht nach Gabriella aufsaugte und zuließ, dass ich dieses Foto aufhängte und es in meinem Schmerz heimlich anbetete.

Deshalb sage ich, dass der Schaden, den diese Bombe uns innerlich zugefügt hat, größer war als der im Theater. Caruso floh in den Sandalen eines Kriegers, aber wen könnte schon interessieren, was mit Caruso geschah? Er führte sein Leben weiter, wir nicht. Sehen Sie mich an: Francisca ist tot, aber sie war schon vorher tot, sie war ein weiteres Opfer, eine Geschädigte der Explosion. Sie wird nicht zu den Verletzten gezählt, auch ich werde nicht dazugerechnet. Sehen Sie sich meine Narben an, sehen Sie sich dieses Foto von Gabriella an, sehen Sie genau hin: Es ist ihre Schuld, dass ich blutleer zurückblieb.

Und jetzt entschuldigen Sie mich, ich muss die tote Taube wegwerfen.»

… erheben sich die Toten

Blaue Feigen aus Sorrent. Er sagte, dass mein Mund danach schmecke. Ich habe nie erfahren, wie diese Feigen schmecken, denn nach seinem Tod habe ich die Hoffnung, sie irgendwann zu probieren, verloren. Die Hoffnung und den Mut: Ich werde diese Stadt nie wieder verlassen.

Enrico versprach mir, mich nach Neapel mitzunehmen, er versprach mir, mich nach Sorrent mitzunehmen, um diese Feigen zu essen, und wenn wir genug davon gegessen hätten, würden wir nach Mailand fahren. In Mailand würde er mir ein großes Theater zeigen, in dem nur Opern gesungen würden, und wir würden durch die Galleria spazieren, eine Straße, die er mir wie einen Traum beschrieb. Für den Schluss behielt er sich das Beste vor: die Villa Bellosguardo, sein wirkliches Zuhause. Dort hatte er seine Weihnachtskrippensammlung, einen ganzen Salon voller Christusgeburten. Außer ihm durfte sie niemand anfassen, und niemand wagte es, ihn zu stören, wenn er die Figürchen betrachtete, mehrere tausend Stück, die zusammenzutragen und aufzustellen ihn Jahre gekostet hatte. Er versprach, dass er mich einmal helfen lassen würde, nur ein einziges Mal, sagte er zu mir, damit ich ihm Kleider für die Schäfer nähen könnte. Wir schlossen diesen Pakt, und er schenkte mir außerdem eine Zeichnung von der Villa. Ich schrieb das Datum darunter und bewahre sie noch immer auf. Am selben Abend lernte ich Bruno Zirato kennen.

Calazán, der von diesem Besuch wusste, passte Zirato zusammen mit einer Gruppe seiner Schützlinge, die in jenen Tagen nicht von unserer Seite wichen, auf halbem Weg ab. Als sie das Haus betraten, lief Enrico auf seinen Sekretär zu, den er seit dem Tag der Explosion nicht mehr gesehen hatte; sie umarmten sich und begannen, Italienisch miteinander zu sprechen. Calazán zog sich mit seinen Schützlingen zurück; ich glaube, es ängstigte ihn und machte ihn tief im Innern sicherlich wütend, dass er nicht verstand, was sie sagten. Ich ging inzwischen in die Küche und machte Kaffee. Als ich durch den Vorraum ging, entdeckte ich, dass Zirato einen Koffer mitgebracht hatte, der halb offen stand und voller Kleidungsstücke war. Ein anderes Gepäckstück war voller Zigarettenschachteln; es waren keine kubanischen, das wusste ich und fand dann heraus, dass es ägyptische waren. Mir ging durch den Kopf, dass Zirato nach Regla gekommen war, um Enrico abzuholen, meine Beine begannen zu zittern, und mir schossen die Tränen in die Augen. In dem Moment kam mein Pate herein und sagte in einem Tonfall, den ich sehr gut kannte, in dem verächtlichen Ton, wenn er im Namen der kriegerischen Orishas redete, zu mir:

«Warum hebst du dir diese Tränen nicht für den Tod deiner Mutter auf?»

Zum ersten Mal antwortete ich ihm nicht als eine seiner Schützlinge, nicht als das ergebene Mädchen, das er hatte aufwachsen sehen. Ich antwortete ihm wie die hungrige, verwitwete Frau, die in mir steckte.

«Ich habe viele Tote beweint, Pate: meine Großmutter, meinen Vater, meinen Mann Baldomero und das verstorbene Mädchen. Besonders dieses Kind. Jetzt werde ich um die Lebenden weinen. Ich will mich nicht von Enrico trennen. Er wird mich nach Neapel mitnehmen.»

Calazán machte ein Geräusch, das mir seine Wut bestätigte: Er ließ die Zungenspitze gegen seine Wange schellen, dann lehnte er den Kaffee ab, den ich ihm angeboten hatte.

«Du bist eine Eselin. Aber ich ertrage es, weil es geschrieben steht. Ifá lügt nicht, und es wäre sehr seltsam, wenn Ifá sich irren würde.»

«Ich bin schon alt, Pate. Du selbst hast gesagt, dass dieser

Mann kommen wird, um mich zu krönen. So sei es: Ich will nicht sterben, ohne von ihm gekrönt worden zu sein.»

«Ich habe dir auch gesagt, dass er schon tot ankam, gezeichnet vom Heiligen seines Kopfes. Es gibt niemanden, der ihn retten wird, Aida. Aber vielleicht kann ich dich retten. Ich schulde deiner Mutter diesen Gefallen, ich schulde ihn vor allem der alten Petrona, deiner Yoruba-Großmutter. Und ich schulde ihn nicht zuletzt deinem wirklichen Vater. Da du schon so alt bist und dich so gebildet glaubst, sage ich dir die Wahrheit: Dein leiblicher Vater ist Yuan Pei Fu. Von Babalawo zu Babalawo muss ich das mit dir für ihn erfüllen.»

Er sah mich an, und ich hielt seinem Blick stand. Damals überraschte mich die Tatsache, dass Yuan Pei Fu mein leiblicher Vater war, nicht besonders. Im Grunde hatte ich das vielleicht gehofft, und auch wenn ich es nicht gehofft hätte, war das Einzige, was mich interessierte, bei Enrico zu bleiben und ihm zu folgen, solange Gott es wollte. Eine Schneiderin aus der Calle Amargura, eine einfache Frau wie ich, kann sich manche Dinge nicht erklären. Ich konnte es damals nicht erklären, aber jedes Mal, wenn ich mit Enrico schlief, wenn wir uns umarmten, spürte ich nicht, wie er in mich eindrang, was natürlich gewesen wäre, sondern ganz im Gegenteil: Ich hatte den Eindruck, dass sein Körper von innen aus mir heraustrat, dass ich ihn in meinen Armen gebar und dass er mir schon gehört hatte, bevor ich ihn kennen lernte. Das war eine Verliebtheit voller Geheimnisse, denn Orula hatte seine Hand ins Spiel gebracht, die Wege waren vorgezeichnet, und die Worte und das Leid waren ebenfalls vorbestimmt.

«Pack deine Sachen», befahl mir Calazán. «Wir fahren nach Matanzas.»

Es war noch nicht klar, ob Enrico mitkommen würde. Ich beruhigte mich nicht, bis ich ihm seinen Kaffee gebracht hatte und er selbst mir vor Zirato bestätigte, dass die Männer, die ihn bedrohten und im Theater die Bombe gelegt hatten, bereits wussten, dass er in Regla war. Das waren gefährliche Leute, bereit, viel Geld dafür zu bezahlen, ihm Schaden zuzufügen. Bis sich alles wieder normalisieren würde und er in Santa Clara wieder auftauchen könnte, hätte Calazán ihm ein anderes Versteck vorgeschlagen, nur für ein paar Tage.

«Danach fahren wir nach Neapel», sagte er leise zu mir. «Dort bleibst du bei mir.»

Wir verließen Regla am nächsten Tag in einem Fischerboot, das einem von Calazáns Schützlingen gehörte. Ein paar andere seiner Schützlinge fuhren hinter uns her und sorgten dafür, dass uns niemand zu nahe kam. Als wir am Muelle de Luz anlegten, warteten zwei Autos auf uns. In einem davon saß Zirato und im anderen, ich erinnere mich, dass es ein blauer Packard war (das erste Mal, dass ich in so etwas Luxuriöses stieg), fuhren wir. Calazán saß vorne beim Chauffeur und Enrico und ich hinten, wir hielten uns an den Händen und streichelten uns gelegentlich, küssten uns, und diese Küsse wirkten wie Schlangenküsse auf mich, aber Enrico sagte, es wären Wüstenküsse, denn sie waren stumm und heiß, als würden wir uns durch Sand hindurch küssen, völlig darin versunken, nur noch aus Sand bestehend.

Wir brauchten fast fünf Stunden, bis wir zu dem Haus kamen, dem ich sofort ansah, dass es nicht so bescheiden wie das Calazáns war. Ich habe nie erfahren, wem diese Finca gehörte noch warum dieser Ort ausgewählt worden war, um Enrico zu verstecken. Nachdem wir durch die Toreinfahrt gefahren waren, die ein sehr alter Neger öffnete, der wie mein Pate aussah, fuhr der Packard einen von Königspalmen gesäumten Weg entlang. Noch bevor wir aussteigen konnten, kamen zwei Frauen angelaufen, um uns in Empfang zu nehmen. Eine von ihnen war Dominga, ebenfalls ein Schützling von Calazán, die in der Nacht in Regla war, als ich mit Enrico eintraf. Die andere war eine schwarze Greisin, die sich als die Kongo Mariate vorstellte, obwohl sich später ergab, dass sie keine Kongo war, sondern eine Yoruba und *iyalocha*, eine Priesterin.

Enrico wurde das beste Zimmer im Haus mit Ehebett und feinem Moskitonetz hergerichtet. Nach der Art, wie das Moskitonetz genäht war, und auf Grund des verwendeten Tülls und der Bänder, stellte ich mir vor, dass dies das Zimmer einer allein stehenden Frau, möglicherweise einer alten Frau, sein müsse. Enrico wusste auch nicht, wie dieser Ort hieß noch wer seine Besitzer waren. Nur Mariate, die sich mit uns aus einem Fenster beugte, ließ sich herab, uns ein bisschen zu erklären:

«Dort hinten ist Unión de Reyes, und auf dieser Seite Sabanilla del Comendador. Hinter diesem Berg, den Sie dort sehen, ist die Lagune von San Joaquín.»

Sie bekreuzigte sich und versicherte, dass weder der «französische Musikus» noch die Landsfrau und Tochter von Sanfancón allein zu diesen Wassern gehen sollten. Ich versuchte ihr zu erklären, dass Enrico kein Franzose sei und dass ich, wenn auch Chinesin, nicht Tochter vom Changó der chinesischen Landsleute, sondern Tochter von Yemayá sei, die wäre die Mutter und meine Hoffnung. Mariate ließ sich nicht beirren und nickte eifrig:

«Modu Modu! Französischer *musiú!»* Sie ging auf Enrico zu, der gerade seinen Koffer auspackte. *«Musiú*, hör zu: Oggún trinkt vergossenes Blut.»

Er drehte sich um und musterte sie von oben bis unten. Mariate trug einen weißen Turban, und ihr Kittel, ihre Strümpfe und ihre Schuhe waren ebenfalls weiß. Ihre Arme waren voller Armreifen, größtenteils weiße und dicke Armreifen und die restlichen aus feinem Silber. Um den Hals trug sie die Ketten des Orisha ihres Fundaments: zweifellos Obatalá.

«Leg die weg, *musiú*», sagte sie zu Enrico und zeigte auf die Pistole, die er gerade zwischen der Weißwäsche gefunden hatte. «Versteck sie, denn Calazán macht *ossode*.»

Die Kongo verschwand, und Enrico schloss den Koffer, machte ihn aber gleich wieder auf und griff nach der Waffe, sah sich um und beschloss, sie unter der Matratze zu verstecken. Dann fragte er, was die Alte gesagt habe, was mein Pate machen würde.

«‹Ossode machen› heißt: Der Babalawo wirft das Ékuele, um in seine eigene Zukunft zu sehen», erklärte ich ihm. «Calazán will wissen, was ihn erwartet.»

Wir aßen früh: von Dominga gekochtes Gemüse und Hühnerfrikassee. Außer Mariate, die gewohnt war, vor Sonnenuntergang zu essen, setzten wir uns alle zu Tisch. Calazán schien gut gelaunt zu sein, ich vermutete, Ifá hatte ihm vielleicht – und damit auch uns – gute Neuigkeiten zu berichten gewusst. Er fragte Enrico nach seiner Arbeit, und Enrico erklärte ihm, dass er in der Oper sang und was die Oper sei: Geschichten zu singen, statt sich hinzusetzen und sie zu erzählen. Da bat ihn Calazán, uns die Geschichte vorzusingen, die er am Abend der Bombenexplosion gesungen hatte. Enrico lächelte und sah mich an, auch ich hatte ihn darum gebeten, sie mir vorzusingen.

«Diese Geschichte heißt *Aìda*», setzte er an, als die Kongo gerade mit dem Kaffee hereinkam. «Es ist eine Geschichte aus Afrika, wo ein Volk mit einem anderen Krieg führte.»

«Die Voudous von Dajomi», rief Calazán und tauschte einen einvernehmlichen Blick mit der Greisin.

«Das waren sie nicht», sagte Enrico, «sondern die Äthiopier und die Ägypter. Die äthiopische Sklavin, die Aìda hieß, war in den Krieger Radames verliebt. Aber auch die Pharaonentochter Amneris war in Radames verliebt.»

«Dieser Radames ist wie Changó», seufzte Mariate, und Calazán nickte schweigend.

«Amneris war die Herrin der Sklavin Aìda; Aìda war die Herrin von Radames' Herzen, und Radames war Herr beider Frauenherzen. Aber Aìdas Vater, der in seinem Land gefangen genommen und gewaltsam nach Ägypten verschleppt worden war, traf sich mit seiner Tochter und bat sie, Radames zu täuschen.»

«Allágguna», riet Calazán, «dieser Vater muss Allágguna sein, der sucht immer Streit.»

«Er hieß Amonasro, und um seine Tochter zu überreden, erzählte er ihr, dass ihr Volk vernichtet und die Stadt in ein Meer aus Blut verwandelt worden sei und dass sich aus den schwarzen Strudeln dieses Meeres die Toten erheben würden.»

«Gott möge ihnen verzeihen.» Dominga bekreuzigte sich.

«Amneris fand heraus, dass Aìda in Radames verliebt war. Wahnsinnig vor Eifersucht, rief sie ihre Sklavin zu sich und drohte ihr.»

«Oshún und Yemayá», sagte Mariate. «Wenn man sie ließe, würden sie sich wegen desselben Mannes gegenseitig umbringen.»

Enrico machte eine Pause und sah sie neugierig an. Dann stand er auf und zündete sich eine Zigarette an. Es war schon dunkel, und im Haus spendeten uns Öllampen Licht, von denen er behauptete, dass sie seiner Stimme sehr schlecht bekämen. Auf der Suche nach frischer Luft ging er zum Fenster.

«Aìda überredete Radames dazu, zusammen mit ihr zu fliehen. Aber er wurde entdeckt und des Verrats angeklagt. Die Priester verurteilten ihn dazu, bei lebendigem Leib begraben zu werden.»

«Verdammt, das sind die Voudous!», rief Calazán erneut. «Sehen Sie nicht, dass sie strafen, indem sie Frevler zum Aas hinabschicken?»

Mariate griff beeindruckt nach meiner Hand. Die ihre fühlte sich wie eine runzlige tote Eierschale an. Ich hatte Angst vor dieser Eierschale, zum ersten Mal Angst vor dem Tod. Die Kongo merkte es und begann, leise auf mich einzureden:

«Changó wusste nicht, dass Yemayá seine leibliche Mutter war. Ohne zu wissen, dass sie seine Mutter war, wollte er sie zu seiner Frau machen. ‹*Omó mi*›, sagte Changó, und Yemayá bot ihm ihre Brust dar, woran Changó sie erkannte und zu weinen begann.»

«Amneris bereute es, Radames verraten zu haben», fuhr Enrico fort. «Sie flehte die Priester an, ihn zu verschonen, sie flehte die Götter an, aber keiner zeigte Gnade. Später weinte sie am Grabstein des Kriegers.»

«Oshún wusste auch nicht, dass Changó ihr Neffe war», flüsterte die Kongo mir ins Ohr. «Sie wusste es nicht und wollte seine Frau werden, deshalb endete sie so schlimm, auch sie weinte an einem Grabstein.»

«Aìda ging vor Radames in die Grabstätte und wartete auf

ihn, um mit ihm zu sterben... Zusammen sahen sie den Himmel aufgehen und den Todesengel kommen.»

«Olofi ist groß», dröhnte Calazáns Stimme, und vom Berg drang der Schrei einer Eule zu uns.

Niemand sprach, es bewegte sich auch niemand. Wir saßen wie angewachsen auf unseren Stühlen, angewachsen unsere Seelen, oder was es auch war, das mit diesem Zauber einer Liebe aus Afrika anwachsen konnte. Ich erinnerte mich, dass mein Pate José de Calazán noch immer nicht das Lied gehört hatte, das meinen Namen erwähnte; er hatte es nicht mit eigenen Ohren gehört, er hatte es an dem Tag, als er mir das Ékuele warf, nur in seinen Händen empfangen. Deshalb bat ich Enrico, es zu singen, für mich und für Calazán, für Mariate und auch für Dominga. Er möge es laut singen, damit man es auf dem Berg und hinter dem Berg hören konnte, bis nach Unión de Reyes und Sabanilla del Comendador.

Enrico ging um den Tisch herum und blieb wieder am Fenster stehen. Er bat mich, die Lämpchen auszublasen, und Mariate und ich löschten alle. Wir blieben im Dunkeln sitzen, im spärlichen Licht von draußen, diesem Licht, das wie der Schein von Knochen wirkt. Beim ersten Satz, den er sang, zuckten wir alle zusammen. Er hatte mir gesagt, was der Satz *Wenn ich dieser Krieger wäre!* bedeutete; ich wusste ganz genau, was dann kam. Enrico würde um mich kämpfen, er würde für mich siegen und mich zur Königin seiner Gedanken machen. In dem Lied erschallte am Ende klangvoll mein Name, er rief ihn langsam und mächtig, er sang ihn so laut, dass ich sicher bin, dass sein Ruf die Orishas des Berges aufweckte, die Tiere und die schlafenden Menschen störte, wie wenn ein Pfeil in der Lagune landete: Yemayá würde an die Oberfläche kommen und hungrig im bebenden Wasser erzittern. Es war das Größte, was man je in diesem Landstrich gehört hatte.

Als er fertig war, weinte die Kongo Mariate auf seltsame Weise. Wir sahen ihr Gesicht nicht, aber wir hörten ihr kindliches Schluchzen. Entsetzt lief ich zu einem Lämpchen und zündete es sofort an: Calazán kniete mit verdrehten Augen auf dem Boden, und Dominga kauerte sich wie ein kranker Vogel an seine Seite. Enrico vor uns schwitzte.

«Ich habe nie besser gesungen», sagte er leise.

Die Kongo ging auf ihn zu und wedelte mit einem roten Taschentuch.

«Du bist ein Pferd von Changó, *musiú*, und seine Kerze verbrennt dir die Kehle.»

★ Insgesamt neun Verdächtige waren nach der Explosion im Teatro Nacional festgenommen worden. Zweiunddreißig Jahre später konnte ich fast alle ausfindig machen. Einige versuchten, mich zu täuschen; sie wollten nicht zugeben, dass sie an jenem Abend im Theater gewesen, und noch viel weniger, dass sie festgenommen worden waren. Andere zogen es vor zu schweigen; nach so vielen Jahren lohnte es sich nicht, sich an dieses dunkle Kapitel ihres Lebens zu erinnern.

Einen Ausnahmefall gab es, der Apotheker aus dem Viertel Cerro. Als ich ihn aufsuchte, war er bereits dreiundachtzig Jahre alt, aber er lebte noch im selben Haus, das er an dem Sonntag im Juni 1920 verlassen hatte, um zu der Aufführung von *Aida* zu gehen. Es war ein verlassenes, totes Haus, in dem noch zu spüren war, dass es einmal lebendig gewesen war. Eine seiner Töchter machte mir auf, eine Frau um die Fünfzig, die an jenem Tag ebenfalls in der Oper gewesen war. Ich hatte nicht den Mut, sie anzulügen, ich spürte, dass das nicht nötig war. So erklärte ich ihr, dass ich herausfinden müsse, was an dem Tag der Bombenexplosion geschehen sei, es wäre eine persönliche Angelegenheit, etwas, was mein Leben beeinflusst hätte. Sie sah mich mitfühlend an, sie hatte eingefallene Augen, über denen wie eine Eisschicht große Trauer lag. Sie antwortete, dass sie nichts wüsste, was zu erinnern wert sei, aber ihr Vater schon, vielleicht könne er mir helfen. Es hinge alles von seinem Geisteszustand ab, es gäbe Tage, an denen er flüssig redete, und andere, an denen er aufwachte und wirkte, als wäre er verrückt geworden. Sie war bereit, mich in das Zimmer ihres Vaters zu führen, empfahl mir aber, das Thema nicht anzusprechen, wenn er nicht von sich aus über Caruso sprechen wollte.

«Seinetwegen saß er drei Tage im Gefängnis», flüsterte sie, als wir durch den halb dunklen Flur gingen. «Es hat ihn krank gemacht, und er hat sich nie wieder davon erholt. Ein Onkel von uns kümmerte sich um die Apotheke, und mein Vater kehrte nur zurück, um sich seinem Hass zu widmen. Er hat eine Tätowierung auf der Hand. Sagen Sie ihm, dass Sie Krankenschwester sind, und sehen Sie sich die Tätowierung an.»

Ich sagte also, ich sei Krankenschwester, aber ich glaube, dass dies dem armseligen Schatten seiner selbst, in den sich der Apotheker verwandelt hatte, schlicht egal war. Er begann, mir einen Vortrag über biserierte Magnesia zu halten, ein Heilmittel, das zu seiner Zeit eingesetzt wurde, und ich nutzte dies, um seine Hand zu ergreifen. Ich gab vor, seinen Puls zu fühlen, und sah zwischen Daumen und Zeigefinger ein paar eintätowierte Worte. Um sie lesen zu können, musste ich die Haut spannen: 13. Juni – VERHÄNGNIS AIDA. Das gab mir Anlass, ihn nach der Explosion zu fragen. Anfangs reagierte der Apotheker heftig, seine Tochter kam herbeigelaufen, um ihn zu beruhigen, und machte mir Zeichen, sie allein zu lassen. Ich stand auf und wollte hinausgehen, aber in dem Moment ließ mich die Stimme des Alten innehalten.

«Warten Sie und hören Sie gut zu: Caruso war ein Bandit, bis hierher haben ihn andere Banditen aus seinem eigenen Land verfolgt. Hier in Havanna haben sie ihren Krieg weitergeführt. Und wie in allen Kriegen bezahlten wir armen Teufel das zerschlagene Geschirr. Meine gut ausgestattete Apotheke musste ich aufgeben … Ein paar Stunden nach der Explosion tauchten hier zwei Polizisten auf. Sie sagten, dass meine Töchter und ich sie begleiten müssten. Ich fragte, wessen wir beschuldigt würden, und sie antworteten, dass sie uns wegen des Bombenanschlags festnehmen würden.

Drei Tage haben sie mich eingesperrt, nur wegen des Verbrechens, an jenem Sonntag im Theater gewesen zu sein. Bracale, der Impresario, hat uns Kubaner einsperren lassen. Er wusste, dass die Bombe von Ausländern gelegt worden war, von den Sizilianern, die später nach Matanzas fuhren und versuchten, sich Caruso zu schnappen. Aber Caruso war von den Babalawos gut versteckt worden, stellen Sie sich vor: Er umgab sich mit Negern, er unterzog sich ihren Reinigungsritualen und wurde wahnsinnig… Kurze Zeit später starb er.

Ich freute mich über seinen Tod. Er hatte uns alle enttäuscht. Bracale wollte hier die Oper *La Forza del Destino* aufführen und Caruso singen lassen. Aber Bracale erhielt keine Genehmigung, um diese Oper aufzuführen, und ein Señor Weber, das war der Vertreter der Casa Ricard auf Kuba, ordnete die Konfiszierung der Partituren an. In jenen Tagen kam der Reporter Pérez Navarro – der war ein guter Freund von mir und arbeitete bei der Tageszeitung *La Noche* – in die Apotheke, um zu kaufen, was er immer kaufte: Kressetropfen, die so gut gegen Grippe waren. Pérez Navarro hatte die konfiszierten Partituren gesehen und erzählte mir alles: Commendatore Caruso, der außergewöhnliche Mann, der wunderbare Opernsänger, war das Produkt einer verabscheuungswürdigen Manipulation: Alle Tenorpartien waren markiert, einen Ton oder Halbton tiefer gesetzt, als sie in der Partitur standen. Solche Methoden bringen sogar einen Kater zum Singen. In der Zeit des Teatro Nacional und bis die Bombe ihn zum Teufel jagte – oder in die Höhle der Babalawos, was dasselbe ist –, tat Caruso nichts anderes, als das Orchester und seine Kollegen in Schach zu halten. Ich habe es mit eigenen Augen gesehen: Er gestikulierte und gab mit Händen und Füßen den Takt an, und damit zwang er den anderen seinen Rhythmus auf. Das befremdete uns, mich und diejenigen, die wirklich etwas von der Oper verstehen, es gab viele feinsinnige Musikliebhaber damals. Glauben Sie ja nicht, dass Havanna immer ein Stall voller Rohlinge war.

Sehen Sie, ich habe die Apotheke verloren. Ich war völlig demoralisiert, diese Ungerechtigkeit hat mich ruiniert. Es stimmte, ich hatte ein Päckchen mit in die Vorstellung genommen, und wer mich mit diesem Päckchen gesehen hat, dachte, es wäre die Bombe gewesen. Aber es waren nur ein paar Fläschchen Tonikol, die ich nach dem Theaterbesuch abliefern wollte. Vielleicht wirkte ich nervös auf sie; ich war damals oft nervös, weil meine Frau gerade gestorben war. Ich habe noch eine Tochter, die durch den Bombenanschlag ins Unglück stürzte. Es ist die jüngere, Lucila, sie hat ein Kind von einem Seemann. Der Seemann war auch unter den Festgenommenen, er war Halbitaliener, so haben sich die beiden kennen gelernt, sonst hätten sie sich nie getroffen. Ich weiß nicht, ob dieser Seemann die Bombe gelegt hat, ich weiß nur, dass es Carusos Kumpane waren. Ein Krieg unter Kumpanen.

Pérez Navarro kam nach kurzer Zeit wieder, um Kressetropfen zu kaufen, das war das Einzige, was er kaufte. Mein Bruder bediente ihn, denn ich arbeitete schon nicht mehr in der Apotheke. Später kam er mich besuchen, er setzte sich zu einem Schwatz mit mir zusammen und war bekümmert darüber, mich so mutlos zu sehen. ‹Was für ein Unglück, mein Herr›, sagte er zu mir, ich erinnere mich noch. ‹War es wirklich nötig gewesen, diesen Heuchler nach Kuba zu holen?›

Er berichtete mir, dass bei der Zeitung Hinweise darüber eingegangen seien, der Star hätte sich mit einer Chinesin eingelassen, einer halben Mulattin, die noch dazu eine *santera* sei. Als die Bombe hochging, lief Caruso aus dem Theater, und es kümmerte ihn wenig, dass die Sopranistin verletzt war oder dass seine Kollegen Hilfe brauchten. Er blieb nicht stehen, bis er im Stadtpark angelangt war; dort haben sie ihn in seinen Radames-Fetzen Luft schnappen sehen. Dann ging er ins Hotel Sevilla und schloss sich in sein Zimmer ein. Aber die Sizilianer begannen, darum herumzustreichen, wieder die, und er musste schnellstens abhauen. Zirato, das war sein Sekretär, und dieser Bracale, ein mehr als findiger Hai, brachten ihn nach Matanzas auf die Finca einer Kabarettistin. Dort versteckte sich Klein-Caruso mit einer Reihe von Ñañigos, die ihn versorgten, und mit jener Frau, einer Chinesin, die ihn eingewickelt hatte, stellen Sie sich das vor.

Außer den Preisen, die wir an jenem Tag für einen der

schlechtesten Plätze im Theater bezahlt haben, Galerieplätze, bezahlten wir mit der Strafe eines ganzen Lebens. Für Caruso war es ein Abenteuer, aber für uns war es, als fielen wir in ein Loch, eine Seite wird plötzlich umgeblättert, und nichts ist mehr so, wie es war. Das geschah mit meiner Tochter Lucila … Ihr Mann bestand hartnäckig darauf, das Kind Verdi zu nennen, und sie nannten das Kind Verdi. Lucila hätte sich besser verheiraten können, aber die Bombe brachte das Schicksal durcheinander. Der Seemann verschwand, was hatte man anderes von ihm erwarten können, und Verdi, dieses Kind, eine Folge des Bombenanschlags, hat einen Knacks. Ich kann Ihnen sagen, Lucila, meine arme Tochter, ist am Ende. Sie lebt hier in diesem Haus, aber sie befleckte sich und lässt sich nicht blicken, wenn Besuch da ist. Was den Herrn Verdi, meinen Enkel, anbelangt, der ist jetzt ein bekannter Strizzi, der in einem dieser Viertel, ich glaube, San Isidro, herumscharwenzelt wie ein Prinz, denn einem Strizzi fehlt es meistens an nichts. Es fehlt ihm höchstens an Anstand, aber das ist nicht seine Schuld, sondern die seines Vaters. Einer, der Verdi heißt, kann nur ein Strizzi werden, nicht einmal Bariton.

Ich verfluche den Tag, an dem Caruso nach Kuba kam. Das in Matanzas muss ihn teuer zu stehen gekommen sein, mit der chinesischen Hexerei haben sie ihn festgebunden, man sagt, es gäbe keinen Gott, der das auflösen könnte. Kurze Zeit später starb er in New York, es heißt, er sei innerlich verfault. Er hatte eine junge Frau, aber die Frauen verlieren immer. Gehen Sie zu Pérez Navarro, fragen Sie ihn, er weiß mehr von alledem als ich.

Wie viel Not wegen dieser Bombe, wie hat sie uns das Leben zerstört.»

Schicksalsvolle Liebe ...

Im Morgengrauen weckte ich Enrico, brachte ihm seinen Milchkaffee und übermittelte ihm Calazáns Nachricht: Noch vor Tagesanbruch würden wir alle in die Lagune von San Joaquín fahren. Er zündete sich eine Zigarette an, klagte über die Hitze und murmelte, dass er es satt hätte, sich zu verstecken, er wünsche nur noch, Kuba zu verlassen und nach Neapel zurückzukehren. Es liege ihm auch nicht mehr daran, nach New York zurückzufliegen, da er während seines Kuba-Aufenthaltes Nachricht erhalten hatte, er müsse die Apartments, in denen er viele Jahre gelebt hatte, räumen. Für ihn war ein erzwungener Umzug ein Zeichen für Unglück. Enrico sagte, dass ihm etwas Schreckliches passieren würde und vielleicht würde es ihm in New York passieren. Aber, was auch immer es sein mochte, er zog es vor, in Neapel zu sterben.

Ich hätte ihn gerne getröstet und ihm gesagt, dass dieses Zeichen eine Lüge war, aber irgendetwas zwang mich zu schweigen, ein Schmerz, der mich innerlich auffraß, das Gefühl, dass Calazán Recht hatte: Für Enrico gab es keine Rettung mehr, und an seiner Seite war auch ich zum Untergang verurteilt. Alles, was mein Pate mit Hilfe meiner Mutter und Yuan Pei Fus, des Chinesen, der offensichtlich mein leiblicher Vater war, tat, hatte zum Ziel, mich auf Kuba zu halten und umzukehren, was geschrieben stand. Um mich zu beschützen, bot er den Orishas die Stirn und kämpfte mit ihnen. Das konnte ihn teuer zu stehen kommen, und deshalb hatte er Ossode gemacht, deshalb hatte er für sich selbst das Ékuele geworfen, um zu erfahren, ob die Heiligen sehr wütend oder sehr hungrig oder sehr dagegen waren, wenn die Dinge sich nicht so entwickelten, wie sie es vorgesehen hatten.

Enrico fand mich tief betrübt und versprach mir wiederholt, dass er mich nach Italien mitnehmen würde. Ich versuchte zu lächeln, bin mir aber sicher, dass mein Lächeln auch ein Zeichen von Angst war. Ich nahm seine Füße, streichelte jede einzelne Zehe und gestand ihm, dass damit alles begonnen hätte, mit dem Ort, von dem die chinesischen Babalawos sagten, dass er der Schweif der Seele sei. Es war das Erste gewesen, was meine Aufmerksamkeit erregt hatte, als wir uns in der Küche des Hotels Inglaterra trafen: seine Füße in den Radames-Sandalen. Er lachte und sagte, dass er sich an fast gar nichts erinnere, was an jenem Abend passiert war, dass es ihm schien, als wären seit dem Augenblick, als er die Explosion hörte, auf die Straße rannte und durch die Tür trat, die er offen vorfand, Jahrhunderte vergangen. Anfangs hatte er meine Anwesenheit nicht einmal wahrgenommen. Erst später, als ich ihm anbot, ihn an einen sicheren Ort zu bringen, war er auf mein Haar aufmerksam geworden, und meine Augen hatten ihm gefallen. In seinem Leben hätte es noch nie eine Chinesin oder Mulattin gegeben. Er hätte gerne erfahren, wie ein gemeinsames Kind von uns beiden aussehen würde, sagte er zu mir und küsste mich aufs Ohr. Als ich das hörte, stellte ich den Milchkaffee weg und legte mich neben ihn. Ich bat ihn darum, mir ein Kind zu zeugen und dass wir dabei an das Gesicht des Kindes denken sollten. Ein Gesicht, das weder chinesisch noch das einer Mulattin wäre, das weder ihm noch mir ähnelte. Er fragte mich, wozu ich ein Kind haben wollte, das uns nicht ähnelte, und ich antwortete ihm, dass ich es anders haben wollte, damit es das Unglück nicht anzöge: nichts Schlimmes von dem, was geschehen sei, und nichts von dem, was uns geschehen könnte.

«Mit anderen Worten, wie *du* es willst», raunte Enrico und umarmte mich.

Er roch nach der Seife, die Zirato ihm brachte, aber seine Zunge hatte den bitteren Geschmack dieser Zigaretten, die er rauchte, einen Geschmack, der lange in meiner Kehle haften blieb. Viele Jahre später stiegen mir noch immer Anflüge dieser Bitterkeit hoch, aber da nahm ich sie freudig auf, ich versuchte, sie zu bewahren, sie war das bisschen, was mir von ihm geblieben war, das, was mir am besten half, die Erinnerung wach zu halten.

Enrico lastete an jenem Tag schwer auf mir, und ich fühlte ihn so tief in mir drinnen, dass mir irgendwann die Erinnerung an Baldomero durch den Kopf ging. Ich wollte diese Erinnerung verscheuchen und öffnete die Augen. Da entdeckte ich, dass Enricos Augen schon offen waren: «Denk jetzt an sein Gesicht», sagte ich zu ihm. Und dann sah ich selbst dieses Gesicht, nicht männlich und nicht weiblich, ein Gesicht, das das Gesicht eines Orisha oder eines Geistes sein konnte, der leben wollte und forderte, einen Körper zu bekommen, der uns die Adern öffnete, um sich mit unserem Blut zu mischen. Enrico keimte aus mir heraus, als wäre er ein Fisch, er war schweißgebadet, seine nasse Haut glitt über meine Haut und verursachte dabei das Geräusch von Wellen, wenn sie an ein Boot lecken. Dieses Boot, das er mit lebenden Fischen füllte, war ich. Die Schweißperlen an seinem Hals rollten meine Kehle und meine Brüste hinab, als würde es zwischen uns beiden nieseln: ein Gewitter, das uns vom Meer aus antrieb und uns früher oder später ins Meer hinaustreiben würde.

Die Kongo Mariate rief von draußen laut nach uns. Ich zog mich eilig an und ließ Enrico zurück, der sich auf Anordnung meines Paten ganz in Weiß anzuziehen hatte. Als ich hinauslief, kam die Kongo mit einer Petroleumlampe angerannt.

«Wir müssen in der Lagune sein, bevor die Sonne straft. Hat dein Pate nicht gesagt, dass wir im Dunkeln gehen müssen?»

Unfähig, ihrem Blick standzuhalten, senkte ich den Kopf. Die Kongo überließ mir die Petroleumlampe und schloss sich Calazán und Dominga an. Gleich darauf erschien Enrico, und wir machten uns auf den Weg durch die Zuckerrohrfelder. Jedes Mal, wenn ein Hahnenschrei zu vernehmen war, machte die Kongo Halt und flüsterte ein paar Worte in der Yorubasprache, manchmal berührte sie mit ihrer Stirn den Boden. Als es hell zu werden begann, beschleunigte Calazán den Schritt, und plötzlich entdeckten wir andere Lichter, eine Gruppe von Frauen und Männern, die an der Eisenbahnlinie auf uns warteten. Calazán umarmte die Männer – einige von ihnen hatten Hühner und andere Enten und weiße Tauben bei sich –, während Enrico und ich Hand in Hand abseits stehen blieben. Mariate kam auf mich zu, entwand mir die Petroleumlampe und pustete sie aus. Erst dann erinnerte sie sich daran, Enrico zu grüßen.

«Kehle des Changó, wie ist der *musiú* aufgewacht?»

Enrico antwortete, dass er gut aufgewacht sei, und die Kongo sah mich listig an, aber in dem Moment verstummten die anderen, weil Dominga vorauseilte und dabei das *acheré* schwenkte, eine kleine Kürbisrassel, mit der man die Heiligen anrief. Mein Pate zeigte mit einer Kokosnuss in alle vier Himmelsrichtungen, schlug sie dann auf und vergoss ihre Milch über den Eisenbahnschienen, woraufhin eine der Frauen ihm sofort eine Schale mit Honig reichte, den er auf die Schienen zu schmieren begann.

«Die Eisenbahnschienen sind Ogúns Beine», raunte Mariate und schob ihren Turban zurecht. «Auf ihnen bewegt sich die Welt.»

Einer der Männer aus der Gruppe begann zu schnauben und auf den Boden zu trampeln. Zwei andere gingen zu ihm und schleppten ihn ins Zuckerrohr, verschwanden ein paar Minuten darin und brachten ihn schließlich verändert zurück: ohne Hemd, mit bis zu den Knien aufgerollter Hose und einem dunkelvioletten Tuch auf dem Kopf. Jemand bot ihm Tabak an, und er bat um Feuer, er rief: «Kerze!», und als sie es ihm gaben, begann er zu hüpfen und herumzulaufen. Dann stürzte er vor uns zu Boden. Enrico trat einen Schritt zurück, aber die Kongo begrüßte ihn:

«Guten Tag, Ogún, wie gut du aussiehst.»

Der Mann sagte ein paar Worte in der alten Sprache und hielt ihr seine Hand hin, in die die Kongo ein paar Münzen legte. Der schwitzende Enrico fragte, ob es bis zur Lagune noch weit sei. Ich antwortete ihm, dass sie ziemlich nah sein müsse, weil

Calazán schon mit der Schlachtung begonnen habe. Beide starrten wir auf den schwarzen Hahn, den eine der Frauen meinem Paten in die Hände gelegt hatte, und Enrico fuhr zusammen, als er sah, wie schnell Calazán ihm den Hals umdrehte.

«Nicht ich töte ihn!», rief Calazán. «Es ist Ogún, der ihn tötet.»

Der Mann mit dem dunkelvioletten Tuch fing mit dem Mund den Blutstrahl auf, der aus dem Hals des Tieres floss. Dann fing er das Blut mit den Händen auf und verteilte es über sein Gesicht und sein Haar. Ich spürte Enricos zunehmende Ungeduld und strich ihm über den Rücken, worauf er mich wortlos ansah.

Schließlich begann Calazán, sich einen Weg zu bahnen, und führte den Zug an. Wir waren ungefähr fünfzehn Personen, alle weiß gekleidet, obwohl einige Frauen blaue Turbane trugen. Hinter einer Wegkrümmung sahen wir durch ein paar Bäume das Spiegeln von Wasser. Ich sah es zuerst und machte Enrico darauf aufmerksam. Er zog sein Taschentuch heraus und trocknete sich damit die Stirn, und als er sah, dass auch ich schwitzte, wollte er mir das Gesicht trocknen und rieb mir mit dem Taschentuch sanft über die Wangen. Ich schloss die Augen und atmete den Duft ein, und es war, als würde ich Gift einatmen, ich verspürte ein Stechen im Hals und die Hitze eines Lagerfeuers in meiner Brust emporsteigen. Ich begann zu schwanken, um mich herum verschwand alles außer dem Gesicht der Kongo Mariate, die mir die Stirn befeuchtete und so lange einen Satz wiederholte, bis ich die Augen schloss: *«Yemayá atará … Iyá mio Olokún.»* Das Stechen in meinem Hals wurde immer stärker, und vielleicht vergaß ich deshalb Enrico, Calazán, die Mariate, die mir Luft zufächelte, ich vergaß mich selbst und lief Richtung Ufer. Später erzählten sie mir, dass ich versucht hätte, mich kopfüber in eine morastige Lagunenbucht zu stürzen; dass ich einer Frau eine schwarze Ente entrissen hätte, die sie gerade für das Opfer säuberte, und dass ich mit dieser Ente ins Wasser gegangen sei und das Bewusstsein verloren hätte. Als ich wieder zu mir kam, stand der Mann mit dem dunkelvioletten Tuch neben mir, pustete mir Rauch zu und lächelte mich mit seinem schwarzen Gesicht an, ein Gesicht, das ich im Traum gesehen hatte. Mir wurde klar, dass ich aus einer Trance erwachte, dass Yemayá mich «besetzt» und mir befohlen hatte, sie ins Wasser zu tragen. Hinter mir mühten sich zwei Negerinnen damit ab, den Hals einer Schildkröte zu erwischen. Das Tier sträubte sich und versuchte, sich unter seinem Panzer zu verkriechen, bis eine andere Negerin hinzukam, die älteste von allen, ihren Finger hineinsteckte, als wäre er ein Haken, und den ausweichenden kleinen Kopf hervorzog. Bevor ich mich's versah, war der Kopf abgetrennt, und jemand fing das Blut in einer Schale auf. Sie halfen mir aufzustehen, befeuchteten meine Lippen mit Schildkrötenblut und rieben mein Gesicht mit Aguardiente ab. Das war der Augenblick, in dem ich genug Kraft verspürte, mich auf die Suche nach Enrico zu machen. Ich versuchte, über die Gruppe hinwegzublicken, und hörte von weitem die Stimme der Kongo Mariate: *«Yemayá atará… Iyá mio Olokún.»* Enrico war nirgends zu sehen, und in meiner Verzweiflung wagte ich Calazán zu fragen:

«Wo hast du ihn hingebracht?»

«Beiß dir auf die Zunge», antwortete mein Pate. «Ehre die Heiligen.»

Ich stieß eine Hand voll Wasser auf, es war Wasser aus der Lagune, das ich geschluckt hatte, während ich «besetzt» gewesen war. Ich erbrach mich ins Gras, Dominga kam zu mir und stützte meinen Kopf.

«Hast du Enrico gesehen?»

Sie zeigte auf das Zuckerrohrfeld. «Er wird gerade ausgezogen. Dann werden sie ihn zur Lagune bringen, um sein Leben zu ändern.»

Zu jener Zeit hatte ich langes schwarzes Haar bis unter die Taille. Es war sehr glattes Haar, das ich bestimmt von meinem Vater geerbt hatte, wer auch immer es gewesen war, Noro Cheng oder Yuan Pei Fu. Mit triefendem Haar lief ich auf den nackten Enrico zu, der nur seine weißen Schuhe und ein Leintuch über der Schulter trug. Ihm folgten Mariate und andere

Frauen, die mit gesenktem Blick halb laut vor sich hin summten. Unsere Blicke trafen sich, die Sonne stand schon ziemlich hoch, und die Helligkeit war unerträglich wie ein an einem geheimnisvollen Punkt erstarrter Blitz, der Schrecken des Himmels. Die Kongo bedeutete mir, mich fern zu halten, und Enrico schaute mich wieder an wie ein Kind, das man den Mutterarmen entrissen hatte, oder wie ein Tier, das als Opfer dargebracht wird. Ich wollte mich in Bewegung setzen, aber Calazán packte mich am Arm:

«Wage es nicht, verdammt!»

Mehrere Neger umringten Enrico, und ein paar andere begannen zu singen. Die Kongo schien ihnen den Einsatz zu geben, sie selbst begann jeden Satz, die anderen hörten zu und wiederholten den dunklen Singsang. Calazán ging auf die Gruppe zu, bahnte sich seinen Weg bis zu Enrico und legte ihm die Hand auf die Schulter. Er zwang ihn, sich vor das Wasser zu knien, drückte seinen Kopf hinunter, bis seine Stirn den Boden berührte, und dann begann er, zu den Orishas zu sprechen. «Er ist auch dein Sohn», war alles, was ich verstehen konnte, er wiederholte es, und schließlich befahl er Enrico, aufzustehen, die Schuhe auszuziehen, das Leintuch abzustreifen und die Augen zu schließen. Jemand reichte meinem Paten eine weiße Ente, und mein Pate fuhr Enrico damit über den Körper, immer von oben nach unten: von den Schultern zu den Händen, vom Hals zu den Genitalien, von der Hüfte zu den Füßen. Als diese Reinigung beendet war, schleuderte er die noch lebende Ente ins Wasser, das Tier versank, tauchte aber sofort wieder auf, schüttelte sich und trieb auf der Wasseroberfläche davon. Dann lief eine Frau mit einem Korb voller Tauben zum Ufer. Sie warf eine nach der anderen ins Wasser, und alle wurden von der Strömung fortgerissen.

Mein Pate hieß Enrico, in die Lagune zu gehen. Mich wunderte, dass Enrico widerspruchslos, ohne sich umzudrehen oder gar meinen Blick zu suchen, gehorchte. Er ging ins Wasser, niemand folgte ihm, die Männer sahen ihm nach, und die Kongo hörte zu singen auf. Er hatte mir erzählt, dass er ein guter Schwimmer sei, der von klein auf ans Schwimmen gewöhnt war, und als ihm das Wasser schon bis zur Brust reichte, glaubte ich, er würde ans Ufer zurückschwimmen. Aber er tat genau das Gegenteil, er ging ohne die Arme zu bewegen weiter, er glitt immer tiefer, bis ihm das Wasser bis zum Kinn reichte.

Ich sah Calazán und Mariate an und hatte das Gefühl, beide warteten darauf, dass Enrico unterging. Ich spürte wieder das Stechen im Hals, und mein ganzer Körper zog sich vor Schmerz zusammen: Es war mein Leben, nicht Enricos, das sich am Fuße dieser Lagune änderte. Ich machte einen Satz nach vorn und rief nach ihm, aber er reagierte nicht, so starr wie er war, und Calazán sah mich streng an. Ich rief wieder nach ihm, und dann lief ich los, niemand wagte es, mich aufzuhalten, es war ein verrückter Lauf ins Wasser. Am beeindruckendsten war die Stille, nur meine Stimme, nur meine Schreie waren zu hören: «Enrico, Enrico!»

Als ich bei ihm anlangte, ging gerade sein Kopf unter. Nie hätte ich mir vorstellen können, dass ich fähig bin, einen Mann hochzuheben. Ich weiß nur noch, dass ich ihn stützte und dass sich meine Arme in die Arme der Lagune verwandelten, ich rief ihm zu, den Kopf aus dem Wasser zu heben, und er hob den Kopf: Enrico tauchte mit offenen Augen aus dem Wasser auf, Augen, die ich nicht wieder erkannte. Ich zerrte ihn zum Ufer und sah, dass mir zwei Männer zu Hilfe eilten, auch Mariate kam mit einer Decke auf uns zu und legte sie Enrico um die Schultern. Calazán erwartete ihn mit einem Gläschen Aguardiente.

«Trink, das war der Eindruck des Wassers.»

Er probierte einen Schluck, schüttelte den Kopf und trank erneut, alles in einem Zug. Mariate begann zu singen, um den Einsatz zu geben, und die anderen stimmten erneut ein. Dominga hüllte mich auf Calazáns Geheiß in eine Decke.

«Yemayá ist eine Königin, die viele Geheimnisse kennt», sagte sie leise zu mir und wischte mir den Schlamm vom Gesicht. «Aber sie verneigt sich vor König Changó.»

Ich ging zu Enrico und fragte ihn, ob ihm kalt sei. Es war eine absurde Frage, denn wir alle waren betäubt von der Hitze. Wir fassten uns bei den Händen, und ich sah, dass seine Lippen zitterten. Er verabschiedete sich, geistig und mit den Augen sagte er mir Adiós. Mir liefen die Tränen herab, ich war überzeugt davon, dass Enrico alles gesehen hatte, als er in der Lagune mit dem Kopf unter Wasser gewesen war. Deshalb war er mit offenen Augen hochgekommen, deshalb war er so verändert. Jetzt hatte er keine Zweifel mehr, auch ich hatte keine Zweifel mehr. In den Strömungen auf dem Grund hatte er sein Leben gesehen, seine Heimat in Neapel, seine tote Mutter und seinen toten Vater und seine eigene Stimme, die eine Kerze war, die jedoch vom Wasser des Todes in kurzer Zeit ausgelöscht werden würde. In der Lagune hatte er sein Ende gesehen, ich hatte es in der Trance ebenfalls gesehen. Wir umarmten uns erschrocken, wir pressten uns aneinander, weil wir allein zurückblieben. Niemand beachtete uns; für die Neger oder meinen Paten, für Dominga oder Mariate, die gerade mit Schafgarbenblättern eine Ente festband, der sie auch die Augen verbunden hatte, waren wir unwichtig geworden.

«Yemayá fumi ibá le bi so lo», rief eine der schwarzen Frauen.

Glöckchen waren zu hören, *agogó* wurden diese Glöckchen genannt, die einzeln erzitterten und uns eine Gänsehaut verursachten. Ich schluchzte an Enricos Brust. Er schien sich schon in sein Schicksal gefügt zu haben und starrte auf den sich sträubenden Wasservogel, und als Mariate dem Tier mit ihren eigenen Zähnen den Hals durchbiss, zuckte er weder zusammen noch schloss er die Augen, noch bewegte er einen einzigen Muskel.

«Owó Yemayá fumi lo owò», heulte Calazán, der sich in etwas Irreales und Schwarzes verwandelt hatte, in einen Vogel, der mir mit seiner Stimme wie der Nachtvogel Guabairo vorkam, dem die unerträgliche Helligkeit Schmerzen bereitet.

Mir brannte der Kopf, und ich spürte kühle Hände, die mich an den Schultern packten und von Enrico wegzogen. Es war die älteste Negerin, die Alte, der es gelungen war, mit ihren

Hakenfingern den Kopf der Schildkröte zu erwischen. Als ich mich zu ihr umdrehte, fiel sie vor mir auf die Knie und versuchte, meine Füße zu küssen.

«Doña, Doña Kediké.»

Mein Pate hatte mich gelehrt, dass Doña Kediké einer der vielen Namen der Yemayá von der Lagune sei. Die Alte stand breit lächelnd auf und fasste mich um die Taille.

«Omó te mi», sagte sie zu mir, wiederholte es mehrmals und blinzelte Enrico zu. Dann ging sie und tanzte mit den anderen Frauen; sie alle hatte der Geruch der Scharfgarbe, der sich gelegentlich mit dem Geruch des Aguardiente und des Blutes vermischte, sowie der Kerzen, die am Ufer zerflossen, glücklich gemacht.

Mariate, die sich von der Sonne leiten ließ, rief etwas in der Yorubasprache, und alle hörten zu tanzen auf. Es war zwölf Uhr: die schwierigste Stunde, der Augenblick, in dem die bösen Geister der Welt zornig wurden und man die Füße heben musste, wenn man konnte, und sich im Namen Gottes bekreuzigen musste. Ein Mann kam näher und ließ ein Perlhuhn kreisen. Mir wurde klar, dass die Zeremonie zu Ende ging.

«Wir werden es erfüllen», bekräftigte Calazán.

Das war das letzte Opfer, ein Tropfen Blut für jeden Orisha. Als ich mich dem Huhn näherte, um meine Hände zu befeuchten, zuckte sein Körper auf dem Boden noch. Das hatte ich von Kind auf meine Mutter und meinen Paten tun sehen: Mit den Händen voller Blut bekreuzigte ich mich.

Dominga, die den Blick nicht von uns wandte, brachte Enricos Schuhe und sein Hemd. Seine Hose hatte er schon angezogen, aber über den Schultern trug er noch die Decke. Ich beugte mich hinab, säuberte ihm die schmutzigen Füße, zog ihm die Schuhe an und band ihm die Schnürsenkel zu, als wäre er wirklich mein König. Enrico fragte, ob alles zu Ende sei.

«Mit der Lagune ist alles erfüllt», antwortete Dominga, indem sie Calazáns Stimme nachahmte. «Aber wir müssen morgen wieder herkommen, um Olorún zu danken und sein *aché* zu empfangen.»

Ich glaubte, Enrico müsste unzufrieden oder traurig sein, aber ganz im Gegenteil, er wirkte ruhiger. Auf dem Rückweg fragte er mich, was Aché sei, und ich antwortete ihm, das sei die Segnung, die feine Kraft, die Geschicklichkeit, die die Orishas jedem Einzelnen gaben. Calazán verhielt sich hochmütig, etwas distanziert zu uns. Es war nach zwei Uhr nachmittags, als wir nach Hause kamen, von weitem hatten wir ein Auto vor dem Tor stehen sehen, und Enrico wurde munterer, denn er wusste gleich, dass dies sein Sekretär war. Ich hatte Angst, ich fürchtete immer, dass sie kommen und ihn mitnehmen würden. Zirato erwartete uns am Tor, aber zuerst umarmte er Enrico und gab mir dann die Hand. Ich las in seinen Augen, dass er sich wunderte, uns so nass und Enrico so sonnenverbrannt zu sehen. Sie gingen sich auf Italienisch unterhaltend ins Haus, und ich folgte meinem Paten, ich folgte ihm bis in die Küche, wo Mariate die Kräuter wegräumte und Dominga begann, das Huhn zu kochen.

«Warum hast du ihn ins Wasser gestoßen?»

Die Kongo ließ die Kräuter fallen, und Dominga trat vom Herd zurück. Die beiden sahen mich an, aber Calazán ließ sich nicht herab, mich anzusehen.

«Ich rede mit dir, Pate: Warum hast du ihn in die Lagune gestoßen?»

Er hob den Kopf, und es schien, als sei sein Blick weder wütend noch zornig, sondern mitleidig.

«Ich könnte dir das Gesicht wenden, wenn ich wollte. Ich werde es nicht tun, weil du verrückt bist, dein Eledá hat zu viel Sonne abgekriegt.»

Mein Eledá war mein Schutzengel, der Geist, der im Kopf lebt und sich nie mehr als nötig erhitzen darf.

«Warum wolltest du, dass er ertrinkt?»

«Vorher wusste ich das nicht», antwortete mein Pate langsam, «aber ich hatte schon gesehen, was ich sehen musste. Weißt du, wie er sterben wird? Ich werde es dir sagen: Er wird wie ein Tier schreiend sterben, seine Schreie werden Tag und Nacht zu hören sein, er wird sehr leiden, bevor er diese Welt verlässt, und wenn seine letzte Minute gekommen ist, wird eine schwarze Pest, Ikús Atem, aus seinem Körper aufsteigen. Diese Pest wird ihn wahnsinnig machen. Die an seiner Seite werden davonlaufen wollen, weil sie diesen Geruch nicht ertragen. Stell dir vor, Aida, welche Gelegenheit du verschenkt hast, damit er in Frieden sterben kann.»

Ich fing zu weinen an, aber Mariate kam herbei und gab mir eine Ohrfeige.

«Schäm dich. Respektiere den Willen der Orishas. Oder wirst du ihn etwa nicht respektieren?»

«Sie ist eine Landsfrau», flüsterte Dominga ziemlich verächtlich. «Die Chinesen respektieren nur Sanfancón.»

Dieser Satz, diese Ermahnung, wirkte wie ein Beruhigungsmittel. Ich wischte mir die Tränen ab und sah Calazán an.

«Verzeih mir, Pate.»

Er drehte mir den Rücken zu, und ich kehrte in Enricos Zimmer zurück. Ich sah Zirato den Koffer packen und Enrico, der am Fenster saß, rauchen.

«Wir fahren nach Santa Clara.»

Ich packte meine paar Sachen zusammen, es war nicht viel. Zirato brachte den Koffer zum Auto, und Enrico bat mich, ihm meine Hand zu reichen. Er ließ sie mich umdrehen, mit der Handfläche nach oben. Dann zog er einen glänzenden Gegenstand aus seiner Jackentasche; es war ein unbehandelter Goldbrocken in der Größe eines Eis. In das Gold eingebettet war ein Holzspan und neben dem Span eine kleine Plakette, in die ein paar Worte graviert waren. Er las diese Worte, er sagte sie zuerst auf Italienisch, was ich nicht verstand, aber als er den Stein in meine Hand legte, wiederholte er sie trotzdem.

Ich spürte sein Gewicht und hielt ihn in Augenhöhe, ich drehte ihn langsam, um ihn von allen Seiten zu betrachten, und strich mit ihm über meine Wangen. Schließlich küsste ich die Plakette und den kleinen Span, den er aus den Trümmern des Theaters hatte holen lassen.

«In Erinnerung an die Bombe, die uns zum Brennen

brachte», flüsterte er, damit ich es verstand, und schloss meine Finger um den Stein.

Ich umarmte ihn, fiel auf die Knie, presste meinen Kopf an seinen Bauch, meinen Mund auf sein Geschlecht, auf alles, was ich am meisten liebte und was zu verlieren mich schmerzte. Aus der Küche drang Gesang zu uns. Es war Mariates Stimme, ein altes Sklavenlied, etwas Fernes und Düsteres, wie das leidende Gestirn des Orisha, an den es gerichtet war. In meiner Verrücktheit meinte ich auch Domingas Stimme zu hören.

«Yemayá ist eine Königin, die viele Geheimnisse kennt, aber sie verneigt sich vor König Changó.»

Meine Geheimnisse waren nichts wert, sie konnten uns nicht retten. Aber meine Verneigung schon, vielleicht auch meine Liebe. Wir konnten ruhig sterben, es war bereits alles zu Ende für uns auf dieser Erde. Die Stimme der Kongo hob an, nah und kräftig:

«Unermesslicher Olofi, Weltgeist.»

Enrico ergriff meine Arme und zwang mich aufzustehen.

«Unermesslicher Olofi, wir beschwören dich, wir beschwören dich.»

Seine Hand krallte sich in mein Haar, seine Zunge leckte mein Gesicht. Ich dachte, er würde mir sagen, dass er mich liebte, aber er sagte etwas anderes:

«Es stimmt», war alles, was er sagte, «es stimmt.»

★ Als ich Vicente Pérez Navarro kennen lernte, lebte er mit halbem Körper und halber Seele, und beim Betreten seiner Wohnung im Viertel Vedado fürchtete ich schon, dass wir uns gar nicht würden unterhalten können. Man hatte mir gesagt, dass er sehr krank sei, gelähmt und fast ohne Stimme. Seine Frau empfing mich erfreut, sie sagte, Besuche heiterten ihn sehr auf, und führte mich in das Arbeitszimmer ihres Mannes, einen Ort voller Opernschallplatten und -erinnerungen. Das größte Foto, das sofort ins Auge sprang, war von einem dunkelhaarigen Mann in Drillichanzug und Panamahut. Die Widmung lautete folgendermaßen:

MEINEM GUTEN FREUND PÉREZ NAVARRO,
IN FREUNDSCHAFT HIPÓLITO LÁZARO,
MONTEVIDEO 1915

Es gab auch ein Gruppenfoto, Frauen und Männer, die sich dicht um eine Laterne im Stadtpark drängten. Ich ging näher, um die Widmung zu lesen:

FÜR PÉREZ NAVARRO,
INSPIRATOR UND LEHRMEISTER,
SEINE FREUNDE DER COMPAÑÍA DEL PAYRET

Hinter mir hörte ich eine heisere Stimme «Guten Tag» sagen. Es war Pérez Navarro, seine Frau schob ihn gerade im Rollstuhl herein. Seine linke Körperhälfte lebte nicht mehr: Auge und

Arm waren unbeweglich, das Lächeln halb gefroren. Ich ging auf ihn zu und drückte ihm die rechte Hand, die er bewegen konnte, eine Hand, so schlaff wie der Hals eines toten Vogels. Seine Frau holte mir einen Stuhl, damit ich neben ihm sitzen konnte, und ich wiederholte die Lüge, die ich am Telefon benutzt hatte: Ich studierte an der Universität, ich besuchte Seminare in Kunstgeschichte, und nachmittags assistierte ich einem Professor, der ein Buch über Caruso schreiben wollte.

«Wie heißt dieser Professor?», fragte Pérez Navarro.

Ich nannte ihm den erstbesten Namen, der mir in den Sinn kam, den eines unbekannten Schauspielers, der zu jener Zeit bei der Cadena Azul angefangen hatte.

«Eduardo Egea», antwortete ich.

«Kenne ich nicht», murmelte Pérez Navarro und bat seine Frau, ihm den Brief zu bringen. Sie ging zum Schreibtisch und zog ein Papier aus einer Mappe, betrachtete prüfend beide Seiten und überreichte es recht umständlich ihrem Mann.

«Ich will Ihnen was vorlesen», sagte er mit sehr klarer Stimme. Ich merkte, dass seine Heiserkeit manchmal verschwand; dann trat seine wirkliche Stimme zu Tage, die tief war und nicht sonderlich alt klang. Aber das hielt kaum vor, denn nach wenigen Minuten verhedderte sich die Zunge wieder, und die Wörter überstürzten sich in seiner Kehle. Seine Stimme wurde kratzig, so rau und belegt wie zuvor.

«‹Sehr geehrter Herr›», las er langsam. «‹Heute Nachmittag verließ ich mit dem Dampfschiff *Cartago* Havanna, aufrichtig erfreut über die Güte seines Publikums, das mit meiner anhaltenden Bewunderung rechnen kann. Ich werde die Aufmerksamkeit und Höflichkeit der Kubaner nie vergessen, die stolz darauf sein können, den schönsten Zipfel des Atlantiks zu bewohnen. Mein Herz ist voller Dank für diejenigen, die mich mit ihrem Applaus und ihren Lobeshymnen begünstigt haben. Ich möchte Sie bitten, diese Abschiedsbotschaft in Ihrer großen Tageszeitung zu veröffentlichen. Mit respektvollem Gruß an Havannas Presse verbleibe ich hochachtungsvoll Ihr Enrico Caruso.›»

Pérez Navarro wollte den Tonfall halten, aber es gelang ihm nicht; es war, als würde ihn das bloße Erwähnen des Namens Enrico Caruso ersticken. Er hustete zweimal und färbte sich dunkelviolett. Seine Frau kam angelaufen und reichte ihm die Tasse vom Beistelltischchen. Ich glaube, er trank ein paar Schlucke eines orangefarbenen Kräutertees und sah mir beim Trinken in die Augen.

«Diesen Brief hat er nicht mir geschickt», seufzte er und forderte mich auf, das Papier in die Hand zu nehmen. «Er hat den Brief an den Verleger der Tageszeitung *El Mundo* geschickt, und er wurde selbstverständlich veröffentlicht. Später hat ihn mir ein befreundeter Kollege aus dem Archiv geholt, und ich habe ihn aus Jux mitgenommen: Er wusste, was ich von Caruso hielt, er wusste, was mich anbelangt, konnte er mich nicht täuschen.»

Ich senkte den Kopf und drehte dieses vergilbte und an den Ecken ausgefranste Stück Papier hin und her. Pérez Navarro hustete wieder, und ich betrachtete Carusos Unterschrift, es war das erste Mal, dass ich seine Schrift sah, und ich verspürte eine unvermutete Rührung, als würde ich, statt seine Schrift zu sehen, zum ersten Mal seine Stimme hören und als würde diese Stimme mir ein paar Worte wiederholen: Atlantik... Abschied... Herz.

«Das mit der Bombe wurde nie aufgeklärt», sagte Pérez Navarro und bedeutete mir, ihm den Brief wieder zurückzugeben. «Mario García Kohly, der kubanische Botschafter in Spanien, rief die Madrider Journalisten an und erzählte ihnen, dass ein paar aus der Republik verbannte Anarchisten das Theater hatten in die Luft fliegen lassen. Natürlich glaubte ihm niemand. Zwei Tage nach der Explosion kam ein Kulissenschieber zu mir in die Redaktion und versicherte, eine Neuigkeit zu haben, die heftiger einschlagen würde als die Bombe selbst. Wir gingen in eine nahe gelegene Kneipe, und dort erzählte er mir flüsternd, Caruso hätte den Sprengkörper selbst gelegt, nicht er persönlich, sondern einer seiner Diener, einer mit Namen Punzo. Dieser Punzo sei früher Sänger gewesen, der Lieblingsschüler von Maestro Vergine, der auch Carusos Lehrmeister gewesen war. Vergine hatte alle seine Hoffnungen auf Punzo gesetzt, der zudem ziemlich eitel war. Caruso hatte er aus Verpflichtung in seinen Kurs aufgenommen, weil ein Freund von beiden, ein sehr reicher Bariton mit Namen Missiano, ihn darum gebeten hatte und darüber hinaus den Unterricht bezahlte. Jahre später wollte Gott, dass Caruso Punzo wieder traf, der als Sänger nie etwas geworden war und der ihn um Arbeit bat. Caruso stellte ihn als Diener ein, er revanchierte sich damit. Ich weiß nicht, ob er ihn zu allem Überfluss auch noch die Bombe hat legen lassen. Stellen Sie sich diese Frage: Ist einem Enrico Caruso eine Bombenexplosion nützlich? Einerseits ja, denn die Journalisten vergaßen seine Betrügereien und seinen Niedergang als Sänger. Andererseits nein, denn es konnten seine dunklen Geschäfte und seine neapolitanischen Schiebereien ans Licht kommen. Am selben Tag, als die Bombe explodierte, erstattete seine amerikanische Frau Anzeige wegen Diebstahls ihres ganzen Schmucks. Einige behaupteten, es hätte sich um einen simulierten Diebstahl gehandelt. Caruso gestattete der Polizei nicht, in der Umgebung seines Hauses in Easthampton die Erde umzugraben, wo der Schmuck vergraben wäre, wie es hieß, und die Versicherung drohte damit, nicht zu zahlen. So weit ich weiß, hat sie nie gezahlt. So vergingen die letzten Tage des großen Stars: Da haben Sie die Spur seines Ruhms.»

Wir machten eine Pause. Ich schrieb flott mit, es war leicht, ihm zu folgen, denn er sprach langsam. Die Frau fragte mich, ob ich einen Kaffee oder eine Limonade wollte. Während ich um Limonade bat, murmelte Pérez Navarro etwas über Bruno Zirato. Ich beugte mich vor und bat ihn, es zu wiederholen.

«Ich sagte, dass ich mit Carusos Sekretär Zirato einen ernsten Zusammenstoß hatte. Eines Morgens kam ich ins Hotel Sevilla – ich ging immer dorthin, um einen Kaffee zu trinken – und traf dort auf eine Gruppe Reporter vom *Diario de la Marina*, die mich aufforderten, mich zu ihnen zu setzen. An diesem Tisch saß auch Zirato, und als er meinen Namen hörte, veränderte sich seine Gesichtsfarbe; er fragte mich, ob ich Pérez Navarro von der Tageszeitung *La Noche* sei, und als ich ihm ‹zu Ihren Diensten› antwortete, sagte er, dass ich nur der Compañía del Payret und dem ausgezeichneten Hipólito Lázaro dienen würde. Das ‹ausgezeichnet› sagte er hämisch. Caruso hatte nämlich Lázaros fanatische Anhänger für das kühle Verhalten des kubanischen Publikums verantwortlich gemacht.

Ich stand auf, jemand hielt mich am Arm zurück. Ich versuchte, Zirato zu ohrfeigen, der auch aufgestanden war und zurückwich. Das war fünf oder sechs Tage nach der Explosion. In Havanna kursierten viele Gerüchte über Carusos Aufenthaltsort, und ich hatte einen Artikel geschrieben, dem ich eine humoristische Note gegeben hatte: RADAMES UND BUTTERFLY: WO VERSTECKEN SICH DIE SCHMETTERLINGE? Es war ein Artikel voller Metaphern und Doppelsinnigkeiten. Aber alle erkannten darin Caruso und seine Geliebte, eine Halbchinesin. Eine der vielen Versionen, die über die Bombe kursierten, die heikelste, erwähnten wir Reporter nicht: Jemand hätte Caruso wegen einer Weiberangelegenheit umbringen wollen. Diese Chinesin, die auch eine Mulattin war, hatte etwas mit dem Besitzer eines Hauses, in dem Opium geraucht wurde. In diesem Haus, an dem ich später oft vorbeikam, um zu sehen, ob ich etwas herausfinden könnte, lebten mehrere Chinesen dicht gedrängt zusammen, wie sie eben zu leben pflegen, und der, der den Ort mit seinen Messern bewachte, war invalide. Eines Tages ging ich vorbei und sah die Tür offen stehen; ich bot dem Invaliden eine Zigarette an, und er schenkte mir ein Papierlaternchen, er behauptete, die Messer dienten zum Papierschneiden und nicht, um Eindringlinge aufzuschlitzen, denn das war es in Wirklichkeit, was er damit machte.

Carusos Geliebte habe ich damals nicht sehen können, aber ich lernte sie später kennen, an einem Ort und zu einem Zeitpunkt, wo ich es zuletzt erwartet hätte. Seit der Bombe waren ungefähr zwei Jahre vergangen, vielleicht etwas mehr, denn Caruso war schon lange tot. Ich war in einem Weinkeller in der Avenida de La Reina, La Flor de Reina hieß das Lokal, und ich hatte Austern bestellt. Ich erzähle Ihnen das mit den Austern, weil ich mich daran erinnere, dass ich sie gerade gegessen hatte, als einer der Männer, die am Tresen bedienten, innehielt und auf die Straße hinaussah: ‹Sieh mal die hübsche Chinesin›, sagte er zu einem Kollegen. ‹Die hat damals Caruso versteckt.›

Ich drehte mich um und sah eine Frau, die mir den Rücken zuwandte. Sie hatte das Haar einer Chinesin, dunkel und glatt, aber ihr Körper war der einer Mulattin. Ich bin zu alt, um Ihnen zu erklären, warum dieser Körper der einer Mulattin war, ich sage Ihnen nur, dass man den Funken spüren konnte. Ich rannte aus dem Lokal, ich beabsichtigte nicht, sie anzusprechen, ich wollte sie nur ansehen, ihr Gesicht sehen. Als ich neben ihr anlangte, sagte ich: ‹Bitte, Señora›, und sie hob den Kopf und sah mich an. Sie war kein junges Mädchen mehr, sie war dreißig oder um die dreißig, ihre Augen waren rein chinesisch, und die Nase hätte als die einer Weißen durchgehen können. Aber ihr Mund war heilig, weder der einer Schwarzen noch der einer Weißen. Es war der Mund von Mary Maclaren, einer Schauspielerin, die mir damals gefiel. In meinem Innern verfluchte ich Caruso, er betrog uns um Tausende von Dollars und darüber hinaus hatte er das Glück, diese tolle Frau für sich zu gewinnen. Da ich schwieg, ging sie weiter. Ich unternahm nichts, um sie aufzuhalten, im Gegenteil, ich ging wieder in den Weinkeller zurück. Der Mann, der am Tresen bediente, hatte alles mitbekommen, dass ich rausgelaufen war, um sie mir anzusehen, und dass ich sprachlos gewesen war.

Ich fragte ihn, wie denn Carusos Geschichte gewesen sei. Er zuckte die Schultern und antwortete, er wüsste es nicht, das wären Albernheiten, die die Leute erzählten. Ich zog einen Fünfpesoschein hervor und legte ihn auf den Tresen. ‹Erzähl mal, Genosse.› Er schüttelte den Kopf, er wüsste es wirklich nicht. Ich steckte den Fünfpesoschein wieder ein und zog einen Zwanzigpesoschein heraus. Zwanzig Pesos waren damals ein Vermögen, und die Augen des Mannes blitzten auf. Er ging weg, um eine Flasche zu holen, und kurz darauf kam er zu mir und schenkte mir nach. ‹Ich habe in der Küche des Hotels

Inglaterra gearbeitet›, sagte er leise. ‹Als die Bombe hochging, habe ich dort gearbeitet.› Dann versicherte er mir, dass die Frau, die wir gerade gesehen hatten, eine gute Freundin der Köchin sei und dass sie in die Küche des Inglaterra zu kommen pflegte, um auf Caruso zu warten, der sie fast jede Nacht inkognito in einem blauen Packard von dort abholte. Sie kannten sich schon lange, seit Caruso nach Kuba gekommen war, oder wer weiß, ob nicht schon vorher, aber am Tag der Bombe wurde alles entdeckt, die Leute erfuhren das mit der chinesischen Geliebten, weil Caruso aus dem Theater gelaufen und ihm nichts Besseres eingefallen war, als sich ins Inglaterra zu flüchten und unter den Rock dieser Frau zu schlüpfen. Der vom Tresen sagte, dass er damals in jener Küche Gemüse geschält und Teller abgewaschen und die Köchin, die seine Chefin gewesen war, ihm befohlen hatte, ein Taxi zu rufen. Kaum war das Taxi eingetroffen, verschwanden Caruso und die Frau. ‹Die beiden verschwanden›, sagte er zu mir. ‹Diese appetitliche Chinesin und dieser als Mandarin verkleidete Dicke.› Er merkte noch an, dass am nächsten Tag ein Reporter ins Inglaterra gekommen war und herausfinden wollte, ob es stimmte, dass der große Caruso dort vorbeigekommen sei. Aber die Köchin hatte ihn gewarnt, den Mund aufzumachen. ‹Jetzt kann ich es ja›, sagte er lachend und fügte hinzu, dass er die Chinesin später mit einem Bauch gesehen hatte, ungefähr im sechsten Monat schwanger, und er würde wetten, dass Caruso ihr ein kleines Geschenk hinterlassen hatte.

So weit die Information, die ich für meine zwanzig Pesos erhielt. Ich wollte einen Artikel schreiben über all das, sogar nahe legen, dass die Chinesen aus der Opiumhöhle hinter dem Bombenanschlag gesteckt haben könnten, aber der Verleger, ein guter Freund von mir, sagte: ‹Genosse Pérez Navarro, du bist wie besessen von Caruso, lass die Toten in Frieden ruhen und leg dich nicht mit den Chinesen an, sieh dich vor, denn denen ist jedes Mittel recht.› Ich dachte darüber nach und vergaß die Geschichte von der Chinesin oder Mulattin oder was auch immer sie war. Sie ist inzwischen vielleicht tot, und wenn sie noch lebt, ist sie eine alte Frau, wie alt könnte sie jetzt sein, um die sechzig? Und Sie, mein Kind, wie alt sind Sie? Dreißig oder einunddreißig?»

Pérez Navarro lächelte, und ich hielt seinem Blick stand. Seine Frau brachte mir die Limonade, und ich verbarg meine Nervosität, indem ich sie langsam trank. Bevor ich mich verabschiedete, gab ich ihm meine Adresse und einen falschen Familiennamen, weil er mir sagte, dass es Dinge gäbe, an die er sich so plötzlich nicht erinnern könnte, dass er sie aber seiner Frau diktieren würde, wenn sie ihm einfielen, und dann würde er sie mir per Post zuschicken.

Mehrere Monate später erhielt ich einen dicken Umschlag, adressiert an Enriqueta Cheng, meinen wirklichen Namen, und nicht an Enriqueta Gómez, den Namen, den ich ihm genannt hatte. Darin steckte ein Brief von Pérez Navarros Frau, in dem sie mir seinen Tod mitteilte. Er enthielt auch den von Enrico Caruso geschriebenen Abschiedsbrief. Als Letztes fand ich eine merkwürdige Notiz, die Pérez Navarro selbst noch diktiert hatte. Ich erschauerte beim Lesen, ich verspürte Bedauern und plötzlich Angst. Und schließlich weinte ich.

Sehr geehrte Enriqueta,
Sie sind das Beste, was uns von der Bombe blieb: nach dem Staub in der Luft, der plötzlichen großen Stille, der ganzen lichtgetränkten Verwirrung. Sogar die widrigsten Geschehnisse bergen zuinnerst ein Glück. Ich überlasse Ihnen den Brief Ihres Vaters. Er wäre stolz, wenn er Sie sehen könnte: Sie sind sein lebendiges Abbild: Ihr Kinn, Ihre Nase, etwas in den Augen, die einen chinesischen Anflug haben, aber auch einen neapolitanischen, ähneln ihm. Ich habe keinen Augenblick gezweifelt, ich habe gleich gewusst, wer Sie sind, und trotzdem habe ich Ihnen die Wahrheit gesagt, ich habe Ihnen erzählt, was ich weiß, ich habe kein Wort verschwiegen, kein gutes und kein schlechtes. Verzeihen Sie mir.

Pérez Navarro

Ich verstaute den Brief und erzählte meiner Mutter davon, die damals schon bettlägerig und schwer krank war. Sie seufzte beunruhigt:

«Ich erinnere mich an diesen Mann», sagte sie, «ich erinnere mich an den Tag, als er mich auf der Straße anhielt.»

Ich fragte sie, ob es stimme, dass ich Caruso ähnlich sähe.

«Du siehst ihm ähnlich», sagte sie und legte mir einen Finger aufs Kinn. «Du hast da dieses Grübchen, das hatte er auch.»

Sie zog ihren Finger zurück und legte ihre Hand auf meine Wange, dann sagte sie: «Enrico.» Es war das erste und einzige Mal, dass ich sie um ihn weinen sah, so bitterlich weinen, jammern und klagen sah. Ich bat sie, sich zu beruhigen, und sie erwiderte, sie könne es nicht, denn sie würde ihn sehen. Sie sank in einer Art Trance, und ich hatte Angst, sie würde sterben; ich blieb stundenlang an ihrer Seite, und in diesen Stunden wiederholte sie nur einen Satz:

«Ach, Erde, *adiós*.»

Mein Herz ahnte …

«Ich bin in Signa, in meinem Haus in Signa, bringe eine Krippe in Ordnung und singe leise eine Arie aus *Manon* vor mich hin. Bruno Bruni spielt auf dem Klavier dieselbe Melodie, die ich trällere. Es ist heiß, aber mich stört der Wind, ich werde anordnen, das Fenster zu schließen, und dann sehe ich dich dort neben dem Porträt meiner Mutter sitzen. Ich will dich fragen, wann du angekommen bist, aber Bruno spielt lauter, und meine Worte sind nicht zu hören. Ich stehe auf, und die Figuren der Krippe beginnen vor mir hochzufliegen. Ich sehe dich nicht mehr, ich sehe Bruno nicht mehr, ich höre die Musik nicht mehr. Und eine Stimme, von der ich glaube, dass es die meines Vaters ist, sagt zu mir: ‹Rico, jetzt bist du endlich gestorben.›»

Es war unsere erste Nacht in Santa Clara. Enrico wachte zitternd auf und klagte über Luftmangel. Ich sagte zu ihm, er hätte bestimmt einen schlechten Traum gehabt, und er antwortete, dass er weder schlecht noch gut gewesen sei, sondern eher unbegreiflich. Dann erzählte er ihn mir, ich hatte Angst, aber ich ließ ihn reden. Er fügte hinzu, dass in seinem Haus in Signa im vorigen Sommer tatsächlich etwas Ähnliches passiert war. Bruno Bruni hatte am Klavier gesessen und er hatte beim Entstauben einer Krippe eine Melodie vor sich hingesungen. Plötzlich war ein Windstoß durch den Raum gefahren, ein heftiger Windstoß, und hatte ein paar Figuren umgeworfen. Er war aufgestanden, um das Fenster zu schließen, und hatte gespürt, dass von dort jemand zu ihm sprach. Es war ein Seeleneindruck gewesen, denn dort war niemand. Nur dieses Stück strahlender Himmel, keine einzige Wolke, der Augusthimmel über Signa. Der Maestro hatte zu spielen aufgehört und gefragt, was los sei, und Enrico hatte geantwortet, er wüsste es nicht, jemand würde versuchen, ihm etwas mitzuteilen.

«Jetzt hat man es wieder versucht», sagte er zu mir.

Ich stand auf, um Handtücher zu holen. Ich trocknete ihn ab und legte ihm feuchte Baumwolle auf die Stirn. Ich bat ihn, etwas Angenehmes zu träumen, und er versprach, von seinem Lieblingslokal Del Pezzo's zu träumen. Er sagte es lachend, aber sein Lachen war ein sterbendes Lachen, die Art Lachen, das durch die Lippen brechen kann, ein dunkles, gefährliches Glas. Allmählich schlief er wieder ein, und da wurde mir klar, dass von nun an ich diejenige sein würde, die nicht mehr schlafen konnte. Ich begann darüber nachzudenken, was geschehen würde, wenn er wieder erkrankte, wenn er wieder diese Schmerzen wie in Regla bekäme. Calazán war nicht in Santa Clara noch die Kongo Mariate, nicht einmal Dominga, und ich allein wüsste nicht, was ich tun sollte.

Zirato war ein Fremder für mich. Ein dünner, geheimnisvoller Mann, der mich ansah, als würde ich ihm auch geheimnisvoll vorkommen. Das Haus in Santa Clara, das man uns zur Verfügung gestellt hatte, war kein Ort, der Freude oder Ruhe vermittelte, eher im Gegenteil: Ich spürte, dass in diesem Haus sehr gelitten worden war. Meine Mutter sagte immer, dass sich unter einem Dach vergossene Tränen in den Möbeln festsetzen, genau wie Ruß, und dass man sie mit der Zeit wieder einatmet, man würde dieses in Rauch verwandelte Leid einatmen. Deshalb war sie die wenigen Male, die sie geweint hatte, immer aus dem Haus gelaufen und hatte sich an einen Baum gelehnt. Mich wies sie an, das Gleiche zu tun, aber es gab Tage, an denen mein Schmerz so groß war, dass ich keine Kraft aufbrachte, mich zu bewegen, aufzustehen, hinauszugehen und im Freien zu weinen. So war es gewesen, als meine Tochter starb, und so musste es denen, die in dem Haus in Santa Clara gelebt hatten, ergangen sein: Sie hatten verzweifelt drinnen geweint, sie hatten keine Kraft gehabt aufzustehen. Und da lagen wir beide,

Enrico und ich, und versuchten, wieder einzuschlafen in einem Raum, in dem man Kummer einatmete, ein Leid, das wie ein Parfüm wirkte: Es wehte heran und zog vorüber, es stieg mir in die Nase und schnürte mir die Brust zu.

Kurz bevor wir Matanzas verließen, hatte mich Calazán beiseite genommen, mir seine Hand auf die Schulter gelegt und mich angesehen, als wäre er mein Vater: «Was können wir für dich tun, Aida?» Ich hatte darüber nachgedacht, die Antworten auf die Fragen meines Paten mussten sehr gut überlegt sein. Ich war versucht, ihm zu sagen: Für mich brauchst du nichts zu tun, tu etwas für ihn. Aber ich fürchtete, ihn noch mehr zu kränken. Ich kränkte ihn schon genug mit meinem verrückten Verhalten, mit meiner Entscheidung, zusammen mit Enrico nach Santa Clara zu fahren. Ich gab ihm die Antwort, die mir am leichtesten erschien:

«Lass meiner Mutter ausrichten, dass es mir gut geht und dass mit Enrico zusammen zu sein das einzige Mittel ist, damit es mir noch besser geht.»

Calazáns Blick verdüsterte sich.

«Dann kann man nichts mehr für dich tun.»

Mariate reichte mir den Korb mit dem Obst und den Butterbroten für die Zugreise. Dominga erinnerte sie daran, dass in modernen Zügen Essen angeboten wird, und die beiden vertieften sich in eine Diskussion, die durch das Auftauchen eines ganz in Weiß gekleideten und in einen Hauch Kölnischwasser gehüllten Enrico unterbrochen wurde. Er verabschiedete sich von meinem Paten; sie redeten leise miteinander und drückten sich die Hand. Dann ging er zu Dominga und schenkte ihr ein paar Geldscheine, doch als er dasselbe bei Mariate tun wollte, lehnte diese brüsk ab und sprach, sich bekreuzigend, ein Gebet in der alten Sprache. Ich fand ihn gelassener und tatkräftiger, als wäre er ins Leben zurückgekehrt, als hätte ihn das Untertauchen in der Lagune aus einer langen Lethargie oder aus einem großen Schmerz erweckt.

Dennoch brach er in dieser ersten Nacht in Santa Clara wieder zusammen. Am Morgen wachte er niedergeschlagen auf und öffnete die Augen, konnte oder wollte aber nicht aufstehen. Den Blick auf die Kristalllampe an der Decke geheftet, rauchte er eine ganze Zigarettenpackung leer. Dann öffnete er die nächste und zog eine Zigarette heraus, und mit dieser Zigarette im Mund sprang er aus dem Bett und ging ins Badezimmer. Ich sah ihn vor dem Spiegel stehen bleiben und sich ohne einen Muskel zu bewegen anstarren. Vor seinem Spiegelbild rauchte er die Zigarette zu Ende. Danach gurgelte er, ich hörte ihn husten und ausspucken, husten und ausspucken, ein ums andere Mal, bis sein Speichel wieder durchsichtig war. Wenn er das tat, sagte er immer ein paar Worte auf Italienisch, einen Satz, den ich lernte, weil er mir komisch vorkam:

«Lo strumento è pulito.» Das Instrument ist gereinigt.

An diesem Morgen in Santa Clara sagte er ihn nicht. Er kam schweigend heraus, und ich erinnerte ihn daran. Enrico lächelte, streichelte mir über den Kopf und umarmte mich ohne körperliches Begehren, lediglich eine herzliche Umarmung. Kurz darauf traf Zirato in Begleitung dreier Männer ein, die ich nicht kannte und die gerade aus Havanna angekommen waren. Einer davon war Mario Fantini, der Diener, der sich darum kümmerte, seine Kleidung und diesen Berg Bettwäsche, den sie von einem Ort zum anderen schleppten, in Ordnung zu bringen. Punzo war auch dabei, er sah mich kaum an, aber ich wusste von Enrico, dass er sich um seine Opernkostüme kümmerte. Zum Schluss lernte ich Salvatore Fucito kennen, das war der Musiker, mit dem er übte. Hinter ihnen betrat ein kahlköpfiger, dicker Mann mit einen großen Zwirbelbart das Haus. Er begrüßte Zirato, und Zirato stellte ihn den anderen vor, er sagte, dies sei der Impresario Rafael de Armas, besser bekannt als «Armitas». Dieser «Armitas» zwirbelte an seinem Bart, wobei er mich aus den Augenwinkeln verstohlen anblickte, bis er mich irgendwann offen ansah und fragte, wer die Señora sei. Zirato wusste nicht, was er antworten sollte, Mario gab vor, einen Hut abzuklopfen, und alle erwarteten, dass Enrico reagierte, der dies auch unverzüglich tat, wobei er mich am Arm nahm.

«Das ist Aìda.»

Die Vorstellung im Teatro Caridad war für denselben Abend anberaumt, und Enrico wurde mitgeteilt, dass aus Havanna Reporter gekommen seien, die ihn wegen der Bombe sprechen wollten. Ich hatte das Gefühl, dass meine Anwesenheit im Theater störend sein würde, und Enrico selbst bestätigte es mir; bevor er zu den Proben ging, nahm er mich beiseite und schlug mir vor, nicht zu der Vorstellung in Santa Clara zu kommen, ich sollte besser auf die Aufführung in Cienfuegos warten, dahin würden wir als Nächstes fahren. Da er mich so enttäuscht sah, schlug er mir vor, den Nachmittag zu einem Spaziergang durch Santa Clara zu nutzen, und bat mich, ihm ein paar Taschentücher zu kaufen. Zirato gab mir einen Umschlag mit Geld und erklärte mir, was für Taschentücher das sein müssten.

Kaum waren sie gegangen, setzte ich meinen Hut auf und verließ ebenfalls das Haus. Zuerst spazierte ich etwas ziellos dahin und dachte an das Abenteuer meines Lebens, an all das, was geschehen könnte, wenn wir nach Havanna zurückkehren würden und es ans Verabschieden ging: von meiner Mutter, vielleicht von Calazán, der nach Regla zurückgekehrt war, und schließlich von meinem leiblichen Vater, dem alten Yuan Pei Fu, einem blutsverwandten Vater, der wie ein Vater im Traum gewesen war, immer hinter einer Wand aus Rauch verborgen.

Ich kaufte die Taschentücher, um die mich Enrico gebeten hatte und die groß und aus dem Stoff sein sollten, den mir Zirato angegeben hatte. Dann kaufte ich mir etwas zum Anziehen. Als gute Schneiderin hatte ich mir noch nie Kleider von der Stange gekauft; das war die große Neuheit dieses Spaziergangs: ein paar Tüten mit Röcken und Blusen, mit denen ich mich fremd und eitel fühlte. Auf dem Weg kam ein kleiner schwarzer Junge auf mich zu und bot mir seine Hilfe an, aber ich lehnte ab, denn es begann zu nieseln, und ich beschloss, mich in ein Café zu flüchten. Als ich eintrat, spürte ich, dass mich alle ansahen; sie wussten, dass ich nicht aus Santa Clara war, und versuchten, meine Herkunft zu erraten: eine chinesische Mulattin war keine Frau von hoher Abstammung, und dennoch dürfte ich so auf sie gewirkt haben, weil ich mich so benahm.

Ich bestellte eine Schokolade, und weil draußen der Regen zunahm, betraten weitere Leute das Café. Die Männer überließen ihre Plätze den Frauen, und die zuletzt hereingekommen waren, wimmelten um die Tische herum oder drängten sich an der Tür, um zu beobachten, mit welcher Wucht, mit welch blindem Zorn das Wasser herunterprasselte. Einer von den Stehenden, ein junger Mann, sah mich besonders aufmerksam an, ich spürte die ganze Zeit seinen Blick auf meinem Gesicht, auf meinen Händen und sogar auf der Tasse, die ich zum Mund führte. Dieser Mann beunruhigte mich sehr, so dass ich mir die Lippen abwischte und zu gehen beschloss, obwohl es noch immer regnete. Er musste meine Absicht geahnt haben, er wusste, dass ich aufstehen würde, und kam an meinen Tisch. Mich beeindruckte sein Stil, seine Art, den Hut zu halten, er war sehr elegant und trug einen Ring mit einem schwarzen Stein.

«Entschuldigen Sie», sagte er, «sind Sie nicht Carusos Frau?»

Ich muss wohl blass geworden sein, denn er machte eine Geste, als wolle er mich stützen. Ich sah ihn an und erkannte, dass er einen aufrichtigen Gesichtsausdruck hatte, aber etwas sagte mir, dass ich ihm nicht trauen sollte.

«Ich bin nicht die, die Sie meinen», antwortete ich und versuchte, mir einen Weg zu bahnen, ich drängte mit all meinen Tüten auf die überschwemmte Straße hinaus. Er lief mir hinterher.

«Ich bin Cipriano Rivas von der Tageszeitung *Diario de la Marina*, wollen Sie mir nicht sagen, wie es Ihrem Mann geht?»

Ich drehte mich um und reckte den Kopf.

«Ich weiß nicht, wovon Sie sprechen.»

Ich hatte die Stimme gehoben, und andere Leute sahen zu mir her. Der Mann deutete eine Verbeugung an, und ich konnte endlich gehen. Zwei- oder dreimal blickte ich mich um, ob er mir folgte, aber das tat er nicht. Es hatte zu regnen aufgehört, und die Straßen wurden wieder begehbar. Viele Leute kamen zu Pferd vorbei, und ich beschleunigte meinen Schritt, bis ich mich in der Menschenmenge verlor.

Als ich durchnässt und mit schmutzigen Schuhen nach Hause kam, war Enrico schon zurück, er lag auf dem Bett, sah wieder zur Decke hinauf und rauchte eine Zigarette nach der anderen. Ich erzählte ihm, dass ich die Taschentücher gekauft hätte, aber ich wagte nicht, den Vorfall mit dem Reporter zu erwähnen. Im Gegenteil, ich zog mich aus und setzte mich zu ihm. Ich fragte ihn, wie ihm das Theater gefallen hätte, und er antwortete, dass ihm inzwischen alle Theater gleich vorkämen. Er sagte das verbittert, und ich schwieg.

«Ich singe für Geld», fügte er hinzu und sah mich durch den Rauch hindurch an.

Mir schien, als hätte er Lust, sich auszusprechen, ich trocknete ihm den Schweiß von der Stirn und küsste ihn hinterm Ohr auf das mit Kölnischwasser getränkte Haar. Er flüsterte, dass ihm nur noch das Zeichnen Spaß mache und deshalb verkaufe er seine Zeichnungen nicht. Aber gleich darauf stellte er klar, dass es ihm auch Spaß mache, seine Krippen zu betrachten, diese fast lebendigen Wunderwerke, die ihn in der Villa Bellosguardo erwarteten. Ich umarmte ihn, und wir schwiegen beide eine Zeit lang, ich mit geschlossenen Augen, wobei ich an meine eigenen Gespenster und daran dachte, wie weit entfernt mir mein vorheriges Leben und meine Gedanken vor der Bombenexplosion erschienen. Seine Augen waren weit aufgerissen und er sah wer weiß welche Visionen, befand sich an einem Ort, der nicht von dieser Welt war, einer seiner Seele entnommenen Landschaft.

In dieser Nacht flüsterte er mir, bevor er zur Vorstellung ging, folgenden Satz zu:

«Rede mit niemandem.»

Ich versprach ihm, das Haus nicht zu verlassen, und sah ihn mit Zirato und Mario gehen; Punzo und Fucito waren schon vorausgegangen. Monate später erfuhr ich, dass die Zeitungen berichtet hatten, Enrico hätte im Haus einer Familie Berenguer übernachtet. Die Berenguers hatten an jenem Abend nach der Vorstellung ein Essen gegeben, und Enrico hatte zum ersten Mal ihr Haus betreten, nur für ein paar Stunden, bis sich die restlichen Gäste verabschiedet hatten und er in sein Refugium, das kleine Versteck, das er mit mir teilte, zurückkehren konnte.

Ich nutzte die Zeit, um die neuen Kleider genau zu mustern, ich legte alles ordentlich in eine Art Truhe, die uns Zirato gebracht hatte, und damit war ich gerade beschäftigt, als es klingelte. Es war fast Mitternacht, und obwohl ich Enrico erwartete, kam mir nicht in den Sinn, gleich zu öffnen, sondern ich warf erst einen Blick durchs Fenster. Ich erkannte nur den Schatten einer davonlaufenden Frau. Dann entdeckte ich, dass unter der Tür ein Brief durchgeschoben worden war. Es war ein sehr feiner, an Enrico Caruso adressierter und zugeklebter Umschlag, ich hielt ihn eine Weile in den Händen, schnüffelte umsonst daran und betrachtete ihn vergeblich im Gegenlicht. Als Enrico endlich in Marios Begleitung zurückkam, überreichte ich ihm den Brief und erklärte ihm, wie er gebracht worden war. Er öffnete ihn und zog ein Papier heraus, das mir für die paar Zeilen, die darauf standen, ziemlich lang erschien. Er rief etwas auf Italienisch aus, das an Mario gerichtet war, der seinerseits den Brief nahm und las. Ich traute mich nicht zu fragen, was drinstand, Enricos Gesicht lud nicht gerade dazu ein. Also beschränkte ich mich darauf, ihm in unser Schlafzimmer zu folgen und beim Ausziehen zu helfen; ich warf sein durchnässtes Hemd beiseite und hörte ihn über die Hitze klagen. Er bat mich, die Fenster zu öffnen, aber sie waren alle offen, und ich begann, ihm zuzufächeln; mit einer Hand fächelte ich ihm Luft zu und mit der anderen trocknete ich ihm Hals und Brust ab. Kurz darauf fragte er mich, ob ich sicher sei, dass es eine Frau gewesen war, die den Brief überbracht hatte. Ich antwortete ihm, dass ich mir nicht sicher sei, dass es in der Dunkelheit schlicht so ausgesehen hätte, und dann erzählte er mir, dass ihm in dem Brief erneut gedroht würde.

«Sie kündigen an, dass eine weitere Bombe hochgehen

wird», murmelte er, «und dass sie in Cienfuegos nicht versagen werden.»

Ich hörte nicht mit Fächeln auf, aber ich spürte einen Stich, eine ausgesprochen schmerzhafte Leere; alle Vorzeichen wirkten wie ein Vorbeben, alles vereinigte sich am selben Punkt. Ich schlug ihm vor, nach Havanna zurückzukehren, aber er schüttelte den Kopf. Er wirkte ein wenig gealtert auf mich; ich war mir sicher, dass er von Minute zu Minute mehr in sich zusammenfallen würde. Dann fügte er hinzu, dass ihm alles gleich sei: Santa Clara, Havanna, New York... Schließlich entschuldigte er sich und erzählte mir, dass ihn an diesem Abend im Theater ein Telegramm erreicht hätte, in dem stand, dass sein Hausverwalter und sein Chauffeur in New York im Gefängnis säßen, verhaftet wegen Konspiration und Diebstahl.

«Ich vertraue nicht einmal Zirato», flüsterte er mir ins Ohr.

Ich umarmte ihn, und er erwiderte die Umarmung fast kraftlos. Ich spürte seine feuchte Haut, und einen Augenblick hatte ich das Gefühl, ebenfalls flüssig zu sein, vielleicht war es die Angst. Enrico war allein, jemand oder etwas hatte sich ihm genähert, und von allen Menschen auf der Welt wussten nur Calazán, ich und in gewisser Weise mein Vater Yuan Pei Fu, dass dieser Kreis sich schon geschlossen hatte. Wenn ich gewollt hätte, hätte ich gehen können; ich genoss das Privileg, wählen zu können, ich hatte die Möglichkeit, mich rauszuhalten, wie es Calazán, meine Mutter und vielleicht auch mein Vater wünschten. Obwohl mein Vater wegen seiner Nähe zu Sanfancón alles viel klarer sah; er hatte die möglichen Wege gesehen und wusste, welcher der meine war. Am Ende beschloss ich, da zu bleiben, bei Enrico, auch wenn er ein Wasser wäre, sein eigener Strom, Gezeiten, die stiegen und fielen: Yemayá verneigt sich vor König Changó.

Als die Bombe explodierte, war ein Stück von meinem Leben abgesprungen, ein Stück, das mir geliehen worden war und das an seinen angestammten Platz zurückkehrte. Diese Orte sind geheimnisvoll, unser ganzes Leben ist geheimnisvoll. Ich liebte Enrico nicht, wie ich jeden anderen Mann geliebt hätte. Ich weiß, das ist schwer zu verstehen, ich verstehe es erst heute: Ich liebte ihn nicht als Menschen, sondern als einen Raum, einen Ort, eine Zeit, die man wiedererlangen möchte, ein anderes Leben, das diesem ähnelt. Nichts war dem Tod ähnlicher.

Am nächsten Morgen, als Enrico mich küsste, bewegten sich meine Gedanken noch immer in diese Richtung. So versuchte ich, mein Leben und meine Gefühle zu ordnen, bis ich nicht mehr denken konnte, weil er in mich eindrang, sein ganzer Körper in mir, alles, was er hatte: Das war der Augenblick, an dem du wirklich auf diese Welt gekommen bist. Damals bist du gekommen, Enriqueta, und nicht an dem Tag, als wir dich zeugten, auch nicht an dem Märzmorgen, an dem du geboren wurdest. Ich war gewaschen und parfümiert, ich war viel jünger als dein Vater, und ich war so bereit, ihn aufzunehmen, dass er sich fast ohne Anstrengung hingab. So müde, wie er des Singens war, verschwitzt und bekümmert, wussten nur meine Hände, wie ihm Erleichterung zu verschaffen war.

Ich erinnere mich, dass der Drohbrief auf den Bettlaken in Vergessenheit geriet, und ich erinnere mich auch, dass ich ihn Stunden später feucht und in ein schmutziges Knäuel verwandelt daraus hervorholte.

Spät in der Nacht desselben Tages fuhren wir nach Cienfuegos weiter.

★ Am zweiten August 1952 setzten sich meine Mutter und ich vor das Porträt von Enrico Caruso. In der vorangegangenen Nacht hatten wir eine Kerze für ihn angezündet und Räucherstäbchen abgebrannt. Auf diesem Porträt war er ein Mann mit dunklem Hut und einem so zarten Mund, dass es nicht wirkte, als könnte er singen, und er hatte so schwarzbraune Augen, dass niemand geglaubt hätte, dass sie im Begriff waren, sich für immer zu schließen. Dieses Foto war in Sorrent aufgenommen worden, wenige Tage vor seinem Tod. Meine Mutter erhielt es ein Jahr später zusammen mit einer Geldsumme. Sie hat nie erfahren, wer ihr diesen Umschlag geschickt hat, er enthielt nur das Foto und die Scheine.

«Heute ist der einunddreißigste Todestag deines Vaters», sagte sie zu mir und nahm meine Hand.

Ich wusste, dass sie sich dem Ende der Geschichte näherte, der Geschichte, die sie mir erzählte, und auch der ihres eigenen Lebens: Sie fühlte sich immer schwächer, vielleicht wegen der Krankheit, aber besonders wegen der Erinnerungen. Ich begriff, dass sie in all diesen Jahren versucht hatte, stärker zu sein, als sie in Wirklichkeit war. Jetzt quälte sie sich, wenn sie über Caruso redete, sie schwitzte, wenn sie an sein Schwitzen dachte, und sie zitterte, wenn sie sich an sein Gesicht zu erinnern versuchte. Mir zu erzählen, was zwischen ihnen beiden damals geschehen war, kostete sie große Mühe. Es kostete sie diesen Abschnitt ihres Lebens, der wie stehen geblieben wirkte, ein Abschnitt, der jung geblieben war und nun plötzlich alterte, kaum dass sie die Türen zu seinen Geheimnissen und Enttäuschungen geöffnet hatte. Das einzige in ihr gesund Gebliebene schloss sich dem kranken Teil ihres Körpers an. Nachdem sie den unversehrten Stein ihrer großen Liebe ausgespuckt hatte, starb meine Mutter.

Weil ich sie an jenem zweiten August so angegriffen sah und ein zweite Krise vermeiden wollte, ließ ich sie in der Obhut einer Nachbarin, statt sie zu bitten, mit ihrer Erzählung fortzufahren, und ich beschloss, den Nachmittag zu nutzen, um einen Lokalreporter, einen Mann namens Abadelio Trujillo, aufzusuchen.

Sein Name und seine Telefonnummer waren mir von der Frau Vicente Pérez Navarros genannt worden, der mich auf den Gedanken gebracht hatte, Trujillo, der noch immer für die Tageszeitung *Diario de la Marina* arbeitete, könnte vielleicht eine überraschende Information beisteuern, denn er war Caruso begegnet, als dieser in Santa Clara auftauchte, er hatte die Aufführung im Teatro Caridad besucht und ihn singen gehört.

Das Treffen zu vereinbaren war so einfach wie zu ihm zu gehen, da er ganz in meiner Nähe in der Calle Obispo wohnte. In Abadelio Trujillos Haus nahm mich sein Bruder Israel in Empfang, der ihn an diesem Tag zufällig besuchte. Israel war wohl so Mitte fünfzig, ein schweigsamer, feiner Mann und von Beruf Uhrmacher, der nicht in Havanna, sondern im Dorf Güines lebte. Als ich mich setzte, um mit seinem Bruder zu reden, zog er sich diskret zurück, und Abadelio erzählte einleitend, dass er im Jahre 1920 ein noch sehr unerfahrener Reporter gewesen sei, ein junger Bursche, der sich mit der Verfolgung des großen Caruso beweisen und seine Sporen verdienen wollte. Fotos von damals zeigten, dass er immer zart und feminin gewesen war, und vielleicht machte uns diese feminine Note zu Komplizen. Er hörte mir aufmerksam zu, ich erzählte ihm dieselbe Lüge, die ich allen auftischte: Ein Professor wolle ein Buch über Caruso schreiben, und ich würde die Befragungen für ihn durchführen. Abadelio vollbrachte das Unmögliche, sich an jede Einzelheit zu erinnern, Licht auf das gleißende Licht der Bombe zu werfen. Seither waren zweiunddreißig Jahre vergangen, nicht weniger als zweiunddreißig Jahre, und im Rückblick auf jene Tage im Juni 1920 riss Abadelio eine zweifelhafte Wunde auf: die seines eigenen Herzens.

«Es war die Schuld des Schicksals», flüsterte er, die Augen auf ein Bild aus jener Zeit geheftet, eine Aufnahme von ihm vor dem Hotel Zentral in Santa Clara. «Hören Sie gut zu: Wäre diese Bombe nicht explodiert, wäre Caruso nicht verschwunden, und keine Zeitung in Havanna wäre auf die Idee gekommen, einen Reporter nach Santa Clara zu schicken, um ihn zu interviewen und herausfinden, ob er gesund und wohlauf war. Aber die Bombe explodierte, ein Wunder, dass sie keine Opfer forderte. Oder vielleicht hat sie langfristig doch ihre Opfer gefordert, den einen oder die andere, die mehr oder weniger halb tot entkamen.

Aber Sie sind hergekommen, damit ich Ihnen von Caruso erzähle, von dem wirklichen Caruso, der auf diese Insel kam und ganz anders war, als ihn sich die Leute vorstellten. Zur damaligen Zeit war er schon sehr krank, es war nicht auf den ersten Blick zu erkennen, aber der Beweis dafür ist, dass er kurze Zeit später starb. Ich war am Tag der Bombenexplosion nicht im Theater, trotzdem rannte ich sofort ins Hotel Sevilla, verbrachte zwei Nächte dort, trank literweise Kaffee, um wach zu bleiben und herauszukriegen, ob er es betrat oder verließ. Einige behaupteten, er hätte sich in sein Zimmer eingeschlossen, andere versicherten, er hätte sich in Regla im Haus eines Babalawo versteckt. Ich fuhr nach Regla, ich setzte wegen dieser Geschichte mein Leben aufs Spiel, streifte durch das Dorf, ich befragte die Leute auf den Straßen, und die meisten wussten nicht einmal, wer der große Caruso war. Sie werden sich vorstellen können, wie Regla in jenen Jahren war, die Babalawos wurden sehr respektiert und verehrt. In dem Dorf bewegte sich kein Blatt, ohne dass das Oberhaupt des Yoruba-Cabildos davon erfuhr, ein Baum von einem Schwarzen, ein so genannter José de Calazán Bangoché, ich glaube, sie nannten ihn Cheché.

Ich kehrte nach Havanna zurück, es wurde erzählt, dass sich Caruso in Matanzas aufhalte, in Matanzas! Was konnte Caruso dort verloren haben? Große Künstler können zuweilen etwas exzentrisch sein, aber Matanzas ist eine Provinz mit vielen Verstecken, wo sollte man anfangen, ihn zu suchen? Wenige Tage später erhielt die Redaktion einen Anruf: Bruno Zirato, Carusos Sekretär, und Rafael de Armas, ein Impresario, der ‹Armitas› genannt wurde, bestätigten, dass die Vorstellung im Teatro Caridad nicht abgesagt werde und dass Caruso die Oper *Martha* singen würde. Ich fuhr sofort zum Bahnhof und bestieg den nächsten Zug nach Santa Clara. Im *Diario de la Marina* waren noch andere Gerüchte im Umlauf: Caruso litte an geistiger Verwirrung, die sich in diesen Tagen noch verschlimmert hätte, weil sein langjähriger Chauffeur, ein so genannter Fitzgerald, und sein Hausverwalter in Easthampton wegen Diebstahls festgenommen worden seien. Caruso hatte nie Glück mit seinen Chauffeuren. Das hat vor allem mit seiner ersten Frau Ada Giachetti zu tun, die ihn zusammen mit dem Chauffeur verlassen hatte. Caruso kehrte von einer Tournee zurück, und der Gärtner musste ihm die Nachricht überbringen. Es heißt, dass sich seine Interpretation von *Vesti la giubba* seit dem Moment verändert hätte. Irgendwann ging mir durch den Kopf, dass er besser selbst Auto fahren gelernt hätte, aber er tat es nie, und wissen Sie, warum? Er war zu feige wegen eines Unfalls, den Puccini erlitten hatte. Caruso war sehr betroffen gewesen, Puccini hatte Gase eingeatmet und sich etliche Knochen gebrochen. Von dem Augenblick an weigerte sich Caruso, Auto fahren zu lernen, er wollte nicht einmal wissen, wie ein Auto angelassen wird.

Dies alles und vieles mehr erfuhr ich auf jener Reise, die mein Leben veränderte. Ich war kurz zuvor im Mai einundzwanzig Jahre alt geworden, ich war ein Grünschnabel, ein argloser Bursche. Bei meiner Ankunft in Santa Clara fand ich mich zuerst im Redaktionsbüro meiner Zeitung ein, wo mich der Chefredakteur, ein Spanier namens Cipriano Rivas, zusammen mit seinem Sekretär, einem Mulatten, der auch als Chauffeur arbeitete, erwartete. Zufällig war noch ein anderer Mann zugegen, sehr elegant, Drillichanzug, weiße Gamaschen und breitkrempiger Hut, den er tief in die Stirn geschoben hatte. Ich betrachtete verstohlen, was unter dem Hut zu erkennen war, und entdeckte strenge Züge und viele Furchen, ein gegerbtes Gesicht mit ganz kleinen blauen Augen. Er war schon älter, nicht sehr groß, aber robust, und stand mit kräftigen, geraden Beinen breitbeinig da.

Der Chefredakteur hieß mich willkommen und stellte mich seinem Sekretär vor; der Mulatte hieß Everardo und sah mich etwas geringschätzig an. Dann stellte er mich dem Mann mit dem Hut vor, der auf mich den Eindruck eines sonnengegerbten Bauern machte, ein in dieser feinen Ausstattung gefangener Bauer. Er hieß Belarmino Villa, war Tabakhändler und ein großer Opernfan. Genau deshalb war er in die Redaktion gekommen, er wollte sich vergewissern, ob Caruso an jenem Abend singen würde. So beschlossen wir, alle zusammen zum Theater zu gehen, wir wollten versuchen herauszufinden, ob die Kulissen schon aufgebaut wurden und ob wir vielleicht mit dem Impresario, diesem Armitas, sprechen konnten, ein schwieriger Zeitgenosse, wie wir erfahren hatten. Auf dem Weg kamen wir an einem Café vorbei, und da es ziemlich stark zu regnen anfing, gingen wir etwas trinken. Das Lokal war voller Menschen, und Cipriano Rivas stieß mich mit dem Ellbogen an. ‹Siehst du die hübsche Mulattin dort? Das ist Carusos Geliebte, sie ist mit ihm hergekommen.› Ich warf einen Blick auf die hübsche Mulattin, die nicht eigentlich hübsch war, sondern eher eine Matrone, eine Mischung aus Mulattin und Chinesin, aber mit guten Manieren, darin und in den Augen war der kantonesische Einschlag zu erkennen. Dieser Cipriano Rivas war ein taktloser Typ, er versuchte es zu kaschieren, aber im Grunde seines Wesens war er taktlos. Er ging zu dieser Frau und besaß die Dreistigkeit, sie nach Caruso zu fragen. Sie reagierte klug, sie stand einfach auf und ging in den Regen hinaus.

Während Cipriano um die Frau herumschwänzelte, begann ich mit Belarmino Villa zu plaudern. Hinter seinem robusten Äußeren steckte ein feinsinniger Mann, der Tausende von Opern-Anekdoten kannte und der Enrico Caruso über alles bewunderte. ‹Alles› ließ sich zu jener Zeit auf einen einzigen Namen reduzieren: Hipólito Lázaro. Die opernbegeisterten Kubaner waren in zwei Parteien gespalten: Die Lázaro-Partei war die aktivere – schließlich war Lázaro mit einer Kubanerin verheiratet –, aber Belarmino engagierte sich für die andere Seite und lud mich zu sich nach Hause ein, um mir die Einzelheiten zu erläutern.

Im Theater verwehrten sie uns den Zutritt und behaupteten, Caruso sei in den Proben und könne uns im Augenblick nicht empfangen, aber das würde er später, eine halbe Stunde vor Beginn der Vorstellung, nachholen. Daraufhin ging ich ins Hotel, das einzig anständige Hotel, das es in jenen Jahren in Santa Clara gab, es ist das, das Sie hier auf dem Foto sehen, ich duschte und zog mir frische Kleidung an. Kurz nach Mittag nahm ich ein Taxi und gab dem Fahrer Belarmino Villas Adresse, er wohnte am Stadtrand in einem Viertel, das Áncora genannt wird, in einem luxuriösen Herrenhaus mit Garten und uniformiertem Hausdiener. Dieser Hausdiener, ein sehr wortkarger Mann, der mir nicht wie ein Kubaner vorkam, führte mich in den Raum, wo mich Belarmino erwartete. Ich nahm an, dass auch er geduscht hatte, denn sein Haar war nass, ein paar Tropfen liefen ihm übers Gesicht, und er verströmte den Duft von 4711 Kölnischwasser. Ich werde das mein Leben lang nicht vergessen, denn ich verliebte mich auch in diesen Duft.

Wir redeten über die Oper, über Caruso, über Esperanza Iris. Er zeigte mir Alben, Erinnerungen an seine Reisen nach New York und Europa. Belarmino bewahrte alles auf: Programme, Plakate, Logenkarten, er kaufte immer Loge. Eine sehr alte Bedienstete, eine hagere Schwarze, die einen Kittel aus dem vorigen Jahrhundert trug, kam in den Raum, um uns eine Art Punsch zu servieren. Belarmino öffnete die Tür seiner runden Bar, die sich drehen ließ, holte eine Flasche Cognac heraus und gab einen Schuss in mein und sein Glas. Dabei fragte er mich, ob ich verheiratet sei, und ich erzählte ihm, dass ich noch bei meinen Eltern wohnte, meinem Vater, einem Zollinspektor in Havanna, und meiner Mutter, die im Haus eine Schule für Stenografie eröffnete hatte. Meine älteste Schwester war Lehrerin, und mein Bruder Israel hatte Ingenieurwissenschaft studiert, aber er brach das Studium ab und machte ein Uhrmachergeschäft auf.

Belarmino holte eine Schachtel mit Fotos hervor: die Farrar, die Patti, die Jeritza, es gab ein Foto mit Widmung von der berühmten Titta Ruffo und ein anderes von Jean de Reszke, de Reszke zusammen mit seinem Bruder, beide als Clowns verkleidet, und Belarmino behauptete, das sei ein einzigartiges Foto, das wertvollste, das er besäße. Zwischen diesen Fotos tauchte plötzlich das eines nackten jungen Mannes auf. Belarmino wurde blass, starrte einen Moment lang darauf und hob dann den Blick, um zu sehen, ob ich es auch bemerkt hatte. Der Junge war blond und sah nach oben, er blickte zu einem undefinierbaren Punkt an der Decke, aber auf mich wirkte er eher wie ein Vogel denn wie ein Junge, er hatte einen Körper wie ein weißer Vogel und lag auf einem zerwühlten Kanapee. Belarmino sagte: ‹Entschuldigung, ich weiß nicht, was dieses Foto hier zu suchen hat›, und legte es verkehrt herum auf ein Tischchen außerhalb meines Blickfelds. Er sah mich wieder an und dürfte ein erstauntes Gesicht vorgefunden haben, einundzwanzig Jahre sind eben einundzwanzig Jahre. ‹Entschuldigen Sie›, wiederholte er mit veränderter, viel wärmerer Stimme und senkte den Blick. Ich spürte, dass ich etwas antworten sollte, aber ich wusste nicht was. Er flüsterte etwas, was ich nicht verstand, und legte seine Hand auf mein Knie. Es war eine riesige Hand, gewichtig, voller Sommersprossen, eine bäuerliche Männerhand, die wirkte, als würde sie sich eher mit Viehzucht beschäftigen und nicht mit Tabak. Meine Hand hingegen war winzig, so zierlich und schmal, dass sie mir wie ein weiches Fischchen erschien; er dürfte denselben Eindruck gehabt haben, als ich sie auf seine legte. ‹Seien Sie unbesorgt›, antwortete ich mit stockender Stimme; gewisse Lügen kamen mir nicht über die Lippen.

Später erzählte er mir, was er über Caruso herausgefunden hatte: dass er im Haus der Familie Berenguer untergebracht wäre, aber dass er eine Frau mitgebracht hätte, selbstverständlich nicht seine Ehefrau, sondern eine, die er in Havanna kennen gelernt hatte. Niemand wusste, wer sie war noch wo er sie getroffen hatte, aber Zirato hätte ein kleines Haus im Callejón de Plácido nahe beim Theater gemietet, und die Frau hatte sich dort hingeflüchtet. Belarmino war sich nicht ganz sicher, ob es diese Frau war, die Cipriano Rivas in dem Café bestürmt hatte. Der große Caruso neigte jedenfalls zu Seitensprüngen. Ein paar Jahre zuvor war er im Zoologischen Garten in New York festgenommen worden, weil er einer Frau in den Hintern gekniffen hatte. Ich sage Ihnen, Stars pflegen recht exzentrisch zu sein, und er war keine Ausnahme, aber ich bin sicher, dass er hier in Kuba eine schlechte Phase hatte.

Ich interviewte ihn an jenem Tag kurz vor der Vorstellung. Belarmino Villa begleitete mich zu dem ziemlich kurzen Interview. Caruso weigerte sich, über den Diebstahl zu sprechen, den seine Frau Dorothy erlitten hatte und dessen sein Chauffeur verdächtigt wurde. Er weigerte sich auch, über den Vorfall mit der Bombe zu sprechen; er entschuldigte sich damit, dass die Polizei noch ermittle und er deshalb keine Einzelheiten preisgeben könnte. Er wollte nur über die nächste Saison im Metropolitan und über ein paar Schallplatten, die er im September aufnehmen wollte, reden. Ich sah, dass er dunkle Schatten unter den Augen hatte und unruhig war, das Verhalten eines Menschen, der darauf wartet, dass im nächsten Moment eine schlechte Nachricht eintrifft.

Darüber hinaus war da die Sache mit den anonymen Briefen, er hatte viele Drohungen erhalten. Meiner Meinung nach fühlte sich Caruso umzingelt, das merkte man besonders an seiner Art, sich zu bewegen, in seinem Gesang weniger, aus seiner Kehle drang noch immer diese kräftige, raue Stimme. In Santa Clara ging in jener Nacht ein fürchterliches Gewitter nieder. Der Saal wurde von den Blitzen erleuchtet, und dennoch war Carusos Stimme einwandfrei mehrere Häuserblocks weit im Umkreis des Theaters zu hören. Diejenigen, die den Eintritt nicht bezahlen konnten, setzten sich in den Park und hörten den Opernsänger, als säßen sie im Theater; es hieß, dass seine Stimme die Bäume hätte erzittern lassen, dass bei hohen Tonlagen die Vögel aufgewacht wären. Einmal habe es dabei schrecklich geblitzt, wir sahen es drinnen, fast über unseren Köpfen. Caruso sang gerade mit der Besanzoni und sah zur Decke hinauf: ‹Ist das wieder eine Bombe?› Er fragte das auf Italienisch, und die Leute nahmen es als Witz auf, es passte in die nicht sehr dramatische Szene der Oper *Martha*.

Am nächsten Tag fuhren wir nach Cienfuegos. Das war nicht geplant gewesen, aber ich telegrafierte an meine Zeitung *Diario de la Marina* und teilte mit, dass ich dem Tenor folgen würde, um einen Bericht über seine letzte Vorstellung auf Kuba zu schreiben. Belarmino hatte schon Eintrittskarten im Teatro Terry reservieren lassen, wo der Tenor singen würde, und wir fuhren im selben Zug wie er, wir hatten das Glück, im benachbarten Waggon zu sitzen. Das luxuriöseste Abteil wurde extra für den Transport des Stars klimatisiert, und an der Tür hing ein Schild, das Reportern und anderen Neugierigen den Zutritt untersagte.

Was ich Ihnen jetzt erzählen werde, haben nur Belarmino und ich gesehen. Ich habe nie darüber geschrieben und es noch nie jemandem anvertraut. Belarmino gehörte zu Carusos ‹Partei›, er erzählte mir Dinge, die ein seriöser Reporter nie veröffentlichen sollte, und legte mir dabei die Hand auf die Schulter. Wir reisten nachts, die damaligen Züge waren langsam. Da wir nicht müde waren – bedenken Sie, dass auch wir einen heiklen, einen glücklichen, aber heiklen Moment erlebten –, verließen Belarmino und ich zum Plaudern unser Abteil. Wir standen im Gang am Fenster, er erzählte mir Anekdoten über die Oper, und ich begriff, dass sie eine Welt voller Rivalität und Betrügereien war, eine Welt voller Neid, ich weiß nicht, ob es noch immer so ist. Da sahen wir einen Schatten im Gang, Belarmino sah ihn zuerst, zog seine Uhr aus der Jackentasche und stellte fest, dass es drei Uhr nachts war. Er glaubte, dass es sich um einen der Lokführer oder einen vom Wachpersonal handelte, er machte mich mit einem Zeichen aufmerksam, aber ich erkannte sofort, dass es Enrico Caruso war. Er war in eine Tagesdecke gehüllt, eine Decke mit Fransen, die mir eher wie eine Tischdecke vorkam. Er sah uns nicht, in seinem Zustand konnte er uns nicht sehen. Belarmino und ich entdeckten überrascht, dass er barfuß war, extrem schwitzte und schnaufte, als hätte er einen Dauerlauf hinter sich. Aber sein Blick war das Schlimmste, diese trüben Augen, die in wenigen Stunden eingefallen waren.

Belarmino wusste, wie man einen großen Star behandelt. Er lief auf ihn zu und sagte so was wie: ‹Commendatore, fehlt Ihnen etwas?› Caruso antwortete nicht, er lehnte sich an die Wand und legte den Kopf zurück, der im Rhythmus des Zuges hin- und herpendelte. Er wirkte auf uns, als würde er gleich zusammenbrechen; wir halfen ihm in unser Abteil, setzten ihn hin und stellten fest, dass der Mann nackt war, ein riesiger weißer Bauch lugte unter der Decke hervor. ‹Commendatore›, sagte Belarmino, ‹wollen Sie vielleicht ein Glas Wasser?› Carusos Augen hatten sich verengt, ich hatte ein schreckliches Gefühl und war mir fast sicher, dass er uns dort sterben würde, in diesem Augenblick, in unserem Abteil. Und plötzlich brach diese sehr ernste Stimme hervor, eine Stimme, die wie ein Messer klang: *‹Che dissi? No!... Non è ver!... Sogno!›* Belarmino verstand Italienisch und übersetzte mir, was er gesagt hatte. Ich fragte ihn, ob er nicht glaube, dass Caruso betrunken sei, und er versicherte mir, dass der Commendatore kaum trank. In dem Moment tauchte diese Frau auf, es war dieselbe, die wir in dem Café in Santa Clara gesehen hatten, keine hübsche Mulattin, sondern eine Matrone mit offenem Haar, ein echtes Weib, das ein ganzes Regiment hätte stillen können. ‹Ist er bei Ihnen?› war das Einzige, was sie fragte, und uns blieb keine Zeit, etwas zu sagen, denn sie betrat, ohne eine Antwort abzuwarten, unser Abteil. Sie fuhr Caruso mit der Hand übers Gesicht und stützte seinen immer noch kraftlos hin- und herpendelnden Kopf. Er erbrach, er urinierte und erbrach sich gleichzeitig, und mir wurde schlecht, ein echter Anfall von Übelkeit. Belarmino musste mich stützen, und ich habe immer gedacht, dass mich sein Duft, dieser Geruch nach 4711, gerettet hat.

Die Frau hatte ein Taschentuch bei sich und wischte Caruso das Erbrochene vom Kinn. Dann wandte sie sich uns zu; ich dürfte ihr mitgenommen vorgekommen sein, so blass und mit meiner Übelkeit kämpfend; deshalb bat sie wohl Belarmino, ihr zu helfen, Caruso in ihr Abteil zu schaffen. Dabei kam Caruso nach und nach wieder zu sich, und als Belarmino ihn fragte, ob er gehen könnte, nickte er. Die drei gingen den Flur entlang: die Frau voraus, sie öffnete die Türen, und Belarmino mit Caruso hinterher. Belarmino stützte ihn unter den Armen.

Obwohl ich hinter ihnen herlief und einen Blick in das Abteil werfen konnte, das man für den Star zum Schlafen hergerichtet hatte, war es mir unmöglich zu verstehen, was sie sagten. Die Frau redete ganz leise auf Belarmino ein und sah ihm dabei in die Augen, ich hatte den Eindruck, dass sie ihn um etwas bat. Dann hörte ich Carusos Stimme, er sprach Italienisch, seine Worte klangen hart, aber ich konnte sie nicht verstehen. Ein paar Minuten später, als wir wieder allein waren, erklärte mir Belarmino, Caruso hätte einen Albtraum gehabt: Er hatte die Zugbewegungen mit denen eines Erdbebens in San Francisco assoziiert, im Traum hatte er erneut diese Schreckensminuten erlebt, die er vor Jahren durchlebt hatte, und als er im Dunkeln aufwachte, sei er mit einer Decke über den Schultern losgelaufen. Sich in unserem Abteil wiederzufinden, umgeben von zwei ihm unbekannten Männern – in seiner Lage erkannte er uns von dem Interview nicht wieder –, hatte ihn das Schlimmste befürchten lassen. Belarmino unterstellte, Caruso hätte geglaubt, er sei schließlich doch entführt worden, und hätte sich vor Angst erbrochen.

Im Grunde spürte ich, dass Belarmino mir etwas verheimlichte. Ich wollte wissen, was ihm diese Frau zugeflüstert hatte, und ich wollte vor allem den Sinn dieser Worte erfahren, die Caruso gesagt hatte, als er schon wieder in seinem Abteil saß. Belarmino wich der Antwort aus, stattdessen fasste er mich am Kinn und nötigte mich, ihn anzusehen.

Ich war völlig verändert, mein Leben hatte endlich eine Richtung bekommen, ich hatte es nicht mehr nötig, mich zu beweisen oder Verdienste einzuheimsen, indem ich eine alberne Reportage schrieb. Das wahre Verdienst war folgendes: das definitive Gefühl, der perfekte Schmerz, Sie verstehen mich schon. In Cienfuegos geriet alles ins Schwanken: mein Leben, Belarminos Leben, Carusos Leben, das dieser Frau, sogar das eines seiner Musiker, der plötzlich mitten in einer Probe starb. Es war, als hätten wir alle dort landen müssen, damit uns eine gute oder schlechte Wahrheit aufrüttelte. In meinem Fall war sie gut, jedoch nur für kurze Zeit, denn Belarmino starb ein Jahr später. In Carusos Fall, denke ich, war sie schlecht; sein Leben füllte sich mit Schatten, es verdunkelte sich auf unverständlichste Art und Weise. Ich weiß nicht alles, aber ich weiß, dass die beiden, er und diese Frau, wie zwei Verwirrte zu entkommen versuchten. In Havanna war er im Radames-Kostüm weggelaufen, er war in der Calle Consulado gesehen worden, das schrieben alle Zeitungen. Wie auch immer: Aus dem Teatro Terry floh er als Rodolfo, mit Schal und Mantel mitten im Juni. Sie begleitete ihn in diesem kleinen Boot, sie flohen übers Meer nach Castillo de Jagua und von dort nach Trinidad, wo ihnen dieses Unglück passierte.

Ich empfehle ihnen, einen Mann ausfindig zu machen: Benito Terry, ein Arzt, Abkömmling jenes Tomás Terry, dem zu Ehren das Theater benannt ist. Er versorgte die beiden, Caruso und die Frau, die mir so stark erschien, die aber am Ende zusammenbrach. Und wir alle sind früher oder später dazu verdammt, uns in Staubkörnchen des Glücks zu verwandeln, in die Rauchwolke, die über der Explosion der Seele schwebt. Ich bin noch immer Lokalredakteur, und dank Belarmino bin ich ein seriöser Reporter. Es gab nicht nur eine Bombe, sondern viele. All jene, die in jenem Sommer unser Leben veränderten, all jene, die uns in Stücke rissen.»

Fliehen …

Die ganze Nacht hörten wir es regnen; im Morgengrauen klarte es leicht auf, und kaum hatte der Regen nachgelassen, ging Enrico zu dem Mittagessen, das die Berenguers, bei denen er am Abend zuvor gewesen war, zu seinen Ehren gaben. Ich nutzte dies, um mir das Haar zu waschen, setzte mich zum Auskämmen ans Fenster, betrachtete die Häuser im Callejón de Plácido, Häuser gewöhnlicher Menschen, die auch im Fenster lehnten, um das Wasser und die Abwasserkanäle, die es hinabfloss, zu beobachten. Im Strom trieb ein Vogel vorüber, sein dunkler Körper blieb an den Steinen hängen und flatterte dort traurig wie ein Taschentuch weiter.

Die Zeit, die ich allein verbrachte, dachte ich an die Meinen. An meine Mutter, aber auch an meinen Paten, José de Calazán. Bezüglich Calazán hatte ich meine Zweifel, mehr als Zweifel, einen Verdacht: Es fiel mir schwer zu glauben, dass alles so einfach gewesen war, dass mir keine größeren Hindernisse in den Weg gelegt worden waren, Enrico zu begleiten. Ich erinnerte mich an Noro Cheng, meinen toten Vater, und ich dachte auch an den noch lebenden, an diesen Vater, der wie eine Fata Morgana war. An meine Toten mochte ich mich nicht erinnern, an einem Tag wie diesem, voller schlechter Vorzeichen, wollte ich sie mir nicht ins Gedächtnis rufen. Ich stand auf und bereitete mir aus den Lebensmitteln im Haus ein kleines Mittagessen zu. Ich aß allein und zählte die Blümchen auf der Tischdecke, schüttelte mein Haar, damit es schneller trocknete; es dauerte lange, bis mein Haar trocknete, das feine Haar einer Chinesin, das aber zugleich sehr kräftig war.

Dann legte ich mich hin, sah zur Decke hinauf, wie ich es Enrico hatte tun sehen, und dabei ging mir durch den Kopf, dass er möglicherweise nicht zurückkehren würde, dass er mich an diesem Regentag in diesem Haus ausgestreckt liegend, solange es Gott wollte, zurücklassen würde. Darüber wurde ich müde und schlief ein, ich hatte einen ungemütlichen Traum, weil mich mein feuchtes Haar störte, und aus diesem Traum fuhr ich auf, irritiert von den Stimmen, die von draußen hereindrangen. Ich lief aus dem Zimmer und sah Enrico mitten im Wohnzimmer stehen und merkwürdig mit den Armen herumfuchteln, wobei er Zirato anschrie, der mit gesenktem Kopf etwas aufschrieb. In dem Augenblick schleppten Punzo und Mario eine Truhe herein, und Fucito faltete Notenblätter zusammen. Enrico war fertig mit Schreien, er schloss mit einem Faustschlag auf den Tisch, dann drehte er sich um und entdeckte mich, die ihn schweigend ansah und darauf wartete, dass seine Wut abflaute. Er schnaufte und kam auf mich zu, streichelte mir über mein noch feuchtes Haar und fragte mich dann, wie ich darauf gekommen sei, es mir an einem so verregneten Tag zu waschen. Ich antwortete nicht, ich sagte ihm nicht die Wahrheit, denn er hätte diese Wahrheit sofort als Vorwurf aufgefasst: Ich hatte es mir aus Langeweile, aus Einsamkeit und ein bisschen aus Wut gewaschen.

Er bat mich, ihm beim Ausziehen zu helfen, und sagte, dass ihm der Likör, den er bei den Berenguers getrunken hatte, Übelkeit verursacht hätte. Ich nahm ihm die Fliege ab und knöpfte sein Hemd auf, ich nötigte ihn, sich auf die Bettkante zu setzen, damit ich ihm die Schuhe ausziehen konnte. Ich streichelte seine bestrumpften Füße, drückte jeden einzelnen Zeh; Yuan Pei Fu hatte mir beigebracht, dass Zärtlichkeiten, die von dort ausgehen, geradewegs in die Seele dringen. Enrico beklagte sich darüber, in Cienfuegos singen zu müssen, er wollte nicht in diese Stadt fahren, aber er verspürte auch keine Lust, nach Havanna zurückzukehren und noch viel weniger nach New York. Er atmete hektisch, und es fiel mir schwer, seine Worte zu verstehen, die nur in Bruchstücken bei mir ankamen: Er verwechselte ein Thema mit dem anderen, eine Klage mit der anderen, bis er mir mit rauer Stimme zuflüsterte, er denke nur noch an Neapel und das Meer von Neapel, und sein einziger Wunsch sei, dorthin zurückzukehren. Dann legte er sich aufs Bett, bat mich, mich neben ihn zu legen, und schlief ein.

Der Zug nach Cienfuegos verspätete sich wegen des Regens um eine halbe Stunde. Zwei Männer kamen und teilten uns mit, dass mehrere Gleise überschwemmt seien und dass es besser wäre, im Haus zu warten, so müssten wir nicht auf dem Bahnhof herumstehen. Enrico lenkte sich damit ab, mich zu zeichnen, er machte haufenweise Zeichnungen von mir, auf denen ich nackt, von vorn oder im Profil zu sehen war, Zeichnungen von meinem Gesicht, von meinem lächelnden und von meinem ernsten Gesicht, das mir zu streng vorkam, um das meine zu sein. Als er von mir als Modell genug hatte, zeichnete er einen nackten Fucito, der ein Affenorchester dirigierte. Schließlich bat ich ihn, sich an die Berenguers zu erinnern und sie mir zu zeichnen, so könnte ich sie mir wenigstens auf dem Papier vorstellen. Nach einer Weile überreichte er mir die Zeichnung eines kahlköpfigen Mannes mit offenem Mund und einer Frau mit Perlenkette. Fast um Mitternacht wurden wir endlich benachrichtigt, dass der Zug abfahren könnte und dass die Truhen schon unter Punzos Aufsicht auf dem Bahnhof stünden, und wir bestiegen einen Pferdewagen, da ein Auto unmöglich die verschlammten Straßen passieren konnte.

Auf dem Bahnhof trafen wir auf eine Gruppe von Frauen und Männern, die sich zu seinem Abschied eingefunden hatten. Sie applaudierten Caruso, als sie ihn aussteigen sahen, einige blickten mich verstohlen an, sie dachten wohl, ich sei eine Bedienstete oder die Frau eines seiner Angestellten. Zirato hatte mehrere Abteile reserviert, das größte für Enrico und mich, mit einem Bett, das er aus Kissen und Leinenbettwäsche improvisiert hatte, die im letzten Augenblick in Santa Clara gekauft worden waren. Kaum hatte sich die Lokomotive in Bewegung gesetzt, zog sich Enrico aus und hüllte sich in die Tagesdecke.

Er sagte, dass es ihm so bequemer wäre, obwohl ich dachte, dass es ihm schon in keiner Form mehr bequem sein konnte. Sein Diener Mario kam oft herein, um zu fragen, wie wir uns fühlten, und Punzo brachte uns ständig Erfrischungsgetränke und saubere Handtücher. Mit den Handtüchern trocknete sich Enrico ab, der wieder schwitzte, als würde sein ganzes Inneres sich verflüssigen.

Er hatte am Nachmittag geschlafen und war ziemlich munter. Ich hingegen schlief ein, mir fielen die Augen zu, und die Zugbewegungen lullten mich so sein, dass ich seine Worte wie aus großer Entfernung hörte. In jener Nacht verfiel er aufs Reden. Er erzählte von den Zeiten, als er nur ein einziges Hemd besaß und die Frau seines Vaters es ihm morgens wusch, damit es am Abend wieder sauber war. Er erinnerte sich an den Tag, als sie ihn in eine Bettdecke gehüllt fotografieren mussten («So wie jetzt», sagte er), sein erstes Künstlerfoto, das erste, das sie für eine Zeitung machten, denn als der Fotograf ins Haus kam, war das Hemd noch nass. Er erinnerte sich an die Freunde aus den Zeiten in Neapel, an den Tag, als er durch eine Nachricht, die mit einem Schiff überbracht wurde, vom Tod seines Vaters erfuhr, und an den Tag, als er vom Tod seiner Schwester Assunta benachrichtigt wurde, seiner kleinen Assunta, die von der Schwindsucht dahingerafft wurde, während er in Buenos Aires sang. Schließlich erzählte er von einer Zugreise nach Russland, und beim Reden über diese Reise erinnerte er sich an Ada Giachetti und dass sie in Russland zusammen gesungen hatten. Ich wandte das Gesicht ab und versuchte, mich auf die Geräusche der Lokomotive zu konzentrieren. Ich wollte nichts über diese Frau hören, es gab etwas an ihr oder an ihrer Geschichte mit Enrico, was mich reizte. «Nicht einmal die Kinder interessierten sie», klagte er in diesem Tonfall, mit diesem schon alten Schmerz. «Ich flehte sie an, uns nicht zu verlassen, sie aber wollte gehen.» Ich bedeckte mein Gesicht und presste meine Finger auf die Augenlider, und zwar so sehr, dass meine Augen zu schmerzen begannen. Ich weiß nicht, ob Enrico es gemerkt hat, ich weiß nicht, ob er wusste, dass ich diese Frau hasste. Ein Hass, der offensichtlich sinnlos war, denn Ada war schon alt und lebte weit weg, in Argentinien, wie ich glaube, und Enrico hatte eine andere Frau, eine Amerikanerin in meinem Alter. Danach schwieg er, und ich konnte ein bisschen schlafen. In dieser kurzen Zeit träumte ich seltsame Dinge: von dem invaliden Chinesen aus dem Haus in Manrique, dem Chinesen, der aus Papier Figuren schnitt, von meiner Mutter und der Kongo Mariate, die mich beide baten, nach Regla zurückzukehren. Aber ich träumte auch von Ada, einer weißhaarigen, rachsüchtigen Frau, genau wie Baldomeros Frau Ester, mit einem Blick, der fähig war, Fieber und Tränen auszulösen, mit einem Blick, den man am liebsten ausgespuckt, begraben, mit Erde bedeckt hätte, damit er nie wieder wehtun könnte.

Ich erwachte vom Geräusch eines Schlages, im Traum hörte ich etwas zuschlagen, oder vielleicht war es eine brüske Bewegung gewesen. Ich entdeckte, dass Enrico nicht mehr im Abteil war, seine Kleider hingegen schon, seine ganze Kleidung war da. In der Befürchtung, er sei nackt hinausgegangen, sprang ich aus dem Bett. Ich suchte ihn im Gang und in den Abteilen von Mario und Punzo, ich sah durch die Fenster, dass beide schliefen, lief schweigend los und fürchtete das Schlimmste; dass er sich aus dem fahrenden Zug gestürzt oder dass ihn jemand gewaltsam mitgenommen hatte. Ich ging von einem Waggon zum anderen, es war das zweite Mal, dass ich Zug fuhr, und es fiel mir schwer, das Gleichgewicht zu halten. Plötzlich erblickte ich zwei Männer, einer betrat und verließ ein Abteil, und der andere im Gang sah verwirrt nach drinnen. Ich lief zu ihnen, ich erriet aus ihren Gesichtern, dass Enrico in der Nähe sein musste. Sie bemerkten ihrerseits, dass ich ihn suchte, und ließen mich eintreten. Dann sah ich ihn, aber es schien mir, als sähe ich einen anderen mit nackten Armen, die Tagesdecke über den Schultern, aber Brust und Bauch im Freien. Er wirkte wie ein verlassenes Kind oder ein obdachloser Greis, aber er wirkte vor allem verwirrt. Ich sprach ihn mehrmals an, er kniff die Augen zusammen und schloss sie fast, verschlafene Augen, die wie in einen Abgrund fielen. Ich ging zu ihm und hob seinen

Kopf, und er erbrach sich plötzlich zu meinen Füßen; seine Haut war kalt, aber fast trocken. Es war das einzige Mal in der ganzen Zeit, die wir zusammen waren, dass seine Haut nicht verschwitzt war.

Anfangs wusste ich nicht, wer diese Männer waren, ich dachte, ein Vater mit seinem Sohn. Der, der wie der Vater wirkte, erbot sich, mir zu helfen, er nannte mir seinen Namen, den ich in meiner Nervosität kaum verstand, und zusammen schleppten wir Enrico in unser Abteil. Er kam bald darauf wieder zu sich, trank ein paar Schlucke frisches Wasser und sah mich stumm an, erkannte mich aber offensichtlich. Dann sagte er, er hätte einen schlimmen Traum gehabt, und so wie er mit mir sprach, gewann ich den Eindruck, dass der schlimme Traum noch nicht zu Ende war, dass ein Teil von ihm noch immer durch diesen Albtraum irrte. Der Mann, der mir geholfen hatte, Enrico zurückzubringen, begriff, dass er uns allein lassen sollte; er verabschiedete sich und nannte ihn «Commendatore», er sagte dies respektvoll, er störte sich nicht an Enricos Zustand, der, beschmutzt von seinem eigenen Erbrochenen, nach Schweiß und Urin roch. Ich hielt ihn einen Moment zurück und flehte ihn an, niemandem zu erzählen, was er gesehen hatte, und dass er seinen Sohn um dasselbe bitten solle. Der Mann nickte, sah mich mit seinen kleinen Augen an, er hatte ein kräftiges, breites Bauerngesicht und klare blaue Augen.

«Niemand bewundert den großen Caruso mehr als dieser Verehrer», antwortete er mir. «Und was meinen Sohn anbelangt, der ist ein Ehrenmann.»

Er drehte sich um, und ich sah ihn nie wieder.

Ich weckte Mario und Punzo, denn Enrico war noch nicht richtig zu sich gekommen. Er sprach immer wieder von dem Albtraum, dem Albtraum von einem Erdbeben. Mario erklärte mir, dass Enrico wirklich ein Erdbeben erlebt hätte, aber das sei viele Jahre her, und er konnte sich nicht erklären, woher jetzt diese Sinnestäuschung kam. Fucito wachte ebenfalls auf und kam mit seinem persönlichen Heilmittel in unser Abteil: eine

Tasse Milch mit einem Schuss Cognac. Enrico trank sie und zündete sich eine Zigarette an, mir schien, dass er endlich aufwachte.

Ich wusch Enrico, als wäre er noch immer das Kind, der verlorene Greis, den ich in dem fremden Abteil vorgefunden hatte. Bevor ich ihm eine frische Garnitur Wäsche brachte, rieb ich ihn mit Kölnischwasser ab, fächelte ihm Luft zu und kämmte ihn, wobei er rauchte und plötzlich meine Hand ergriff:

«Hör mir gut zu, Aìda.» Ich erschrak, ich dachte, dass er noch einen weiteren Albtraum gehabt hätte, und versuchte in seinem Blick zu erkennen, ob er vollständig bei Sinnen oder im Gegenteil wieder in einen schlimmen Traum versunken war. «Hör mir zu, das war nicht wirklich ein Albtraum, auch keine Magenverstimmung, sondern jemand hat mir Gift gegeben.» Ich kniete vor ihm nieder, legte meine Hände auf seine Oberschenkel und fragte ihn, woher er das wüsste.

«Ich weiß, dass mir was gegeben wurde.» Sein Verstand war klar, und seine Augen wirkten aufrichtig, mit diesen Augen sah er mich fest an. «In Cienfuegos werden sie mich umbringen, jetzt bin ich mir sicher, es bleibt mir nicht mehr viel Zeit.»

Das Zugabteil war geräumig, eigentlich waren es zwei miteinander verbundene Abteile, aber mir kam es wegen der Kissen und des improvisierten Bettes klein vor. Ich hatte den Eindruck, in einem Käfig zu sitzen, ich verspürte große Beklemmung, eine Angst, die mit dem Zuggeräusch zunahm.

«Rette dich», sagte Enrico zu mir, «ich will nicht, dass du mit mir zusammen umgebracht wirst.»

Ich antwortete ihm nicht, aber ich presste mich noch mehr an ihn, ich drückte mein Ohr auf seinen kalten, nach Kölnischwasser riechenden Bauch, und ich war davon überzeugt, dass dieser Bauch mir ein Zeichen gab.

«Wir werden fliehen», sagte ich zu ihm.

Enrico schüttelte den Kopf und versuchte zu lächeln. Er war zutiefst verstört.

«Wohin könnten wir fliehen, Aìda?»

Ich war erst siebenundzwanzig Jahre alt, aber das Leben hatte mir bereits alles genommen: Mann und Tochter, es hatte mir sogar den Vater genommen, oder es hatte mir den einen durch einen anderen ersetzt. Es war unmöglich, dass mir noch mehr genommen wurde. Ich nahm Enricos Kleider, half ihm, das Hemd zuzuknöpfen, streifte ihm Strümpfe und Schuhe über und sah ihn mit feuersprühenden Augen an: Jetzt war ich es, die irre schien, ein wildes Tier, das bereit war, ihn am Hals zu packen und weit weg zu schleppen. Ich sagte ihm, wenn wir in Cienfuegos ankämen, würde er schon sehen, wohin wir gehen könnten, aber dass er es niemandem erzählen solle, weder Zirato noch Mario und schon gar nicht Punzo, Punzo gefiel mir nicht. Er müsste nur Geld mitnehmen und mir vertrauen. José de Calazán war mit den Cabildos anderer Dörfer befreundet, er kannte die Babalawos anderer Provinzen, ich hatte ihn oft von seinen *ecobios* in Trinidad reden hören. Wenn es nötig wäre, würde ich mich auf den Namen meines Paten berufen, ich war mir sicher, dass man uns helfen würde.

Er betonte, dass er weder fliehen noch in einem fremden Land bleiben könnte, am allerwenigsten auf Kuba, was hätte er hier zu erwarten? Zum ersten Mal hob ich ihm gegenüber die Stimme, ich ließ meinem Zorn freien Lauf, auch ich hatte Zorn, Angst und Leidenschaft in mir, um ihn und mich zu schützen. Ich bin mir nicht sicher, ob ich zudem nicht auch dich beschützte, Enriqueta. Heute, während ich dir dies erzähle, sehe ich alles ganz klar und denke, dass mein Körper irgendwie ahnte, dass du in ihm warst und auch darum gekämpft hast, Enrico bei uns zu behalten, ihn von diesem ganzen Unglück fern zu halten.

«Willst du lieber umgebracht werden?» Ich erkannte meine Stimme nicht wieder. «Willst du, dass noch eine Bombe explodiert oder du noch mal vergiftet wirst?»

Enrico saugte an seiner Zigarette und legte den Kopf zurück.

«Sie werden mich nicht mit dir gehen lassen», schrie ich weinend. «Auch wenn du nicht umgebracht wirst, ich werde mich von dir trennen müssen.»

Da schloss er die Augen, mir schien, dass er über meine

Worte nachdachte, und ich schwieg. Eines der wenigen Dinge, die ich in meinem Leben gelernt habe, ist, dass man Männer denken lassen muss. Ohne die Augen zu öffnen, flüsterte er, was nur er wissen konnte:

«Es gibt zu viele Menschen, die mich nur zu gerne tot sähen.»

«Und deshalb», bekräftigte ich, «werden wir in Cienfuegos vom Theater aus fliehen.»

In meiner Verzweiflung spuckte ich diese Idee aus, die heute unsinnig erscheinen mag und damals noch viel unsinniger war: Wir waren noch nie in Cienfuegos gewesen, wir wussten weder, wo sich das Theater befand, noch, was wir tun müssten, um von dort zu fliehen. Aber in jenem Augenblick war alles beschlossen, besiegelt mit meiner Umarmung. Enrico rief mich zu sich, und ich umarmte ihn und schwor ihm, ihn nie zu verlassen.

Bei der Ankunft in Cienfuegos erwartete uns eine Gruppe Bewunderer. Enrico in seinem weißen Anzug und seinen zweifarbigen Schuhen strahlte, frisch und parfümiert. Niemand hätte ahnen können, dass er in der vorangegangenen Nacht ein Häufchen Elend gewesen war. Ich weiß nicht, ob Zirato irgendetwas von unseren Plänen argwöhnte, aber ich glaube, dass Mario etwas schwante, denn als wir zusahen, wie Enrico Autogramme verteilte, nahm er meine Hand, drückte sie und sagte, dass sein Herr mir sehr gewogen sei.

«Lassen Sie nicht zu, dass er etwas Verrücktes tut. Sie wissen ja, er muss in Mexiko singen.»

Ich muss an jenem Morgen eine Yemayá in Aufruhr, eine wilde Yemayá, in mir gehabt haben, ein Wasserauge, das alles sah, alles verschlang.

«Ich herrsche nicht über ihn, Mario», sagte ich und zog meine Hand zurück. «Ich befehle nicht über ihn, aber ich werde auf ihn aufpassen. Da können Sie ganz beruhigt sein.»

★ Ich hätte gerne Doktor Benito Terry befragt, aber dazu musste ich nach Cienfuegos fahren, was im Augenblick unmöglich war. Meine Mutter konnte sich nicht mehr selbst versorgen, und ich musste eine Frau einstellen, eine Nachbarin aus der Calle Amargura, die sich tagsüber um sie kümmerte. Wenn ich am Nachmittag von der Arbeit kam, badete ich sie, bereitete ihr das Essen zu, setzte sie danach in einen Schaukelstuhl und mich daneben, und wir redeten ein wenig, bis ich sah, dass sie erschöpft oder zu angegriffen war. Gelegentlich entschied sie selbst aufzuhören.

Um ein bisschen zu meinen Rollen in den Hörspielen dazuzuverdienen, schrieb ich Werbespots, die der Cadena Azul in Auftrag gegeben wurden. Zu jener Zeit wurde ich auch als Nachrichtensprecherin eingesetzt, und bei all diesen Arbeiten redete ich den ganzen Tag ununterbrochen. Glücklicherweise versagte mir nie die Stimme, vielleicht deshalb, weil ich mir gleich zu Beginn angewöhnt hatte, sie mit Hausmitteln zu pflegen, die mir andere Sprecher empfohlen hatten. Abends gurgelte ich, und häufig nahm ich einen Löffel Bienenhonig gemischt mit einem Tropfen Jod ein. So reinigte ich «das Instrument», wie Caruso es ausgedrückt hätte. Wenn ich tatsächlich etwas von ihm geerbt hatte, war es seine Kehle. Meine Mutter hatte mir erzählt, dass Carusos Kehle eine flüssige Höhle gewesen sei und dass meine genau so geworden ist. Das sei an meiner Stimme zu hören, die klar und sauber wie ein natürliches Echo klang.

Nachdem ich die Möglichkeit, Doktor Terry zu befragen,

verworfen hatte, beschloss ich, eine Person aufzusuchen, an die sich meine Mutter noch immer mit Zuneigung erinnerte. Zweiunddreißig Jahre nach dem Zusammentreffen meiner Eltern im Hotel Inglaterra lebte Violeta Anido, die Köchin, die damals dabei gewesen war, in ihrem Geburtsort in Consolación del Sur, wo sie ein Gasthaus eröffnet hatte, das von ihren Kindern geführt wurde. Durch eine Schwester Violetas, mit der meine Mutter immer Kontakt gehalten hatte, fand ich ihre Adresse in diesem Dorf heraus, das nur wenige Stunden von Havanna entfernt lag.

Violeta hatte kein Telefon, aber ihre Schwester hatte mir gesagt, dass sie das Dorf nie verließ. Morgens ging sie in das Gasthaus, das war eine nie aufgegebene Gewohnheit, und half, das Mittagessen zuzubereiten. Danach kehrte sie in ihr Haus zurück, das sie bis zum nächsten Morgen, wenn sie wieder ins Gasthaus ging, nicht mehr verließ. Zu jener Zeit war sie schon eine alte Frau, vierundsiebzig Jahre alt, was bedeutete, dass sie zur Zeit der Bombenexplosion zweiundvierzig Jahre alt gewesen war.

Als ich in Consolación eintraf, machte ich mich sofort auf die Suche nach dem Haus und fand es verschlossen vor. Eine Nachbarin sagte mir, dass Violeta im Gasthaus sei, das wäre nicht weit, ich könnte hingehen oder vor der Haustür auf sie warten, denn sie pflege immer vor Mittag zurückzukommen. Ich entschied, auf sie zu warten, setzte mich in einen Sessel und fragte mich, ob eine so überstürzte Reise am Ende die Mühe wert sei. Kurze Zeit später sah ich eine ausgesprochen dicke Frau näher kommen. Ich ging ihr entgegen und begrüßte sie; sie sah mich sehr ernst an. Ich lächelte und versuchte, höflich zu sein.

«Ich bin aus Havanna hergekommen. Ich bin Enriqueta, Aida Chengs Tochter.»

Sie war ziemlich überrascht und zögerte ein paar Sekunden. Ich bemerkte, dass ihr Kleid Flecken hatte und dass sie einen starken Geruch nach gekochtem Fleisch verströmte. Sie fasste sich an den Kopf, dann kam sie auf mich zu und ergriff mich am Arm.

«Enriqueta, mein Kind, wenn ich dich auf der Straße getroffen hätte, hätte ich dich nicht wieder erkannt.»

Violeta Anido hatte mich zum letzten Mal gesehen, als ich sieben oder acht Jahre alt gewesen war, aber sie sagte, wenn sie mich genau ansähe, hätte sie mich wegen dieses Grübchens, das ich am Kinn hatte, und wegen meiner Augen, die eine Mischung aus anderen, ihr sehr gut bekannten Augen seien, wieder erkannt.

«Du hast auch das Haar deiner Mutter», fügte sie hinzu. «Was hast du mir von der armen Aidita zu berichten?»

Ich erzählte ihr wenig und sagte ihr nicht, dass die Krankheit unheilbar war, es hatte keinen Sinn, ihr das jetzt schon zu sagen. Violeta lud mich zum Essen ein, wir sprachen über meine Arbeit und über mein Leben. Sie sagte, es sei schade, dass ich nicht geheiratet hätte. Zu jener Zeit hatte eine dreißigjährige unverheiratete Frau keine Aussicht, noch einen Ehemann zu finden. Weder sie noch ich wussten, dass ich ihn kaum ein Jahr später finden und dass dieser Ehemann Israel Trujillo sein würde, der Uhrmacher und Bruder von Abadelio, dem Lokalredakteur, den ich wenige Tage zuvor befragt hatte.

«Meine Mutter erzählt mir gerade ihre Geschichte, aber manchmal hat sie die Tage und Namen der Personen vergessen. Sie hat mir geraten, Sie aufzusuchen», gestand ich Violeta.

Violeta seufzte, nahm einen Zahnstocher vom Tisch und begann, in ihren Zähnen herumzustochern.

«Ich erinnere mich an alles. Was willst du wissen?»

«Was Sie mir erzählen können», antwortete ich. «Was Sie an jenem Nachmittag gesehen haben, wie sich die beiden trafen, wie sie aussahen.»

Sie brach den Zahnstocher entzwei und behielt die Teilchen in der Hand.

«Ich habe sie an jenem Abend gesehen, ich war da, als sie zusammen weggingen, und ich dachte, sie seien für immer weggegangen. Als Aidita zurückkehrte, ging es ihr sehr schlecht. Ich weiß nicht, wie sie sich gerettet hat, es ist ein Wunder, dass ihr beide, du und sie, noch lebt, denn du warst schon auf dem Weg und hast alles miterlitten.»

Wir gingen vors Haus, setzten uns, und ich zog das Notizbuch heraus.

«Warum schreibst du das auf?»

«Es ist die Geschichte meiner Eltern», antwortete ich. «Ich möchte wissen, was zwischen den beiden geschah. Wenn ich es nicht aufschreibe, werde ich mich später nicht daran erinnern können.»

Violeta sah zu ein paar Tamarinden hinüber, in denen der Wind ein seltsames Geräusch machte. Sie bewegte langsam und unablässig den Kopf, am Hals hatte sie Warzen, und in ihrer Aufgedunsenheit und mit ihren Bewegungen kam sie mir wie ein altes Tier vor, ein bedächtiges, mächtiges Tier.

«Ich habe es nie jemandem erzählt. Das habe ich deiner Großmutter, der armen Domitila Cuervo versprochen, sie möge in Frieden ruhen. Es kamen Reporter zu mir, sie boten mir Geld an, die halbe Welt kam in die Küche des Hotels Inglaterra, und alle wollten dasselbe wissen: ob es stimmte, dass Enrico Caruso hier gewesen sei. Damals schwor ich bei Gott, dass ich nichts sagen würde, und drohte den Burschen, die mit mir in der Küche arbeiteten, gute Jungs, aber ich musste ihnen drohen. Damit sie den Mund hielten, behauptete ich, dein Großvater, Yuan Pei Fu, hätte eine Opiumhöhle und eine Chinesenbande und würde Großmäuler vierteilen. Das war nicht einmal gelogen, Enriqueta. Außerdem war da dein Pate, und wer in Havanna kannte den Babalawo José de Calazán Bangoché nicht, wenn auch nur vom Hörensagen? In dieser Hinsicht hatte deine Mutter Glück. Niemand wollte sich mit ihnen anlegen: weder mit Cheché, so nannten sie Calazán, noch mit dem Landsmann, der in Manrique lebte. Yuan Pei Fu machte noch andere Geschäfte: Scharadewetten, Chi-Fa-, Mah-Jongg-, Ku-Pai-Wetten, das waren seine Geschäfte. Er war ein reicher Chinese, er musste keinen Finger rühren.

An jenem Tag kam deine Mutter zu mir und brachte ein paar Schneiderarbeiten, ein paar Blusen, die mir Domitila genäht hatte. Deine Großmutter hatte es keineswegs nötig, für die Leute zu nähen, weil ihr Yuan Pei Fu alles gab, was sie brauchte. Er hatte ihr das Haus in der Calle Amargura gekauft, in dem ihr lebt, und ganz am Anfang hatte er dem Chinesen Noro Cheng, deinem offiziellen Großvater, das Geld für die Wäscherei gegeben.

Als deine Mutter hereinkam, rang sie sehr nach Luft, sie überreichte mir die Blusen und setzte sich auf einen Schemel, auf den ich mich sonst zum Zubereiten des Fleisches setzte. Sie war nervös und trödelte absichtlich herum, sie fing zu plaudern an, um ein Weilchen bleiben zu können. Da bot ich ihr die Limonade an, die ich immer gegen die Hitze in der Küche zubereitete, und in dem Augenblick, als ich sie ihr hinstellte, hörten wir diesen Knall, diese große Explosion. Die Jungs, die mir in der Küche halfen, liefen kopflos hinaus und riefen, dass im Theater eine Bombe gelegt worden sei. Aidita wollte auch hinauslaufen, sie war zerzaust und kam mir sehr blass vor; ich musste sie energisch zurückhalten. So vergingen fünf oder sechs Minuten, vielleicht ein paar mehr, vielleicht ein paar weniger. Sie sagte, dass sie es nicht mehr aushielte, ich sollte sie hinausgehen lassen, wenn sie in der Küche bliebe, würde sie vor Angst sterben. Und in dem Moment tauchte Caruso auf.

Ich erkannte ihn nicht gleich, er war im Kostüm, aber schmutzig, mit Staub überzogen, mit dem feinen Staub, den die Bombe aufgewirbelt hatte, sogar sein Gesicht war wie gepudert. Aidita lief zu ihm, sie umarmten sich und redeten leise miteinander, dann riss sie mir das Handtuch aus den Händen, befeuchtete es und säuberte ihm damit das Gesicht. Ich füllte inzwischen ein Glas mit Limonade und bot es Caruso an, ich wusste noch nicht, dass er es war, ich konnte nicht einmal denken, so durcheinander war ich von der Explosion und dem Verhalten deiner Mutter.

Als ich ihm das Glas reichte, sah er auf, ich blickte in sein sauberes Gesicht, und da erkannte ich ihn. Ich erinnere mich, dass ich ‹Mein Gott!› rief und unauffällig deine Mutter stupste, die nicht reagierte, so verrückt gebärdete sie sich vor diesem

Mann. Nach einer Weile fragte Caruso, ob er im Hotel Inglaterra bleiben könnte, er wollte nicht in sein Hotel zurück, das war das Sevilla. Aidita, die wie eine Löwin wirkte, antwortete ihm, dass sie ihn an einen sicheren Ort bringen würde. Ich versuchte sie aufzuhalten, ich fragte sie, ob sie wüsste, was sie täte, ob sie wüsste, wer dieser Mann sei. Sie bejahte und sagte, José de Calazán würde sie beide erwarten. ‹Das ist Chechés Angelegenheit›, sagte sie zu mir und gab mir zu verstehen, dass sie sich nicht weiter darüber auslassen würde.

Einer der Küchenjungen kam herein und fing an zu lachen, als er den verkleideten Caruso erblickte. Aidita bat mich, ihn loszuschicken und ihnen ein Taxi zu rufen, und das tat ich. Ich dachte an Domitila und fragte mich, ob sie mit dem Verhalten ihrer Tochter einverstanden wäre. Deine Mutter war bereits Witwe, sie hatte eine Tochter gehabt, die auch gestorben war, ich konnte sie mir in solch einem Abenteuer nicht vorstellen, mit einem älteren und so berühmten Mann, von dem sie sicherlich nichts Gutes zu erwarten hatte. Das Taxi kam, und Aidita gab mir einen Kuss. Sie wirkte sehr glücklich, sie ging mit Caruso hinaus, und die beiden wurden von der Nacht verschluckt.

Zwei Tage später ging ich deine Großmutter besuchen. Ich ging aus Neugier zu ihr, ich leugne es nicht, aber auch aus Verpflichtung. Aidita hatte meine Küche mit diesem Mann verlassen, deshalb fühlte ich mich für sie verantwortlich. Ich fand euer Haus in der Calle Amargura verschlossen vor, aber deine Großmutter Domitila war da, sie war verzweifelt und erzählte mir, dass deine Mutter verrückt geworden sei, dass sie nicht mehr wüsste, was sie täte, dass nicht einmal Cheché oder Yuan Pei Fu sie zur Vernunft bringen könnten.

Sie schüttete mir ihr Herz aus. Sie erklärte, dass das mit Aidita und Caruso seit Mai erwartet wurde, dass sie nicht wüsste, wo die beiden sich kennen gelernt hätten, dass sie aber glaube, dass es nahe beim Hotel Sevilla passiert sei. Jemand hatte ihr erzählt, Caruso hätte sie über die Straße gehen sehen und daraufhin das Auto anhalten lassen, in dem er saß, um sie von nahem zu sehen. Sie hätten miteinander geredet, und Caruso hätte sich verliebt. Damit du besser verstehst, Enriqueta: Deine Mutter war als junge Frau sehr hübsch. Deshalb wurde ihr erster Mann, Baldomero, verrückt und verließ seine Frau. Mit der Zeit, als sie Witwe wurde und diesen Schmerz durchlitt, auch ihre Tochter zu verlieren, war sie nicht mehr nur hübsch, sondern sie verwandelte sich in eine imposante Frau; mit ihrer Ernsthaftigkeit wirkte sie wie eine Künstlerin. Sie musste sich nicht einmal herrichten, sie war sehr groß und fiel überall auf. Außerdem hatte sie diese Mischung in sich; es gibt nichts, was Männer mehr erregt als diese Mischlingsfrauen – chinesische Augen und Haare, aber der Körper einer Mulattin, nach dem man sich umdreht und dem man nachstarrt. Es war nicht verwunderlich, dass Caruso hingerissen war.

An jenem Tag musste ich deiner Großmutter versprechen, niemandem zu erzählen, was im Inglaterra passiert war. Ich antwortete ihr, dass sie mich sehr gut kenne und dass aus Violeta Anidos Mund kein einziges Wort entschlüpfen werde. Jetzt rede ich nur deshalb, weil ich weiß, dass du zur Familie gehörst, du bist das Wichtigste all dessen, was geschehen ist, das Ergebnis dieser Verrücktheit, dieser Bombe, die ganz Havanna aufwühlte.

Die Tage vergingen, ich ging ab und zu in die Calle Amargura, besuchte Domitila und fragte sie, ob sie etwas von ihrer Tochter gehört hätte; es tat mir weh, sie so allein zu sehen. Eines Nachts Anfang Juli, als ich mit der Arbeit in der Küche fertig war, hatte ich eine Vorahnung und ging sie besuchen. Deine Großmutter öffnete und tat sehr geheimnisvoll, und im Wohnzimmer sah ich ein paar Reisebündel. In einem Sessel saß José de Calazán mit einem Trauergesicht, ich habe nie einen dunkleren, verdrießlicheren Neger gesehen, der mich sehr böse ansah, und in einer anderen Ecke saß mit geschlossenen Augen Yuan Pei Fu und rauchte. Dass die beiden zusammen da waren, machte mich sehr argwöhnisch. Domitila umarmte mich weinend. « Aidita stirbt», sagte sie zu mir. Aus der Küche kam eine Negerin und brachte Domitila ein Gebräu, sie erklärte ihr, es sei ein Lindenblütentee und strich ihr mit der Hand über den Rücken. Ich mochte nicht fragen, was passiert war, ich wartete, bis deine Großmutter ihren Lindenblütentee ausgetrunken hatte. Sie hörte zu weinen auf und erzählte mir flüsternd: ‹Wir werden sie in Trinidad suchen. Es geht ihr sehr schlecht, wir wurden gebeten hinzukommen.› Die Negerin kam wieder herein und brachte mir ein Gebräu, sie trug irgendetwas aus der Küche hin und her. Domitila zog mich beiseite und bat mich, mich zu setzen. ‹Wir müssen gleich den Zug nehmen. Ich weiß nicht, ob ich sie noch lebend antreffen werde.›

Außerhalb von Chechés Blickfeld fragte ich sie, was passiert sei. Sie antwortete, dass es niemand wüsste, dass sie ein Telegramm erhalten hätten, in dem darum gebeten wurde, Aida abzuholen, und dass es von einem von Calazáns Freunden unterschrieben war. Auf Grund des wenigen, das sie hatten herausfinden können, sei Aidita schwer verletzt und Caruso tot.

Ich schärfte ihr ein, nicht den Glauben zu verlieren, sie solle alles den Heiligen überlassen. Und ich blieb bis zu ihrer Abfahrt bei ihr; sie und José de Calazán fuhren direkt zum Bahnhof, und Yuan Pei Fu, der für solche Hetzerei zu alt war, verließ das Haus mit ein paar Landsmännern, die so was wie seine Leibwächter waren. Die Negerin, die das Gebräu serviert hatte, blieb in der Calle Amargura und bereitete alles zur Versorgung deiner Mutter vor, wenn sie denn lebend zurückkehren sollte.

Ich ging auch und hatte das mulmige Gefühl, Teil einer Tragödie zu sein und nichts getan zu haben, um sie zu verhindern, nämlich dann, als Caruso erschrocken in die Küche gelaufen kam. Aber dieser Eindruck verflog, als ich mir die Frage stellte: Was hätte ich denn schließlich tun können? Wer legt sich mit einem so großen Sänger wie Enrico Caruso und einer Frau wie Aidita an, die sich in ihrer Verliebtheit wie eine sture Eselin aufführte?

Ich ging nach Hause und konnte nicht schlafen in jener Nacht. Meine Kinder, die schon groß waren, fragten mich, was mit mir los sei, aber nicht einmal ihnen verriet ich das Geheimnis. Ich war damals schon sechs Jahre lang Witwe und frisch verliebt. Er war Kellner im Hotel Avenida und jünger als ich, und wir trafen uns heimlich in einem Zimmer desselben Hotels. In der Bombennacht, nachdem deine Mutter und Caruso gegangen waren, war er ins Inglaterra gekommen, und wir waren wie viele andere zum Theater gegangen, um uns den Schaden anzusehen, den die Explosion verursacht hatte. Beim Anblick dieser Trümmer gestand er mir, dass er im darauf folgenden Monat heiraten würde, er heiratete seine langjährige Verlobte, von der ich gewusst hatte. Obwohl er sagte, dass wir uns weiter treffen könnten, tat mir das sehr weh, es war eine Nachricht, die mir in den Adern explodierte; meine Augen füllten sich mit Tränen, ich versuchte es zu verbergen, indem ich zu Boden sah, und ich erinnere mich, dass mir die Trümmer auf dem Boden wie die Trümmer meines Lebens vorkamen. Am Tag der Bombe fühlte ich mich zum ersten Mal alt und verbraucht. Ich war zweiundvierzig Jahre alt, ich war Witwe und hatte nichts weiter vom Schicksal zu erwarten, als Witwe zu bleiben. Ich erwiderte nichts, und wir trafen uns weiter ein- oder zweimal pro Woche. Aber in jener Nacht, als ich aus Domitilas Haus zurückkehrte, als ich in meinem Zimmer vor meinem Bett und meinen Sachen stand, wurde mir bewusst, dass wir schon Anfang Juli hatten, und es war für alle ein anderer Juli: für Caruso und deine Mutter ein schwarzer Juli; für Domitila auf dem Weg nach Trinidad ein verzweifelter Juli. Und für mich, die ich nicht aufhören konnte, an die verfluchte Hochzeit zu denken: Was sollte dieser Monat und alle folgenden bedeuten? Mir wurde klar, dass ich diesen Mann liebte, und mir wurde auch klar, dass ich ihn verlassen musste. Ich traf diese Entscheidung mit auf die Decke geheftetem Blick. Ich weinte die ganze Nacht und leistete dabei dem Schmerz deiner Mutter und den Tränen, die deine Großmutter sicherlich vergossen hat, Gesellschaft.

Man könnte sagen, dass die Bombe ein Zeichen war, eine Stichflamme, die mein Leben teilte. Viele Monate später zeigte mir einer der Jungs, die mir in der Küche halfen, ein Stück Kachel, auf dem die Hälfte eines Baumes abgebildet war, er berichtete mir, dass er es am Tag nach der Explosion aus den Trümmern im Theater mitgenommen hätte. Ich fragte ihn, ob er es mir schenken würde, und er antwortete, sehr gerne, er hätte es nur aus Neugier mitgenommen.

Ich habe dieses Stück Kachel noch immer, die Hälfte eines Baumes, die mir wie meine andere Hälfte erschien: Der Bombenanschlag hat mir einen Teil genommen. Ich habe meine Kinder gebeten, es mir in den Sarg zu legen, wenn ich sterbe. Ich weiß, wenn ich sterbe, sterben beide Hälften. Wenn du willst, kann ich es dir zeigen… Komm mit, Enriqueta, ich werde es dir zeigen.»

Und sie …

Wir quartierten uns in ein zweistöckiges Haus in der Calzada de Dolores ein. Enrico und ich bezogen die Zimmer im oberen Stockwerk, die geräumiger waren und einen gemeinsamen Balkon zur Straße hinaus hatten. Mario, Punzo und Zirato machten es sich in den unteren Räumen bequem, und Fucito nahm sich ein Zimmer im Hotel Gran Prado, in dem auch die anderen Künstler abstiegen. Die einzige Vorstellung im Teatro Terry war für den nächsten Tag, einen Samstag, angesetzt, und überall in der Stadt sahen wir die Opernplakate aushängen.

Enrico zog sich um, die Hitze hatte nach dem Regen zugenommen, und er wollte nur ein weißes Hemd und eine Drillichhose überziehen. Mario brachte ihm einen Panamahut; ich sah ihn gerne so gekleidet, weil er darin nicht einmal wie ein Ausländer wirkte. Ich dachte, das sei eine gute Ausstattung zum Fliehen.

Sie beschlossen, alle zusammen zum Theater zu gehen, und bevor sie aufbrachen, fragte mich Enrico, ob ich sie begleiten wollte. Zirato und Punzo bemühten sich nicht, ihren Unmut zu verbergen: Einerseits gefiel es ihnen nicht, dass ich mit Enrico gesehen wurde, andererseits befürchteten sie, dass ich ihnen etwas verheimlichte, das war in ihrem Blick zu erkennen, in ihrem Eifer, ein Wort oder einen Gedanken von mir aufzuschnappen. Ich antwortete ihm, dass ich lieber am nächsten Tag ins Theater kommen und ihn im vollen Scheinwerferlicht sehen wollte, wenn er für die Vorstellung hergerichtet wäre. Ich fügte hinzu, ich wolle einen Spaziergang durch Cienfuegos machen und mir bei der Gelegenheit einen neuen Fächer kaufen. Er küsste mich auf die Schläfe und flüsterte:

«Tu, was du tun musst.»

Kaum waren sie gegangen, lief ich in die Küche. In dem Haus gab es zwei Hausmädchen, eine von ihnen wirkte vertrauenswürdig auf mich, sie war eine Negerin im Alter meiner Mutter, die mir vom ersten Moment an sympathisch gewesen war. Ich traf sie beim Zubereiten des Mittagessens an, setzte mich zu ihr und fragte sie nach ihrem Namen. Sie sagte, sie heiße Asteria, was mir ein sehr seltsamer Name schien, ich ließ sie ihn zweimal wiederholen, und dann wiederholte ich ihn: Asteria, Asteria. Sie lachte, und ich bot an, ihr bei den Vorbereitungen zum Mittagessen zu helfen, aber sie protestierte und versicherte mir, dass ich mir die Hände schmutzig machen würde. Ohne darauf einzugehen nahm ich ein Messer und fing an, genauso schnell wie sie zu schälen und zu schneiden. Asteria sah wortlos auf, aber wir wechselten einen langen Blick, es war ein verständnisvoller Blick, mit dem wir uns viel sagten: dass wir vom selben Ort stammten, beispielsweise, und dass in unseren Adern verwandtes Blut floss. Da beschloss ich, sie zu fragen, ob sie irgendein Yoruba-Cabildo in Cienfuegos kenne. Sie lächelte; dass eine Frau wie ich, die gut angezogen und in Begleitung von Theaterleuten eingetroffen war, eine solche Frage stellte, verwirrte sie wohl.

«In Cienfuegos nicht. Aber in Palmira gibt es ein Kongo-Cabildo.»

Das zweite Hausmädchen unterbrach uns, sie war sehr jung, fast noch ein Kind, und erschrak, als sie mich da sitzen sah. Mario hatte ihr Kleider von Enrico und Bettwäsche zum Waschen gegeben. Sie war gekommen, um zu fragen, ob sie sie kochen müsse; und ich bejahte und hieß sie außerdem ein paar parfümierte Seifenflocken in das siedende Wasser geben. Da sie nicht wieder ging, suchte ich nach einem Vorwand, sie aus der Küche zu scheuchen, und schickte sie los, Kleider von mir zu holen. Dann fragte ich Asteria, wo Palmira liege.

«Vier Meilen von hier», antwortete sie. «Wenn Sie den Zug

nehmen, geht es schneller. Aber Sie können nicht nach Palmira fahren und nach ihm fragen, denn niemand wird Ihnen antworten. Wenn Sie etwas erfahren wollen, fahren Sie zuerst nach Pueblo Grifo, das ist hier in Cienfuegos. Fragen Sie nach dem Haus von Tata Sandoval.»

Ich dankte ihr und bat sie, niemandem von Palmira zu erzählen. Sie begann, Bananen in Scheiben zu schneiden.

«Gott beschütze Sie», antwortete sie.

Ich machte mich auf den Weg; in der Calzada de Dolores war reges Leben, Karren schiebende Trödler, Passanten, eine Gruppe Männer hängte etwas auf, was mir wie eine Straßenbahnleitung vorkam. In der Nähe eines Parks entdeckte ich ein paar Taxen. Ich überquerte die Straße und fragte den ersten Taxifahrer, ob er mich nach Pueblo Grifo bringen könnte. Er sah mich erstaunt an und fragte, wohin genau ich in Pueblo Grifo wollte.

«Ich will zu Tata Sandoval», antwortete ich bestimmt, als hätte ich nie etwas anderes in meinem Leben getan.

Wir fuhren die Straße hinunter zur Stadtgrenze, und nach kurzer Zeit bogen wir in einen steinigen Weg ein, zu dessen beiden Seiten dichtes Unkraut wucherte. Zwei- oder dreimal hielten wir an, um entgegenkommende Wagen passieren zu lassen. Ich leugne nicht, dass ich Angst hatte, mich aus einer mir fremden Stadt zu entfernen, um in ein noch fremderes Viertel zu fahren. Es sind zweiunddreißig Jahre vergangen, und ich kann mich noch in diesem Auto sehen, ich sehe mich deutlich nirgendwohin oder direkt in den Wahnsinn fahren. Aus der Distanz all dieser Jahre erkenne ich, was ich war: das Pferd einer Kraft, die mich beherrschte, ein Tier, das galoppiert, weil seine Reiterin es so will. Meine Reiterin war Yemayá, und sie beherrschte mich, sie lenkte mich zu jener Stunde, wie sie mich auch in den darauf folgenden lenkte. Sie und ich kämpften gegen Orula, den Besitzer von Ifás Geheimnis, der die Zukunft kennt und sie den Menschen offenbart; wir kämpften gegen Oddúa, den Herrn der Geheimnisse des Todes und der Einsamkeit; wir kämpften gegen Oba, Yewá und Oyá, die drei

«Toten», die auf dem Friedhof leben; und vor allem kämpften wir gegen Osún, Olofis Boten, und gegen seine Botschaft, die er uns immer wieder brachte, eine Todesnachricht, die wir nicht erhalten wollten.

Wir wollten die Zukunft, die uns Ifá weissagte, verändern, Oddúas Geheimnis leugnen und den Staub der Friedhöfe entfernen. Das alles wollten wir, aber außerdem bestanden wir hartnäckig darauf, das Leben festzuhalten, diesen dünnen Lebensfaden, der Enrico noch nährte. Wir waren zwei Frauen: Yemayá und ihr Reittier, sie und ich gegen den Willen der anderen Orishas. Auf dem Weg nach Pueblo Grifo vertraute ich mich einmal mehr Gott an, ich bat Olofi, seinen Boten zurückzuhalten – ich bat ihn darum, und dann biss ich mir auf die Zunge –, und schließlich gedachte ich Sanfancóns, des Changós der Chinesen.

Mehrere Minuten, nachdem wir in diesen Weg eingebogen waren, tauchte vor uns eine Häuserzeile auf, und der Wagen hielt vor einem Lebensmittelgeschäft. Ich fragte den Fahrer, wo Sandoval wohne, und er antwortete mir mit einer Gegenfrage.

«Sie wissen nicht, wo er wohnt?»

Ich stieg aus und bat ihn, auf mich zu warten. Dann betrat ich das Geschäft und holte Luft, ich atmete diesen sehr vertrauten Geruch ein, einen Geruch nach Nahrungsmitteln in Säcken, ja, aber vermischt mit einem undefinierbaren Duft. Mir gegenüber befand sich der Ladentisch, an dem der Ladeninhaber zwei Frauen bediente; dahinter, hinter einem vergitterten Fenster befand sich ein kleines improvisiertes Friseurgeschäft; ein Mann schnitt einem anderen die Haare. Ich fragte einen Jungen, der den Boden fegte, ob er wüsste, wo sich Tata Sandovals Haus befinde.

«Der dort ist Tata Sandoval», antwortete er mir und zeigte auf den Mann, dem die Haare geschnitten wurden.

Als er seinen Namen hörte, drehte er sich um und sah mich an. Er war ein hellhäutiger Mulatte mit nach hinten gekämmtem Haar und männlichem Blick. Es breitete sich Schweigen aus, und alle starrten mich an; die Frauen, die vor dem Ladentresen warteten, drehten sich um und sahen mir nach, als ich auf den Frisierstuhl zuging.

«Sandoval», sprach ich ihn an, meine Hände schwitzten. «Ich werde von meinem Paten, José de Calazán Bangoché, geschickt.»

Er reagierte nicht, und ich fürchtete, er würde antworten, dass er niemanden mit diesem Namen kenne. Er wandte sich ab und flüsterte dem Friseur etwas zu, der ihm sofort das Handtuch von den Schultern nahm. Tata Sandoval stand auf; er hatte die Figur eines Schneiders und diese sanften Gebärden, in Ruhe abzumessen. Er war um etliches größer als ich, aber sehr schlank, ein Skelett, mit hervorstehenden Gesichtsknochen, und unter seinem Buschhemd zeichneten sich die Schulterblätter ab. Ich fragte mich, ob er nicht an Tuberkulose litt.

«Sie sind ein Schützling von Cheché?»

Ich sagte ja und schwieg, wobei ich der Flut von Blicken standhielt und erneut diesen Geruch einatmete, eine Mischung aus Dörrfleisch und Rasierseife, wie mir schließlich klar wurde. Zwei weitere Männer waren hereingekommen, und ich blieb weiter das Objekt der Aufmerksamkeit aller, niemand bewegte sich, niemand konnte sich aufraffen, seine Beschäftigungen wieder aufzunehmen.

«Kommen Sie mit in mein Haus», sagte Sandoval. «Dort ist meine Frau.»

Wir verließen das Geschäft und gingen an dem Taxi vorbei, ich sah, dass der Fahrer ausgestiegen war und sich mit einem anderen Mann unterhielt. Beider Blicke folgten uns, bis wir in eine enge kleine Straße einbogen, über ein Gehöft, wie mir schien, gingen und ein Haus betraten. Tata Sandoval bot mir einen Schaukelstuhl an, rief nach seiner Frau und bat sie, mir einen Saft zu bringen. Er fragte mich weder, ob ich einen Saft wollte, noch stellte er mich seiner Frau vor.

«Sagen Sie mir nun, womit ich Cheché dienen kann.»

Er sagte das in einem Tonfall, den ich nur als feindselig gegenüber meinem Paten verstehen konnte.

«Ich will wissen, wie man zum Kongo-Cabildo in Palmira kommt. Ich brauche Hilfe von diesem Cabildo.»

«Und wofür soll diese Hilfe sein, wenn man das erfahren darf?»

Sandoval zündete sich eine Zigarette an und begann zu rauchen. Ich zögerte, ob ich ihm die Wahrheit sagen oder mir irgendeine Lüge ausdenken sollte, eine Lüge, die mit meinem Paten zu tun hätte.

«Es ist eine von Calazáns Angelegenheiten. Ich habe eine Nachricht für dieses Cabildo bei mir.»

Tata Sandoval reagierte schnell.

«Wenn es eine Angelegenheit von Cheché ist, warum hat er Ihnen dann nicht erklärt, wie Sie hinkommen?»

Ich spürte, er wusste, dass ich ihn täuschte, und tat so, als müsste ich husten, um Zeit zu gewinnen. Dann beschloss ich, ehrlich zu sein.

«Ich brauche Hilfe», sagte ich und kämpfte gegen meine Tränen an. «Ich bin in Gefahr, mein Pate weiß nichts davon.»

«Cheché ist von meinem Blut», sagte Sandoval ruhig. «Und wenn es stimmt, dass du sein Schützling bist, bist du auch mein Schützling.»

«Ich bin Aida Petrirena Cheng», sagte ich. Bisher hatte ich ihm meinen Namen nicht gesagt, und er hatte mich auch nicht danach gefragt.

«Ein chinesischer Familienname», sagte Sandoval lächelnd. «In Camajuaní gibt es einen Haufen Chinesen, sie haben ihren eigenen Babalawo. Sie töten mit Papier und arbeiten mit Grillen und Teufelspferdchen.»

Ich erklärte ihm, dass ich mit einer anderen Person in Cienfuegos sei, ich senkte die Stimme, um ihm zu sagen, dass es Enrico Caruso sei und dass er am nächsten Tag im Teatro Terry singen würde.

«Er bekam einen Brief, in dem man ihm drohte, ihn umzubringen. Und mich auch, weil wir zusammenleben. In Havanna haben sie eine Bombe gelegt, und mein Pate musste ihn in Regla verstecken. Hier werden sie sicher wieder eine legen.»

Tata Sandoval hörte sich die Geschichte kommentarlos und ohne Überraschung an. Plötzlich fragte er, was das Kongo-Cabildo mit alldem zu tun hätte.

«Es muss uns helfen, nach Trinidad zu gelangen», antwortete ich ihm.

Sandovals Frau kam zurück und reichte mir ein Glas mit einer gelben Flüssigkeit, die mir wie Zuckerrohrsaft vorkam.

«Nur für ein paar Tage», insistierte ich. «Danach kehren wir nach Havanna zurück und fahren nach Neapel.»

Jetzt ist mir klar, dass ich ihm wie eine Verrückte vorgekommen sein muss. Sandoval wusste weder, was Neapel war, noch verstand er diese ganze Geschichte mit Enrico oder die Gefahr, von der ich sprach, noch meinen Plan. Seine Frau war eine dicke, ganz in Weiß gekleidete Mulattin, die Oshúns Ketten trug. Ich glaube, dass sie mich in ihrer Unwissenheit besser verstand. Sie sah ihren Mann an, als wollte sie eingreifen, mit diesem Blick, den Frauen einzusetzen wissen, wenn sie eingreifen wollen.

«Sie ist ein Schützling von Cheché», erklärte er ihr.

«Calazán!», rief die Frau aus. «Dieser große Mann!»

Tata Sandoval empfahl mir, nach Cienfuegos zurückzukehren, und bestellte mich für denselben Nachmittag in ein Stoffgeschäft in der Calle Urrutiner. Er würde mich zu dem Kongo-Cabildo in Palmira begleiten; wir würden Nicolás Iznaga um Hilfe bitten, der dort die Herrschaft innehatte.

Bei meiner Rückkehr ins Haus musste ich allein zu Mittag essen. Enrico hatte ausrichten lassen, er würde mit seinem Impresario und Zirato essen. Asteria bemerkte, dass Mario und Punzo mittags zurückgekommen wären, aber Mario hätte sich krank gefühlt und Punzo sei ihm etwas besorgen gegangen. Sie senkte die Stimme, um zu fragen, ob ich Tata Sandoval angetroffen hätte. Ich nickte und bat sie erneut, es niemandem zu erzählen. Sie schüttelte den Kopf.

«Gottes Wille wird geschehen.»

Um drei Uhr nahm ich ein Taxi in die Calle Urrutiner. Ich hatte mir den Namen des Geschäfts, in das mich Sandoval bestellt hatte, nicht aufgeschrieben, aber ich hatte ihn im Kopf: «Die amerikanische Flagge». Außer Stoffen verkauften sie dort Hüte und Fächer, und während ich wartete, bat ich einen Verkäufer, mir die Fächer zu zeigen. Er holte ein halbes Dutzend hervor und breitete sie auf dem Ladentisch aus. Ich wählte einen aus Sandelholz und fächelte mir den Duft zu – ein Genuss. Diesen Fächer bewahre ich immer noch auf, er liegt bei den Zeichnungen, die mir Enrico zurückgelassen hat. Ich nahm ihn an jenem Abend mit in die Oper, er erlebte mit mir das Abenteuer jener Nacht und aller darauf folgenden. Ich erzähle dir das, Enriqueta, weil ich ihn mitnehmen will, ich will ihn bei mir haben, wenn das Ende naht, und du legst ihn mir hier hinein, in diese Hand oder in das bisschen, was mir von ihr bleibt.

Ich erinnere mich jetzt an ein paar Bemerkungen. Der Verkäufer, ein dicklicher Mann mit einer Vogelnase, sagte, als ich den Fächer aussuchte: «Der ist besonders hübsch.» Mir war nicht nach Lachen zumute, aber die Bemerkung amüsierte mich, aus seinem Mund klang sie lächerlich, und ich lachte auf. Mitten in mein Lachen hinein vernahm ich eine Stimme, die es wie Glas zerspringen ließ:

«In fünfzehn Minuten fährt der Zug.»

Es war Sandoval, und er wirkte mehr denn je wie ein Schneider, ein patriotischer, sorgfältiger Schneider. Ich bezahlte den Fächer und folgte ihm.

«Ich habe Nicolás Iznaga eine Nachricht geschickt», sagte er, ohne mich anzusehen. «Wenn wir Glück haben, sind wir schon um sechs zurück.»

Im Zug weihte ich den Fächer ein. Es war eine kurze, aber heiße Fahrt. In Palmira stiegen wir in ein Taxi, Sandoval sprach leise mit dem Fahrer, der durch das Dorf und mehrere Wege entlangfuhr, bis wir in etwas einbogen, was mir wie ein Vorhof erschien. In der Mitte stand das Hauptgebäude und drum herum kleinere Häuser. Sandoval bat den Fahrer, auf uns zu warten, und bedeutete mir, ihm zum Hauptgebäude zu folgen. Von draußen rief er nach einer Frau, er rief: «Felipa!», und sie beugte sich zum Fenster heraus.

«Sag Iznaga Bescheid.»

Es vergingen ein paar Minuten, Sandoval zündete sich eine Zigarette an, und ich glaubte, ich würde in der Sonne zerfließen. Ein Mann öffnete die Tür; er war ein korpulenter, kahlköpfiger Neger, weder jung noch alt, mit einer violetten Narbe zwischen den Augenbrauen, die über seine Stirn nach hinten verlief, als hätte jemand versucht, seinen Schädel zu spalten.

«Dürfen wir reinkommen?», fragte Sandoval.

Nicolás Iznaga sah mich ungläubig an. «Und sie?»

«Sie ist Chechés Schützling. Sie will mit dir sprechen.»

Felipa, die Frau, die sich aus dem Fenster gebeugt hatte, kam aus dem Haus gestürzt, sie sah uns weder an noch sagte sie etwas. Iznaga hieß uns eintreten, und Sandoval und ich folgten ihm in einen Raum, in dem ein Altar stand. Er forderte uns auf, uns auf eine sehr abgewetzte Schilfmatte auf den Boden zu setzen, als wolle er uns das Ékuele werfen.

«Reden Sie offen, und wir sparen uns Zeit», sagte er zu mir; er wirkte zornig.

«Ich brauche Schutz. Eine andere Person und ich müssen nach Trinidad.»

Er verzog die Lippen, und ich dachte, er würde ausspucken.

«Diese Person wird für die Dienste des Cabildos bezahlen», fügte ich hinzu. «Und für einen Ort in Trinidad, wo wir uns verstecken können, etwas Unauffälliges.»

Iznaga wechselte einen Blick mit Sandoval, ich konnte nicht erraten, was für eine Art Blick das war.

«Wann wollen Sie fahren?», fragte er mich.

«Morgen Nacht», antwortete ich. «Es muss morgen sein.»

Tata Sandoval neben mir senkte den Kopf. Aus seinem kräftigen Haar, diesem harten Unkraut, wehte ein Duft nach Kamille zu mir. Iznaga stieß einen Seufzer aus, stand auf und ging langsam zum Altar. Dort blieb er eine Weile stehen, den Blick fest auf eine Suppenschüssel geheftet, die nicht wirklich Suppe enthielt, sondern Eisengegenstände.

«Ich möchte mich mit Cheché nicht überwerfen», murmelte er. «Wie lange wollen Sie in Trinidad bleiben?»

«Bis die Gefahr vorüber ist. Ein paar Tage, zwei oder drei Wochen. Danach werden wir nach Neapel fahren.»

Iznaga wechselte wieder diesen Blick mit Sandoval, einen Blick, der mich ausschloss und von dem ich nicht wusste, ob er weise oder spöttisch war. Heute blicke ich zurück, und es erscheint mir unglaublich, was ich tat: dass ich es wagte, mich dort hinzusetzen, in das Haus des Kongo-Cabildos, ein Haus, das Angst einflößte, zwischen diese beiden Männer, die mir plötzlich wie eine Einbildung vorkamen, zwei Gespenster, die mir jemand in den Weg gestellt hatte, ich weiß nicht, um mir Schatten oder Licht zu spenden.

«Das geht nur über das Meer», sagte Iznaga plötzlich.

Dann fügte er hinzu, dass es ein Boot gäbe, das tagsüber zwischen Trinidad und Cienfuegos verkehrte. Dass man jedoch in unserem Fall eine Nachtfahrt vereinbaren müsse, vom Hafen in Cienfuegos aus nach Castillo de Jagua, das war am anderen Ende der Bucht, und von dort mit einem Motorboot zum Hafen von Casilda oder nach La Boca, damit uns möglichst wenig Leute sähen.

Ich fragte ihn, wie wir aus dem Theater entkommen könnten, und er antwortete, dass er diese Gegend gut kenne.

«Hören Sie gut zu», flüsterte er und senkte die Stimme, er hatte eine brüchige, raue Stimme.

Ich hörte ihm zu, ich klammerte mich mit meiner ganzen Seele an seine Worte, an eine Flucht, die endlich Form anzunehmen begann.

Ich verließ Palmira erleichtert, es war nicht mehr so heiß wie bei unserer Ankunft, und im Zug war es nicht mehr nötig, den Fächer zu benutzen. Sandoval verabschiedete sich auf dem Bahnhof von Cienfuegos von mir.

«Wenn Sie es bereuen sollten», sagte er brummelnd zu mir, «geben Sie mir Bescheid.»

Die Dämmerung brach herein, er hatte die Sonne im Rücken, und im Gegenlicht erschien er mir noch dürrer.

«Keine Sorge», erinnere ich mich geantwortet zu haben. «Ich werde es nicht bereuen.»

★ Meinen leiblichen Großvater Yuan Pei Fu habe ich nie gesehen. Nicht einmal auf Fotos, denn er hat nie erlaubt, ihn zu fotografieren. Als ich klein war, nahm mich meine Großmutter Domitila mit in das Haus in der Calle Manrique, klopfte die unerlässlichen zwei Mal und schloss mit ihrem schon rostigen Schlüssel auf. Wir durchquerten den leeren Salon, gingen durch den halb dunklen Flur und betraten einen Raum, der wie ein großer Eisenwarenladen wirkte. Dann sagte sie zu mir: «Schau, Enriqueta, das war das Zimmer deines Großvaters.»

Er starb wenige Monate nach meiner Geburt, und er war genauso schweigsam und geheimnisvoll gestorben, wie er gelebt hatte. Einer der Chinesen aus dem Haus fand ihn ausgestreckt vor dem Altar, die Nase mit Watte verstopft und ein Stück Stoff um den Kopf gebunden. Neben ihm brannten viele Räucherstäbchen, und anfangs glaubten alle, dass es sich um Selbstmord handelte. Aber ein chinesischer Arzt, der die Leiche untersuchte, versicherte, dass mein Großvater eines natürlichen Todes gestorben sei und dass er Minuten vor seinem Tod, als er das Ende nahen spürte, die Räucherstäbchen angezündet, sich für die Beerdigung angezogen – einen schwarzen, maßgeschneiderten Anzug – und Vorkehrungen getroffen hatte, damit sein Gesicht nicht auseinander fiel: daher der festgebundene Unterkiefer und die zugestopfte Nase.

Als er starb, war Yuan Pei Fu zweiundachtzig Jahre alt. Er war der letzte Überlebende der ersten Chinesen, die 1847 an Bord der Fregatte *Oquendo* und mit dem ersten Bildnis von

Sanfancón, das aus China an diese Küste gelangte, nach Kuba gekommen waren. Hunderte von Landsleuten nahmen an seinem Begräbnis teil, und da die Massen nicht in sein Haus passten, musste vor dem Haus eine Schlange organisiert werden: Sie betraten immer zu viert den Raum, erwiesen den sterblichen Resten meines Großvaters die letzte Ehre, sprachen meiner Großmutter ihr Beileid aus und gingen gesenkten Hauptes wieder hinaus.

Sanfancóns Bildnis verblieb noch ein paar Jahre im Haus in der Obhut eines anderen Chinesen, der immer meines Großvaters Schatten gewesen war, Diener oder Assistent, der Mann, der ihm das Essen zubereitet und die Besucher angekündigt hatte. Als dieser auch starb, wurde das Bild abgenommen und an einen unbekannten Ort gebracht. Einige behaupteten, es sei in der Stadt Matanzas, im Hauptsitz des Geheimbundes Hen Yi Tong (Die Brüder). Andere behaupteten, dass Yuan Pei Fus Sanfancón in Wirklichkeit noch in seiner Todesnacht durch ein anderes, identisches Bild ersetzt und das Original in das Dorf Sagua la Grande gebracht worden sei, wo es in die Hände eines kalifornischen Chinesen gelangte, der in dieser Gegend eine Zuckerrohrplantage besaß.

Solange meine Großmutter lebte, statteten ihr einige von Yuan Pei Fus Freunden gelegentlich einen Besuch ab. Auch meine Großmutter besuchte sie weiterhin, aber nicht mehr so häufig wie zuvor; einmal hörte ich sie sagen, dass es sie sehr traurig mache, nach Manrique zu gehen. Als sie starb, brach die Verbindung ab. Meine Mutter kehrte nur ein einziges Mal in das Haus zurück, in dem ihr wirklicher Vater gelebt hatte, und das wegen eines anderen Begräbnisses: das des Invaliden, der Papierfigürchen ausgeschnitten hatte und der trotz seiner Invalidität oder vielleicht dank ihrer sehr betagt starb, als ich schon eine zwanzigjährige Frau war. Ich begleitete meine Mutter zu seinem Begräbnis, und es war das letzte Mal, dass wir dieses Haus betraten.

Aber in jenem November zweiundfünfzig, als meine Mutter ans Bett gefesselt war und wir beide uns diesem

Ort ohne Wiederkehr, diesem schmerzhaften Punkt ihrer Geschichte näherten, verspürte ich plötzlich das Bedürfnis, in das Haus meines Großvaters zurückzukehren, es auf der Suche nach einer Erinnerung, einem Luftzug, einem Schluchzer, der noch in diesen von Räucherstäbchen vergilbten und vielleicht auch noch nach Opium riechenden Wänden hing, zu betreten.

Eines Morgens wachte ich mit dieser Idee auf. Ich ging wie gewohnt zum Sender Cadena Azul, verließ ihn kurz vor Mittag, und da ich bis drei Uhr frei hatte, nutzte ich diese Stunden, um zum Chinesenviertel zu spazieren. Ich aß in einem Gasthaus in der Calle Dragones zu Mittag und ging dann zu Fuß in die Calle Manrique. Ich erinnerte mich an das Haus, ich erinnerte mich besser daran, als ich gedacht hatte, und war bewegt, aber auch gerührt: Ich war Teil von alledem, von diesem Viertel und von diesem Haus, von der Geschichte der Fregatte *Oquendo* und von Sanfancóns leuchtender Reise. Ich klopfte zweimal an die Tür, und ein alter Mann im Unterhemd öffnete mir, er hatte eine riesige Warze auf der Nase und trug eine Brille. Ich fragte nach Francisco Wong, einem der beiden Chinesen, von denen mir meine Mutter gesagt hatte, dass sie von der Gruppe, die ursprünglich mit meinem Großvater zusammengewohnt hatte, noch am Leben sein könnten. Der Alte schüttelte den Kopf, er antwortete, Pancho sei verstorben. Dann fragte ich nach Felipe Alam, von dem meine Mutter gesagt hatte, er sei einer der Jüngsten. Der Alte antwortete, dass Felipe in der Wäscherei sei. Ich schwieg und dachte, dass mir jetzt niemand mehr einfiel, nach dem ich fragen könnte, und da kam mir in den Sinn, ihm zu erklären, dass ich Yuan Pei Fus Enkelin sei und dass ich sein Zimmer sehen wollte. Er war sehr überrascht und bat mich, an der Tür zu warten. Er brauchte mehrere Minuten, bis er in Begleitung eines anderen Chinesen zurückkehrte, der wie ein Gespenst aussah: ein Sack gelber Knochen, kahl und die Haut mit Schorf überzogen.

«Bist du Aida?», fragte er mich mit undeutlicher, trauriger Stimme, die wie die Stimme eines Erstickenden klang.

«Ich bin Enriqueta Cheng, Aidas Tochter, Domitila Cuervos Enkelin.»

Er ließ mich in den Vorraum treten, und dort umgab mich ein orientalischer Hauch, Produkt Tausender Gerüche und Tausender Düfte. Ich sah einen leeren Rollstuhl und erinnerte mich an den Invaliden und seine Papierfigürchen; ich erinnerte mich auch an Pérez Navarro, der behauptet hatte, dieser Invalide sei der Wächter der Opiumhöhle. Mir kam unvermittelt in den Sinn, was Tata Sandoval meiner Mutter gesagt hatte: Chinesen töten mit Papier und arbeiten mit Teufelspferdchen.

«Dann ist Pancho also gestorben», sagte ich, um etwas zu sagen.

Keiner der beiden antwortete mir. Sie sahen mich neugierig an, vielleicht suchten sie in meinen Augen die Augen meines Großvaters und waren enttäuscht darüber, dass nicht mehr viel davon übrig war. Meine Augen waren Enrico Carusos Augen, und mein Kinn mit der Kerbe hatte ich auch von ihm geerbt.

«Ich komme, um das Zimmer zu sehen, wenn das möglich ist.»

Der Chinese, der wie ein Gespenst aussah, sagte, er heiße Roberto Mui und hätte meinen Großvater nicht mehr gekannt, da er erst vor zehn Jahren hierher gezogen sei. Ich bestand darauf, das Zimmer zu sehen, und er schien darüber nachzudenken, wechselte einen Blick mit dem Greis, der mir aufgemacht hatte, und sagte dann nur: «Komm mit.» Er schlurfte durch denselben Flur vor mir her, durch den ich vor vielen Jahren mit meiner Großmutter gegangen war. Er öffnete die Tür zu dem Raum, der noch genau so aussah: ein kleines Bett, eine Kommode mit einem chinesischen Lämpchen, ein Tisch voller Amulette und Glocken und eine Vitrine mit Pfeifen. An der Hauptwand stand noch immer dieser riesige Altar mit halb abgebrannten Kerzen, Tafeln mit chinesischen Schriftzeichen, der Räucherpfanne zum Abbrennen von Sandelholz und den Porzellangefäßen. In der Mitte des Altars auf einer Konsole, auf der Dutzende Bronzeminiaturen und Papierfigürchen standen, die der Invalide angefertigt hatte, war die schreckliche Abwesenheit, die große Leere zu spüren, die Sanfancóns Bildnis hinterlassen hatte.

Ich ging zu der Kommode. Darauf stand ein Tablett mit sehr alten Räucherstäbchen, einem Kistchen, das mir aus Jade zu sein schien, und einem Foto: Es war das Foto meiner Großmutter Domitila mit meiner Mutter und einem Mädchen, das nicht ich war. Mir war sofort klar, dass es sich um meine Schwester handelte, Baldomeros Tochter, die kurz nach ihrem Vater gestorben war. Ich hatte dieses Foto noch nie gesehen, es hatte an jenem Tag, als ich mit meiner Großmutter dort war, nicht auf der Kommode gestanden, auch nicht, als ich zur Totenwache des Invaliden dort gewesen war. Es war offensichtlich, dass es jemand später hingestellt hatte.

«Pancho Wong hat es kurz vor seinem Tod aufgestellt», sagte Roberto Mui, als hätte er meine Gedanken gelesen.

Ich fragte ihn, warum Pancho Wong dieses Foto besessen hätte, und er antwortete, dass meine Großmutter es ihm aus Freundschaft geschenkt und dass auch meine Mutter ihn sehr gemocht hätte, denn Pancho war beauftragt gewesen, sich um sie zu kümmern und ihnen das Geld zu überbringen, das Yuan Pei Fu ihnen schickte, der immer sehr beschäftigt gewesen wäre und sie nur selten besuchen konnte. Roberto Mui zog eine Schublade auf und holte zwei andere Fotos heraus: Eines war von meiner Großmutter Domitila, als junge Frau mit Zöpfen nicht wieder zu erkennen, und das andere von meiner Mutter als Kind. Er sagte, dass diese Fotos ebenfalls Pancho Wong gehört hätten.

«Und das hier», fügte er hinzu und zeigte auf ein Gruppenfoto, «da weiß ich nicht, wer das ist.»

Es waren mehrere Männer im Sand. Das Meer dürfte davor gewesen sein, denn hinter ihnen sah man nur Holzhäuschen mit Veranden und Geländern und offenen Türen. Enrico Caruso stand in der Mitte, ganz in Weiß gekleidet und umgeben von fünf oder sechs Männern in leichter Kleidung und in der Mehrzahl barfuß. Auf Carusos Schultern saß ein Alter, und zwischen seinen gespreizten Beinen lugte ein Mann mit breitem Zwirbelbart hervor. In einer Ecke stand der Name des Fotografen: «Foto: Kiko» und das Jahr, in dem es aufgenommen worden war: 1920.

«Das ist ein Foto von meinem Vater», sagte ich zu Roberto Mui und fragte ihn, ob ich es mitnehmen dürfe.

«Nimm es mit», stimmte er nach ein paar Sekunden des Zögerns zu, «aber die von deiner Großmutter nicht.»

Ich lächelte und bedankte mich bei ihm, warf zum letzten Mal einen Blick auf den verwaisten Altar und auf die leere Stelle ohne Rauchspuren, wo früher Sanfancóns Bildnis geleuchtet hatte. Als ich schon in der Tür stand und mich verabschiedete, tauchte Felipe Alam auf, genauso alt wie die beiden anderen, aber höflicher, mit intelligentem Blick und ruhiger, deutlicher Ausdrucksweise, etwas sehr Ungewöhnliches für einen kantonesischen Chinesen. Er sagte, er erinnere sich daran, mich bei Pedro Tans Totenwache gesehen zu haben, das war der Name des Invaliden. Ich hingegen musste ihm gestehen, dass ich mich kaum an die Landsmänner meines Großvaters erinnerte, die ich bei dieser Totenwache kennen gelernt hatte. Er fragte nach meiner Mutter, und ich antwortete ihm, dass sie sehr krank sei. Nur um seine Reaktion zu sehen, fügte ich hinzu, dass sich ihr Zustand vielleicht bessern würde, wenn sie sähe, was ich mitbrächte: ein Foto meines Vaters am Strand. Ich zog das Foto von Caruso heraus und zeigte es Felipe Alam, der sehr ernst wurde und mir riet, es ihr besser nicht zu zeigen, denn sie hätte nie erfahren, dass Yuan Pei Fu dieses Foto hatte.

«Ich wusste nicht, dass es Yuan Pei Fu gehört hat», antwortete ich.

«Es war seines, und als er starb, hob es Pancho Wong zusammen mit den anderen Fotos von deiner Mutter und deiner Großmutter auf. Deshalb rate ich dir: Zeig es deiner Mutter nicht, sie wird glauben, was nicht stimmt; sie wird glauben, dass Yuan Pei Fu dieses Foto benutzt hat, um deinem Vater Leid zuzufügen.»

Felipe Alam drückte sich präzise aus, anders als die anderen Chinesen. Ich sagte ihm das, und er schrieb es seiner Gewohnheit zu, kubanische Zeitungen zu lesen und nicht nur die auf Chinesisch erscheinenden wie die Mehrzahl seiner Landsmänner.

Er fragte, ob ich noch einmal hereinkommen und einen Tee trinken wolle, und ich antwortete ihm, dass es schon nach zwei Uhr sei und ich um drei wieder im Radiosender sein müsste. Aber ich bat ihn um den Gefallen, mir eine einzige Frage zu beantworten: Ob Yuan Pei Fu etwas mit den Geschehnissen in Trinidad zu tun gehabt hätte?

Felipe Alam wich unwillkürlich zurück. Er wusste nicht, dass ich diesen Teil der Geschichte kannte. Die beiden anderen Chinesen waren verschwunden, wir standen allein in der Tür vor der Straße, auf der alle möglichen Leute vorbeigingen, aber vor allem Landsleute, die grüßten und respektvoll zum Haus herübersahen.

«Yuan Pei Fu arbeitete mit Kräutern, mit Vögeln und anderen Tieren», sagte Felipe Alam. «Er verhexte mit Puppen wie kein anderer und sagte mit Hilfe von Spiegeln die Zukunft voraus. Seine Schutzamulette verschluckte er und stellte dann andere Amulette her, die wie kleine Kissen mit chinesischem Seidenüberzug aussahen. Er war der Einzige, der das Hochchinesisch verstand, das die Geister der Ahnen sprachen. Wenn einer von uns krank wurde, rief er den Geist einer Frau an, einen sehr alten Geist, der nachts aus China kam und uns heilte.

Wegen alledem und weil er das erste Bildnis von Sanfancón nach Kuba gebracht hatte, dieses Bildnis, das uns leuchtete, als wir arm und verzweifelt waren, haben wir ihn mit den sechs geweihten Jadeobjekten zur Ehrung des Himmels, der Erde und der vier Himmelsrichtungen begraben: rote Jade, Chang genannt, am Kopfende zu Ehren des Südens; weiße Jade, Ju genannt, auf der rechten Seite zu Ehren des Westens; grüne Jade, Kuei genannt, auf der linken Seite zu Ehren des Himmels; gelbe Jade auf dem Bauch zu Ehren der Erde ... Wir haben ihm auch den Mund geöffnet und ihm Perlen und Münzen hineingelegt, um ihm eine gute Reise zu gewährleisten.

Dein Großvater hat Gutes und Schlechtes getan. Doch unter

dem Schlechten war nicht, was du meinst. Er konnte nicht nach Trinidad reisen, als geschah, was geschah; er war alt und krank und zog es vor, vor dem Altar zu bleiben und zu beten, damit Sanfancón seine geliebte Tochter rettete. Aber Pancho Wong war in Trinidad; ich habe nie erfahren, ob Yuan Pei Fu ihn geschickt hatte oder ob er auf eigene Initiative wegen seiner großen Zuneigung für deine Mutter und deine Großmutter handelte. Er fuhr hin, um die beiden zu beschützen: Domitila, die mit Cheché nach Trinidad eilte, und deine Mutter, von der wir nicht wussten, ob sie noch lebte.

Wenn jemand behauptet, Yuan Pei Fu hätte etwas mit dem Unglück zu tun gehabt, glaub es ja nicht. Das hat man deiner Mutter erzählt, und sie hat deinem Großvater nie verziehen. Oder sie hat es ihm sehr spät verziehen, als dein Großvater schon tot war. Deshalb solltest du ihr dieses Foto nicht zeigen. Ich habe nie erfahren, wie es in Yuan Pei Fus Hände gelangt ist, aber etwas sage ich dir: Als er es erhielt, war alles schon passiert, deine Mutter war in Havanna und deine Großmutter pflegte sie, und dieser Mann, der Sänger, hatte Kuba schon verlassen. Du warst auf dem Weg, und das hielt Yuan Pei Fu ab: Er durfte nichts gegen deinen Vater unternehmen, denn er wusste: Alles, was er gegen ihn unternahm, würde auch seinen Samen treffen, und sein Same war seine Enkelin.

Du bist der Beweis dafür, dass Yuan Pei Fu dieses Foto nicht benutzt hat; er kann nichts dafür, dass dieser Mann wie eine Schlange starb und sich in seinem eigenen Gift wälzte. Sollten es andere getan haben, sollte es Cheché getan haben, dann weiß ich nichts davon. Aber dein Großvater dachte an dich, er wusste, dass du eine neugierige Frau werden würdest, und er wusste noch mehr: Er wusste, dass du eines Tages in dieses Haus kommen würdest, um die Wahrheit herauszufinden, und dass dann alle schon tot wären, alle außer mir, der dich an dieser Tür, zu dieser Stunde, an diesem Tag empfängt.

‹Wenn sie kommt›, sagte er zu mir, ‹sag ihr Folgendes: Der Todesbote, der Chui Chi Lon heißt, ist immer der Bote unserer eigenen Herzen.›

Dein Großvater wollte damit ausdrücken, dass du nicht gegen etwas ankämpfen kannst, was dein ist, gegen diesen deinen Boten. Merk dir das und lass deine Mutter in Ruhe. Wenn sie stirbt, vergiss nicht, ihr ein paar Münzen in den Mund zu legen, oder ruf mich, damit ich sie ihr hineinlege. Sie ist Landsfrau, eine Tochter Yuan Pei Fus, Blut vom selben Blut, das man nicht so einfach vergisst. Geh, und vergiss das nicht.»

Du … in diesem Grabe!

Während der Proben im Theater Terry starb ein Musiker. Er war ein in Cienfuegos sehr bekannter Violinist, ein junger Mulatte, wie mir Enrico erzählte. In der Probe hatte er zu husten begonnen und plötzlich zu spielen aufgehört, er war aufgestanden, ein paar Schritte auf den Ausgang zugegangen und einen Augenblick später heftig hustend und zitternd zusammengebrochen. Jede Hilfe kam zu spät, denn er starb noch an Ort und Stelle, und Enrico sah den Tod vorbeischleichen, das Bild grub sich in sein Gedächtnis, er musste raus aus dem Theater und ein bisschen im Park spazieren gehen. Die Proben wurden unterbrochen und erst Stunden später, als die Leiche fortgeschafft worden war, wieder aufgenommen. Aber es war nicht mehr dasselbe, denn diese Pein, dieser Kummer, einen Mann sterben gesehen zu haben, hing weiter in der Luft.

Ich kam in der Dämmerung aus Palmira zurück. Niemand fragte mich, wo ich gewesen war, nicht einmal Enrico, bedrückt wie er war, weil er im Tod dieses Musikers ein schlechtes Zeichen für sich selbst sah. Ich sagte ihm nur, dass alles vorbereitet sei, damit wir am nächsten Tag fliehen konnten, und er sah mich an, als wüsste er nicht, wovon ich redete. Dann senkte er den Kopf und murmelte, dass er sich nicht sicher sei, ob eine Flucht die beste Lösung für uns wäre. Ich versuchte nicht, ihn zu überzeugen, im Gegenteil, ich schwieg eine Weile, und schließlich entgegnete ich, er sollte es besser gleich sagen, wenn er es sich anders überlegt hätte, denn ich müsste den Männern Bescheid geben, die uns nach Trinidad bringen würden.

«Trinidad», murmelte er. «Und was werden wir dort tun?»

Ich erklärte ihm, dass es ein abgelegenes Dorf sei, in das man praktisch nur über das Meer gelangte, und versprach ihm, dass wir an keinem anderen Ort der Welt sicherer wären. Er atmete tief durch und rieb sich die Hände, wiederholte, dass er nicht davon überzeugt sei, ob uns diese Flucht gelänge, und dass er im Grunde auch nicht sicher sei, ob wir unbedingt fliehen müssten. Ich wurde wütend, konnte mich aber beherrschen und dachte, das wäre eben Enricos Art, mir zu erklären, dass wir nach seinem Auftritt in Cienfuegos nach Havanna zurückkehren würden, in Havanna würde er sich nach New York, oder wo auch immer er hinmusste, einschiffen, und ich würde in mein Haus in der Calle de la Cruz de Amargura zurückkehren, denn das war der vollständige Straßenname.

«Wir entscheiden das morgen», sagte er und legte mir seine Hand auf die Schulter. «Ich muss ernsthaft nachdenken.»

Das Abendessen nahmen wir mit Punzo und Zirato ein, weil Mario weiter unpässlich war und es vorzog, im Bett zu bleiben. Zirato hatte darauf bestanden, dass Enrico an der Feier teilnahm, die ein paar Persönlichkeiten aus Cienfuegos ausrichteten, er aber weigerte sich hinzugehen und sagte, dass er nicht noch mehr schwitzen wolle, als er schon schwitze. Das Abendessen verlief sehr schweigsam, ungemütlich wegen der Gewitterschwüle, eine Hitze, die wie ein Tier seine Pfoten auf uns legte und uns anhauchte. Ich hatte den Eindruck, dass uns in jener Nacht der Schatten von etwas oder von jemandem begleitete, ein Eindruck, der sich verstärkte, als sich Enrico über Kopfschmerzen beklagte. Zirato fragte mich, ob ich ihm kalte Umschläge machen und sie ihm auf die Lider legen könnte, das war eines der wenigen Mittel, die halfen. Später, als ich diese Umschläge fertig machte, kam Punzo in die Küche und führte das einzige höfliche Gespräch mit mir, an das ich mich erinnere, er sagte, Enrico hätte sehr oft diese Kopfschmerzen und es sei wichtig, dass sie bis zum nächsten Tag weg wären, denn mit Kopfschmerzen zu singen würde ihn völlig erschöpfen. Da ich nichts von der Oper verstand, erzählte er mir einen Teil der

Geschichte, die wir sehen würden: eine Geschichte, in der Enrico Rodolfo hieß und sich in eine Frau namens Mimi verliebte, ein zierliches Persönchen, das von Anfang an eiskalte Hände hatte.

Ich bedankte mich bei Punzo und ging zu Enrico, der sich vollständig angezogen hingelegt hatte und sich nichts sehnlicher wünschte, als die Augen geschlossen zu halten. Ich legte ihm die Umschläge auf und fächelte ihm mit meinem Sandelholzfächer zu. Ich weiß nicht, ob es diese parfümierte Luft oder die Kühle auf den Augen war, aber er beruhigte sich und ergriff meine Hand, streichelte sie zärtlich wie in den ersten Tagen und gestand mir, dass er angeordnet hätte, auf dem Dampfschiff *Cartago* eine zweite Kajüte zu reservieren. Er sei entschlossen, mich nach New York mitzunehmen; ich sollte im Hotel wohnen, bis er seine Verpflichtungen erfüllt hätte und wir nach Neapel abreisen könnten.

Mit dieser Nachricht wollte er mir eine Freude machen, und in gewisser Weise gelang ihm das auch. Aber mein Herz sagte mir, dass nichts von dem, was Enrico mir erzählte, geschehen würde; es war eine Vorahnung, eine Vision, die mich innerlich auffraß.

Ich beugte mich über ihn und massierte ihm die Schläfen, ich tröpfelte Speichel auf meine Finger, das hatte ich Calazán tun sehen, wenn er den Blutdruck senken wollte. Und obwohl mich der Drang, ihn zu bitten, das Dampfschiff *Cartago* zu vergessen und mit mir nach Trinidad zu fliehen, fast umbrachte, hielt ich den Mund und bat ihn um nichts.

Am nächsten Tag wachte er schmerzfrei auf. Bevor er zu den Proben aufbrach, teilte er mir mit, dass er nicht zum Essen käme, dass ich mich aber um sechs Uhr bereit halten sollte, denn zu der Zeit würde er mich abholen und ins Theater bringen lassen. Ich sah ihn mit Mario und Punzo wegfahren, Zirato war schon vorausgefahren. Als ich endlich allein war, machte ich mich fertig, um nach Pueblo Grifo zu fahren und Tata Sandoval zu benachrichtigen, dass wir nicht nach Trinidad reisen würden; dass er sich in meinem Namen bei Nicolás Iznaga bedanken und ihm sagen sollte, ich würde ihm den Gefallen, den er mir fast getan hätte, nie vergessen.

Ich zog mich langsam und ausgesprochen niedergedrückt an, denn mir wurde allmählich klar, dass dies die letzte Nacht sein könnte, die ich mit Enrico verbrachte. Ich wünschte, jemand würde mir das Ékuele werfen und meinen Lebensweg lesen, ich musste wissen, ob auf diesem Weg der Buchstabe auftauchte, der für das Meer, für eine Schiffsreise stand, für das Glück auf der *Cartago*, diesem Dampfschiff, das ich nicht einmal im Traum gesehen hatte. Ich war nervös und setzte mir den Hut verkehrt herum auf, dann betrachtete ich mich im Spiegel, und was ich sah, machte mich stutzig: Mit nach oben zusammengebundenem Haar wirkte ich wie eine dieser chinesischen Frauchen auf den Kalendern, die uns aus Kanton geschickt wurden. Diese Kalender hatten den verstorbenen Noro Cheng, der nicht mein Vater gewesen war, mir aber trotzdem seinen Namen gegeben hatte, immer fasziniert. Er hatte sie überall in seiner Wäscherei hängen, er brachte auch welche nach Hause und hängte sie übers Bett. Ich glaube, er träumte von diesen schweigsamen Landsfrauen, davon, nach Kanton zu fahren, um sich eine Frau der eigenen Hautfarbe zu suchen und sich mit ihr für all die Jahre zu entschädigen, die er sich in Kuba mit einer farbigen Frau hatte abfinden müssen.

Bevor ich ging, wollte ich in der Küche ein Glas Wasser trinken, aber Asteria, die Hausangestellte, mit der ich so gut auskam, schlug vor, ich solle besser eine Limonade nehmen. Damit du verstehst, Enriqueta, dass die Zufälle im Blut stecken, dass wir sie anziehen, als wären sie Blitze: Mir blieb nicht einmal die Zeit, das Glas zum Mund zu führen, denn in dem Augenblick hörte ich die Tür zuschlagen, und Enrico stand vor mir. Sein Gesicht war rot angelaufen, und er atmete mit offenem Mund, er wirkte auf mich genauso erschrocken wie an dem Tag, als wir uns im Hotel Inglaterra kennen lernten. Er warf einen besorgten Blick auf das Dienstmädchen und bat mich, ihm zu folgen, er müsse mit mir reden. Ich fürchtete das Schlimmste und stellte mir vor, er würde mich bitten, das Haus zu verlassen oder sofort nach Havanna zurückzukehren.

«Ist es sicher, dass alles vorbereitet ist?» Er hatte mich an den Schultern gepackt und schüttelte mich. «Diese Reise», insistierte er, «ist es sicher, dass niemand davon weiß?»

Von seiner Stirn tropften Schweißperlen. Nie werde ich Enricos Augen in jenem Moment vergessen, auch nicht die Art und Weise, wie er den Mund bewegte und nach Luft schnappte.

«Es wissen nur die davon, die es wissen müssen», sagte ich. «Aber das ist, als wüsste es niemand.»

«Wir fahren», antwortete er mir, «Ich habe keine andere Wahl.»

Dann erzählte er mir, dass er wieder einen anonymen Drohbrief erhalten hätte, der beim Portier im Teatro Terry abgegeben worden war. Die Polizei überwachte die Umgebung, aber wenn es nicht gelingen sollte, ihn im Theater umzubringen, würde man es im Zug versuchen. Es war eine lange Fahrt von Cienfuegos nach Havanna, Meilen um Meilen durch unbewohntes Land. Im Zug konnte ihm das Schlimmste passieren.

Ich nahm den Hut ab und vermutete, dass ich wieder wie eines der chinesischen Frauchen auf den Kalendern aussah; ich begann, Enrico mit Küssen zu überschütten, bei jedem Kuss tränkten sich meine Lippen mehr mit Schweiß; ich bat ihn, sich keine Sorgen zu machen, das Kongo-Cabildo würde uns helfen. Er wusste nicht, was ein Cabildo ist, und ich erklärte es ihm: Ein Cabildo ist wie das Haus einer Familie, eine Gruppe, der sich jeder bei seinem Tod verschworen hat und in der sich alle gegenseitig helfen. Kein Mensch bewegt sich noch macht ein Tier einen Schritt, noch verbirgt sich eine Seele, ohne dass ein Mitglied es erfährt. Sie kennen alle Kniffe, alle Windungen, alle Verstecke.

Ich glaube, am Ende gelang es mir, ihn zu beruhigen, ich erzählte ihm von Nicolás Iznagas Plan und bat ihn um Geld. Wir vereinbarten, uns bis zum Schluss zu verstellen, worauf er sich umzog und zu den Proben zurückkehrte. Pünktlich um sechs holte mich ein Pferdewagen ab. Er war mit Blumen geschmückt; in Cienfuegos war es üblich, so ins Theater zu gehen. Auf Iznagas Anordnungen hin hatte ich einen Koffer mit Enricos und meinen Kleidern, Zigaretten und Kölnischwasser sowie dem Geld für das Schiff nach Trinidad in Asterias Obhut zurückgelassen. Asteria hatte den Auftrag, diesen Koffer dem Gesandten des Cabildo zu übergeben, der ihn abholen würde, sobald ich das Haus verlassen hatte.

Am Theatereingang erwartete mich Punzo und führte mich in die Loge. Es war noch früh und das Theater leer, nur die Geräusche hinter dem Vorhang waren zu hören: das Quietschen der Möbel, die von einer Seite zur anderen geschoben wurden, und der Klang eines einzelnen Instruments, einer Flöte, wie mir schien, die ein ums andere Mal dieselbe Melodie probte.

Ich zog meinen Fächer heraus, er war meine Zuflucht, mein Halt, an den ich mich in meiner Einsamkeit in dieser völlig fremden Umgebung klammerte. Kurz darauf traf das Publikum ein, und ich lenkte mich damit ab, die eleganten Frauen aus Cienfuegos zu betrachten, ich betäubte mich mit ihren Düften, ich war noch nie an einem solchen Ort noch unter so distinguierten Menschen gewesen. Einige sahen mich an, es fiel ihnen auf, dass eine Chinesin mit mulattischem Einschlag ohne Schmuck oder Abendrobe einen der besten Plätze inne hatte. Die Lichter gingen aus und plötzlich wurde die Bühne in Licht getaucht. Das Orchester setzte ein, aber der Vorhang war noch nicht aufgegangen, als ich jemand in meine Loge treten hörte. Im ersten Moment glaubte ich, es handle sich um Tata Sandoval, denn er sah genau so aus: groß und dürr, er wirkte wie ein Schneider. Aber dann merkte ich, dass es ein alter Mann mit feinen Manieren war, ein weißhäutiger Mann mit Hornbrille. Er fragte mich, ob ich Señora Aida sei, und ich nickte. Da flüsterte er: «Kommen Sie mit, Nicolás Iznaga erwartet Sie.» Ich antwortete, das müsse ein Irrtum sein, die Oper hätte noch nicht begonnen, wir hätten ausgemacht, nicht vor Ende der

Vorstellung zu gehen. Er verlor seine Manieren nicht, aber er sagte in barscherem Ton: «Nicolás will, dass Sie jetzt mitkommen.»

Einen Moment lang wusste ich nicht, was ich tun sollte. Der Alte wartete und drängte mich, und ich dachte, dass ich keine andere Wahl hatte, als ihm zu folgen. Als der Vorhang aufging, stand ich auf; ich konnte gerade noch einen Blick auf Enrico mit falschem Spitzbart erhaschen, der sich die Hände rieb, dieselben, die mich in unseren Liebesstunden brennen ließen, die aber in dieser Operngeschichte die Hände der Mimi nicht einmal lauwarm werden ließen.

Wir durchquerten die leere Vorhalle und verließen das Theater. Auf dem Bürgersteig befahl mir der Alte, zu einem auf der anderen Straßenseite wartenden Auto zu gehen. Ich gehorchte und entdeckte, dass in dem Auto ein Mann mit Hut saß und mir Zeichen machte einzusteigen: Es fiel mir schwer, Nicolás Iznaga wieder zu erkennen.

«Die Vorstellung beginnt gerade», sagte ich zu ihm. «Wir können noch nicht fahren.»

«Wir fahren voraus», antwortete er trocken. «Er wird später abgeholt.»

Er gab dem Chauffeur eine Anweisung, und wir fuhren langsam los. Ich befürchtete schon, dies alles wäre ein Hinterhalt, Asteria, Tata Sandoval und selbst Iznaga hätten mich betrogen. Ich hatte Angst, dass sie mich von Enrico wegholten, dass mein Plan nichts anderes wäre als Teil eines anderen, größeren Plans, einer lange vor unserer Ankunft in Cienfuegos ausgeheckten Falle.

«Wir fahren nach Las Minas», erklärte mir Iznaga. «Dort legt das Boot ab.»

Ich antwortete nicht, ich klammerte mich an meinen Fächer, mehr konnte ich nicht tun. Wir kamen zum Hafen, wo uns ein anderer Mann erwartete. Es war ein Zambo, der uns gleich in eine Hütte am Meeresufer führte. Iznaga zeigte auf einen Schemel.

«Setzen Sie sich, wir warten, bis sie ihn herbringen.»

Durch die halb offene Tür war eine Art dunkler Schoner zu erkennen.

«In dem werden Sie beide übersetzen.»

Die Stunden vergingen, Iznaga und der andere Mann kauten Tabak und schlenderten auf dem Landungssteg auf und ab. Ich fächelte mir Luft zu, stand auf und lief im Kreis herum, setzte mich wieder und löste mein Haar, entflocht es mit den Fingern und steckte es wieder auf und so fort die ganze Zeit über, auch rieb ich mir die Hände, die das Einzige waren, das ich Enrico bieten konnte: lebendige, sündige Hände, die nicht so schnell kalt wurden. Schließlich hörte ich draußen Geräusche, und Iznaga machte mir ein Zeichen, mich nicht zu bewegen. Die beiden Männer verhielten sich ruhig, spuckten ihren Tabak aus und sahen dem näher kommenden Wagen entgegen.

«Er ist da», sagte Iznaga schließlich, «gehen Sie an Bord.»

Ich lief verzweifelt und mit der Angst, dass es nicht stimmte, hinaus und sah Enrico, als Rodolfo mit Hut und Schal sehr warm angezogen, aus dem Auto steigen. Ich lief zu ihm und umarmte ihn im Mantel, der zum Glück ziemlich leicht war. Iznaga drängte uns zur Eile, der Schoner sei zum Ablegen bereit. Ich half Enrico, einen Teil seines Kostüms auszuziehen, und wir warfen alles aufs Deck; dort stand auch der Koffer, den ich Asteria anvertraut hatte. Enrico wirkte ziemlich gelassen; ich erlebte ihn in jener Nacht ganz anders, er hatte noch den künstlichen Bart angeklebt, und mir schien, dass er glücklich über die Flucht war.

«Sie werden zuerst nach Jagua gebracht», hörten wir Iznaga flüstern. «Dort wartet ein Motorboot auf Sie und bringt Sie nach Trinidad.»

Er drehte sich um und stieg ins Auto. Der Zambo übernahm das Kommando des Schoners und kündigte unser Ablegen an. Je weiter die Küste von Cienfuegos zurückblieb, desto stärker empfand auch ich das Glück der Flucht, eine Freiheit, die ich nie zuvor gespürt hatte. Als wir durch die Bucht fuhren, erzählte mir Enrico, dass es ihm zum Ende der Vorstellung gelungen war, Punzo und Zirato abzuschütteln, Mario ihn jedoch an einem der Bühnenausgänge abgefangen hätte. Als die beiden von Iznaga geschickten Männer auf ihn zukamen, wollte sich Mario dazwischenstellen, und Enrico musste ihm befehlen, zurückzutreten. Aber sein Diener gehorchte nicht, er begriff, dass etwas Merkwürdiges vor sich ging, und krallte sich in den Arm eines der Männer, der sich aus seinem Griff wand und ihm einen Kinnhaken verpasste. In der Aufregung gelang es keinem der Zuschauer, unter ihnen der Impresario von Cienfuegos, einzugreifen oder zu schreien. Enrico wurde durch die Hintertür des Theaters hinausgezerrt, und nur ganz wenige Passanten wurden auf ihn aufmerksam.

«Wir sind in Jagua», unterbrach uns der Steuermann.

Der Schoner hatte nahe am Ufer Anker geworfen, und wir warteten in der Dunkelheit auf das näher kommende Boot.

«Die aus Havanna sind da», rief jemand aus diesem Boot, und ich antwortete mit der Losung:

«Wir kommen rüber.»

Wir sprangen in das Boot und legten die restliche Wegstrecke bis zum Strand zurück. Jagua war eine stille Gemeinde mit einer Burg, von der wir nur die Silhouette erkannten. Mit einer Petroleumlampe leuchtend, führte uns der Mann den sandigen Weg entlang. Am Ende des Weges gab es eine Holzbrücke, und dort machten wir endlich das Boot aus, das uns mit laufendem Motor erwartete. Unser Führer hielt die Petroleumlampe hoch.

«Das ist die für euch bestimmte Tartane.»

Wir gingen an Bord und sahen nicht einmal das Gesicht des Mannes, der uns übersetzen würde. Ich überzeugte mich davon, dass unser Koffer verladen worden war, bemerkte, dass er feucht war, und hoffte inständig, dass die Feuchtigkeit nicht bis zu den Kleidungsstücken oder den Zigarettenschachteln durchdrang, Dutzende Zigarettenschachteln, von denen Enricos Leben abhing. Die Überfahrt dauerte über drei Stunden, und Enrico rauchte die ganze Zeit schweigend. Wir setzten uns auf ein morsches Bänkchen, und er klammerte sich an meinen Körper, er ließ mich nicht mehr los, nicht einmal, als wir die spärlichen Lichter und Umrisse der Berge auftauchen sahen, die Trinidad umringten.

Am Strand von La Boca wartete ein Auto auf uns. Es war wohl zwei oder drei Uhr nachts, die Straßen waren verwaist, und ich hatte Angst, dass die Leute von dem Lärm aufwachen und herausschauen würden. Der Wagen hielt vor einem schlichten Haus mit Gittern und Fensterläden, so wie alle anderen Häuser drum herum. Kaum waren wir ausgestiegen, ging die Tür auf, und wir sahen eine abgemagerte Negerin, die uns mit der altertümlichen Begrüßung empfing: «Seid willkommen, Euer Gnaden.» Die Hitze verfolgte uns, und Trinidad war zu jener Stunde ein Backofen voller Schatten und Gespenster. Wir streiften uns die sandgefüllten Schuhe ab, tranken einen ganzen Krug Orangensaft aus und legten uns mit dem Hahnenschrei schlafen. Enrico kümmerte sich nicht darum, die Bettwäsche zu überprüfen, er fragte nicht einmal, ob sie aus Leinen oder sauber genug war – was selbstverständlich nicht der Fall war. Seit der Flucht war er ein anderer, als hätte eine Zauberhand gewirkt, es lagen Welten zwischen dem Mann, der bei Nacht aus Cienfuegos geflohen, und dem, der im Morgengrauen in Trinidad angekommen war.

Entgegen den Behauptungen einiger Leute, habe ich nicht versucht, Enrico zu verhexen. Das sind Dinge, über die zu sprechen mir heute schwer fällt, aber ich schwöre bei Gott, dass ich nichts unternommen habe, um ihn «festzubinden», es gab weder *ayé* noch *morrubba* … Ich habe ihm nichts eingeflößt, ich habe ihm weder die Fingernägel geschnitten noch seine Bauchhaare benutzt, ich habe ihm nicht seine Flüssigkeiten geraubt, weder seinen Schweiß noch seinen Samen. Ich tat nichts weiter, als ihn in mir aufzunehmen, er versenkte sich in diesen chinesischen Körper, einen Körper, der die Scham einer Mulattin hatte. Er hielt sich auf eine spirituelle Weise an mir fest, eine Weise, die mit der Art unserer Reise zu tun hatte. Du musst wissen, dass die ganze Reise zu Wasser stattfand, das ist mein Element, Yemayás Reich, der Ort, an dem ich gebe, aber auch in Empfang nehme. Auf diesem Meer, in dieser ruhigen

Nacht wurden die chinesischen Gespenster wach, alle Gespenster der Fregatte *Oquendo*, und die afrikanischen Gespenster, die mit meiner Großmutter Petrona, einer gebürtigen Yoruba, angekommen waren. Es war eine Kraft, es gab großen Trubel, viele herumstreifende *egungún*, das sind die Toten, die ihre typischen Verrücktheiten veranstalteten. Ich spürte es in der Atmosphäre: Es war eine Nacht des Feuers und des Krieges, und schon im Bett konnte ich den Durst dieser Geister spüren, ihr Hin- und Herwandern – das macht sich im Haar bemerkbar, es fühlte sich an, als würde dir jemand mit einer Feder übers Haar fahren –, ihr Treiben und ihr Klopfen, mit dem sie um das Glas Wasser bitten, das ihnen Erleichterung verschafft. Im Traum war ich versucht aufzustehen, um ihnen Wasser zu geben und dafür zu sorgen, dass sie mich in Ruhe ließen. Aber die Erschöpfung machte mir das unmöglich, ich vermochte nicht einmal die Augen zu öffnen.

Als die Geister sich beruhigten, fuhr Enrico im Bett auf. Zuerst schrie er, und mir war sofort klar, dass er im Traum sprach. Es war noch ziemlich dunkel, und ich konnte kaum sein Gesicht erkennen, das schweißgebadet – was ja nichts Neues war –, aber durch den Albtraum auch verzerrt war.

Ich schüttelte ihn, und er öffnete die Augen, ich wusste nicht, ob er mich erkannte.

«Ich habe von meiner Beerdigung geträumt», sagte er.

Ich nahm ein Taschentuch und trocknete ihm die Stirn.

«Und mich», fragte ich ihn, «mich hast du nicht zufällig im Grab gesehen?»

Ich würde dich anlügen, wenn ich behauptete, dass ich keine Angst hatte. In meinem Innern zog sich alles zusammen, aber er schlief wieder ein, und zum ersten Mal seit vielen Tagen schien er wirklich auszuruhen, als wäre er glücklich in seiner Nachtruhe. Irgendwo läuteten Glocken, und das Dorf schien aufzuwachen. Ich hörte Pferdehufe, das Geschrei der Fischverkäuferinnen, klirrende Flaschen, das Weinen mehrerer Kinder, oder vielleicht war es nur ein Kind. Am späten Vormittag stand ich auf und ging in die Küche, dort traf ich die Negerin, die Milch wärmte, sie sah mich wieder respektvoll an und begrüßte mich mit demselben Satz wie in der Nacht zuvor: «Seid gegrüßt, Euer Gnaden.» Ich zog mich an und ging Brot kaufen. Es war das erste Mal, dass ich Trinidad im Sonnenlicht sah, und da konnte ich den Namen der Straße lesen, in der wir gelandet waren: Calle del Desengaño (Straße der Enttäuschung).

Am Nachmittag gingen Enrico und ich spazieren. Die Leute starrten uns neugierig an, weil sie wussten, dass wir nicht aus Trinidad waren, aber das bedeutete nicht, dass sie Enrico den Ausländer ansahen. Im Gegenteil, mit seinem Panamahut, seiner Drillichhose und den zweifarbigen Schuhen – weiße Spitzen auf der schwarzen Seite und schwarze Spitzen auf der weißen Seite – wirkte er wie der Besitzer einer Zuckerrohrplantage, wie ein Großgrundbesitzer von Sancti Spiritus. Wir kauften von den Zigarettendrehern in den Hauseingängen Tabak und tranken in einer Hafenkneipe Weißwein. Ich beobachtete Enrico verstohlen, ich sah ihn rauchend die Umgebung betrachten und erkannte kaum den gedemütigten und kränkelnden Mann in ihm wieder, den ich in Havanna kennen gelernt hatte. In dieser Seligkeit lebten wir ein paar Tage lang.

Ich habe nie nach Trinidad zurückkehren mögen, weil ich nicht an den Erinnerungen sterben wollte; ich wusste, wenn ich dorthin zurückkehrte, würde ich auf der Straße zusammenbrechen; ich wusste ganz genau, dass ich weder die Sehnsucht noch den Schrecken ertragen würde. Denn es gab Schrecken, Enriqueta, Schrecken und Blut.

Meine Hinterlassenschaft ist meine Erzählung. Das ist alles, was ich dir hinterlassen kann.

★ Ich hatte nicht an sie gedacht, bis ich an einem Sonntag im November die Tür öffnete und sie vor mir standen und mich fragten, ob sie meine Mutter besuchen könnten.

María Vigil und Amable Casanova waren kurz nach zehn Uhr morgens zusammen gekommen, und an ihrem Gesichtsausdruck und ihrer Kleidung konnte ich sehen, dass sie sich von der Frau verabschieden wollten, die so viele Jahre ihre Freundin gewesen war: Aida Petrirena Cheng, todkrank, an Krebs leidend.

Ich erklärte ihnen, dass meine Mutter noch schliefe, und sie sagten, wenn ich nichts dagegen hätte, würden sie warten, bis sie aufwachte. Ich antwortete, ganz im Gegenteil, so könnten wir uns ein Weilchen unterhalten; ich bat sie, sich zu setzen, und bot ihnen Kaffee an. Sie betrachteten mich beide neugierig, denn obwohl sie mich seit meiner Kindheit kannten, hatten wir uns lange Zeit nicht gesehen. María Vigil hatte ich bestimmt jahrelang nicht gesehen. Sie war um etliches älter als meine Mutter, weit über siebzig, und war auch Freundin und Kundin meiner Großmutter gewesen. María Vigil hatte das, was man eine bewegte Vergangenheit nennt, gehabt, und aus dieser Vergangenheit hing ihr noch immer ein Spitzname an, der auf ganz Kuba bekannt war: La Macorina. Einmal fragte ich meine Mutter, wie es möglich war, dass meine Großmutter, eine so rechtschaffene Frau, erlaubt hatte, dass die Macorina ihr Haus betrat und sich mit ihrer Tochter anfreundete. Meine Mutter antwortete, María Vigil sei immer eine diskrete Frau gewesen, immer hilfsbereit und immer da, wenn man sie am dringendsten brauchte. Sie erinnerte sich, dass María am Tag meiner Geburt mit der Hebamme gekommen und nicht von ihrer Seite gewichen war. Es war ihre Idee gewesen, mich Enriqueta zu nennen, eine Idee, die meiner Großmutter anfangs nicht gefiel, die meiner Mutter hingegen sehr zusagte.

An jenem Novembersonntag, während ich sie in kleinen Schlucken ihren Kaffee trinken sah, musterte ich María Vigils Gesichtszüge, wie ich es nie zuvor getan hatte. Sie hatte ein mageres Gesicht mit hervorstehenden Wangenknochen, trug das Haar zu einem kleinen Knoten zurückgekämmt und war sehr grau, aber ich glaubte mich zu erinnern, dass sie in jüngeren Jahren blond gewesen war. Es hieß, sie hätte mit vierzig ihre Abenteuer beendet, als sie sich in einen verheirateten Mann verliebte, der Schreibmaschinen reparierte. Über Jahre hinweg kam er bis zu seinem Tod jeden Morgen in Macorinas Haus; er traf sehr früh mit seinen defekten Maschinen ein und reparierte sie dort auf dem Esstisch, während sie ihm das Mittagessen zubereitete. Nachmittags räumte er sein Werkzeug zusammen, brachte die reparierten Maschinen zurück und kehrte heim in sein eigenes Haus, in dem er mit seiner Frau lebte.

Amable Casanova hingegen hatte ein viel ruhigeres Leben verbracht. Sie war im Alter meiner Mutter, vielleicht ein paar Jahre jünger, Witwe eines Handelsschiffers, mit dem sie keine Kinder gehabt hatte, und schließlich war sie von einem Dominikanermönch aus dem Kloster San Juan de Letrán umworben worden. Zu dem Zeitpunkt, als meine Mutter erkrankte, kam sie zu uns und fragte um Rat, ob es schicklich sei, diesen Dominikanermönch zu erhören oder nicht, der versprochen hatte, die Ordenskleider abzulegen, sobald Amable ja sagen würde. Sie war keine schöne Frau, aber sie hatte einen Körper, der einen Priester leicht hinreißen konnte: große Brüste, die ihr fast aus dem Ausschnitt quollen, und Hüften wie eine Wäscherin, sowie ihren Schönheitsfehler, eine weiße Strähne. Dieser Schönheitsfehler wirkte wie ein Fingerzeig inmitten ihres schwarzen lockigen Haares.

Während meine Mutter schlief, erläuterte ich ihnen Aidas Krankheit und erklärte ihnen, dass niemand wüsste, wie viel Zeit ihr genau bleibe, dass der Arzt jedoch bezweifelte, dass sie bis zum Jahreswechsel überlebe. Die beiden wurden blass, María Vigils Augen wurden feucht und sie sagte, sie hätte nie gedacht, dass meine Mutter vor ihr sterben könnte.

«Ich habe immer geglaubt, wenn sie sich aus Trinidad retten konnte», flüsterte sie und sah zu Boden, «würde sie sich vor allem retten können.»

Amable Casanova fuhr hoch und sah mich erschrocken an. Meine Mutter hatte die beiden sicherlich darüber unterrichtet, dass sie mir ihre Geschichte erzählte, aber sie konnten weder wissen, wie weit sie mit ihrem Bericht fortgeschritten war noch welche Einzelheiten ich kannte oder welche sie mir vielleicht für immer verheimlichte.

«Sie hat mir alles erzählt», sagte ich zu ihnen und versuchte, gelassen zu wirken. «Gestern hat sie angefangen zu erzählen, was in Trinidad passiert ist.»

Amable suchte María Vigils Unterstützung, bevor sie irgendetwas sagte, aber María Vigils Blick war weiter auf den Boden geheftet.

«Manches wiederholt sie», fügte ich hinzu und bereitete damit das Terrain vor, um die Gelegenheit zu nutzen und die beiden Frauen zu überreden, mir zu erzählen, was sie wussten. «Ich weiß nicht, ob es mit der Krankheit zu tun hat, aber sie verwechselt Daten und manche Namen hat sie vergessen. Ich schreibe alles auf, ich werde es chronologisch festhalten.»

María Vigil hob den Kopf.

«Und warum willst du es chronologisch festhalten?»

«Ich will wissen, was mit ihnen geschah», antwortete ich. «Ich will wissen, warum mein Vater mir weder seinen Namen gab noch kam, um mich kennen zu lernen.»

«Du weißt ja», flüsterte Amable, «dass er mit einer Amerikanerin verheiratet war und eine kleine Tochter mit ihr hatte.»

«Außerdem», fügte María hinzu, «wie sollte er herkommen

und dich kennen lernen, wenn er gleich darauf starb? Das war das Problem, Enriqueta, du warst ein Baby, ein paar Wochen oder wenige Monate alt.»

Amable sah mir in die Augen, sie war eine Frau mit gewaltiger Kraft im Blick. Wie mir meine Mutter erzählt hatte, die sie von klein auf kannte, besaß sie die Fähigkeit, aus Aquamarinen, diesen blauen Steinen, die Zukunft zu lesen. Wenn sie wollte, konnte sie sie auch im gelben Topas sehen.

«Ich weiß nicht, was Aida dir erzählt hat», sagte Amable. «Ich weiß allerdings, dass sie dir alles oder fast alles erzählen wird. Es gibt Dinge, von denen du nicht erwarten kannst, dass man sie dir erzählt. Sie sind sehr persönlich, und es ändert nichts, wenn du sie erfährst.»

Wir redeten leise und sorgten dafür, dass meine Mutter in ihrem Zimmer uns nicht hörte. María Vigil hatte ein Taschentuch herausgezogen und sich die Tränen getrocknet. Ich schob meinen Sessel näher zu dem Sofa, auf dem die beiden saßen, und sprach in vertraulichem Ton, wobei mich der Kummer manchmal überwältigte.

«Ich schreibe alles, was sie mir erzählt, in ein Heft, und in einem anderen notiere ich, was mir die Leute berichten, die, die sie damals kannten, und die, die meinen Vater kannten. Ich habe auch die befragt, die am Tag der Bombe im Theater waren.»

«Die Bombe!», rief María Vigil. «Mein Gott, das war im Jahr 1920.»

Amable Casanova beugte sich vor.

«Willst du aufschreiben, was ich dir erzähle?»

Ihre Freimütigkeit überraschte mich; ich nickte und ging mein Heft holen.

«Schreib auf, Enriqueta: Diese verhärmte Chinesin, die du jetzt im Bett liegen siehst, ist nicht deine Mutter. Deine Mutter war eine Schönheit, sie wirkte nicht wie eine Kubanerin, aber auch nicht wie eine der vielen Chinesinnen. Sie war ein Bild von einer Frau. Yuan Pei Fu, ihr leiblicher Vater, war ein schlauer Hexer, der vielen Geschäften nachging, aber ich erinnere mich, dass er deine Mutter bewunderte, wie auch Noro Cheng sie bewunderte, der ihr Vater zum Schein war.

Calazán hatte im Januar alles im Ékuele gesehen, aber ich hatte es noch viel früher gesehen. Ich sah es in einem Stein, einem Aquamarin, den mir mein Mann von einer seiner Reisen mitgebracht hatte. Aus den Steinen zu lesen ist nicht leicht. Man muss den Blick länger als fünf Minuten auf den Edelstein heften, und man muss es mit leerem Kopf tun. Manchmal füllen sich die Augen mit Tränen, dann muss ich sofort aufhören. Wenn sich der Stein öffnen will – so nennt man das, wenn er uns die Zukunft aufzeigt –, dann wirkt es, als entsteige dem Aquamarin ein Dunst, ein violetter Rauch, als ob der Stein sich verflüssigt. Und in dieser Flüssigkeit sieht man schließlich alles. Dort sah ich deine Mutter, und ich sah, selbst wenn es dir wie eine Lüge erscheint, auch ein kleines Mädchen, das warst du, in ihren Armen. Damals träumten wir nicht einmal davon, dass Enrico Caruso in Havanna singen würde. Aber auch ihn sah ich, zwischen Rauchwolken und Trümmern, und ich sah, so wie ich dich jetzt sehe, den armen Teufel, der die Bombe legte. Ich wusste immer, wer sie gelegt hat.

Ich erinnere mich, dass ich an dem Abend, als ich all das sah, aus dem Haus lief und hierher eilte. Deine Großmutter nähte, die Arme war immer am Nähen, und deine Mutter badete gerade. Bevor ich ankam, wusste ich schon, dass man mir sagen würde, sie sei im Bad. Deine Großmutter hatte auch ihre Fähigkeiten, das vererbt sich in den Familien, und kaum, dass sie mich erblickte, wusste sie, dass ich etwas Schreckliches gesehen hatte. Sie stand auf und kam auf mich zu: ‹Was ist passiert, Amable?› Ich schüttelte den Kopf. ‹Ich weiß es nicht, Domitila, ist etwas explodiert?› Ich sagte ihr nicht, dass du auf dem Weg warst, denn sie hätte gedacht, dass Aida schwanger sei, und dem war nicht so. Du hast noch Runden gedreht; obwohl noch Monate fehlten, bis du in den Bauch deiner Mutter eingedrungen bist, hast du dich schon angekündigt; manche Wesen kündigen sich an, bevor sie gezeugt werden.

Enrico Caruso wurde verrückt, als er Aida kennen lernte. Sie sagte, sie hätten sich im Hotel Inglaterra kennen gelernt, aber meiner Meinung nach haben sie sich ein paar Tage vor der Bombe im Theater kennen gelernt. Sie wollte mir gegenüber nie zugeben, dass sie im Theater gewesen war, obwohl sie das oft tat, sie ging hin, um die eleganten Frauen in der Oper zu betrachten, sie studierte die Kleider, die sie trugen, und kopierte sie später als Schnitt auf Papier. Sie und deine Großmutter nähten gleich gut, sie hatten ihre Kundinnen, die großzügig für diese Kopien bezahlten.

Vielleicht war sie in der Nähe des Theaters, und er traf gerade ein und verliebte sich sofort. Es war für keinen Mann leicht, an einer Frau wie deiner Mutter vorüberzugehen. Am wenigsten für Caruso, von dem alle Welt wusste, dass Frauen seine Schwäche waren.

Mitte Juni explodierte die Bombe. Eine Nachbarin sagte, dass es Tote und Verletzte im Theater gegeben hätte. Der Gedanke, dass Aida damit zu tun haben könnte, traf mich wie der Blitz. Mein Mann war auf Reisen, ich befand mich allein im Haus und traute mich um diese Nachtzeit nicht hinaus, um Näheres zu erfahren. So wartete ich bis zum nächsten Morgen, ging früh in euer Haus, und das Erste, was deine Großmutter zu mir sagte, war: ‹Es ist explodiert, was explodieren musste.› Ich fragte sie, ob es deiner Mutter gut ginge, und sie sagte ja, sie wäre jedoch in Regla bei José de Calazán. Ich erinnere mich, dass deine Großmutter mich damals bat, mich zu setzen, sie sagte, ich sei für sie wie ein Familienmitglied, wie eine Schwester ihrer Tochter, und um mir ihre Zuneigung zu beweisen, würde sie mir etwas sehr Ernstes anvertrauen: ‹Aida ist mit diesem Mann, diesem so genannten Caruso, in Regla.› Dann bat sie mich, ihr alles Weitere zu erzählen, sie glaubte, dass ich im Aquamarin etwas anderes gesehen hätte. Ich widerstand der Versuchung, ihr von deiner Geburt zu erzählen, aber sie hatte Tränen in den Augen und sagte, Calazán hätte viel Blut und dein Großvater, Aidas wirklicher Vater, etwas Schreckliches in Sanfancóns Rauch gesehen. Sie tat mir Leid, auch meine Augen wurden feucht, ich spürte das Gewicht auf meinem Gewissen.

‹Ich habe kein Blut gesehen, Domitila, ich schwöre es Ihnen.› Sie fasste meine Hand: ‹Und wenn du kein Blut gesehen hast, Amable, sag mir eines: Was ist es, was du mir nicht sagen willst?› Ich konnte es ihr nicht verschweigen und sagte es ihr schließlich; ich gestand ihr, dass ich ein Kind in Aidas Armen gesehen hatte und dass sie bestimmt schwanger aus dieser Geschichte hervorginge.

Deine Großmutter wurde nachdenklich. Sie sagte, sie hätte sich immer gewünscht, dass Aida wieder ein Kind bekäme, damit sie sich über den Verlust ihrer ersten Tochter hinwegtröstete, aber jetzt hätte sie Angst, dass dieses Kind im falschen Moment käme oder dass sie es von einem Mann bekäme, der nicht der Richtige sei. ‹Sag mir, ob sie von Caruso schwanger wird›, bat sie mich. ‹Dieser Mann ist am Ende. Calazán hat es gesehen und versucht zu erwirken, dass er nicht auf Kuba stirbt.›

Ich schwor ihr, dass ich nicht mehr wüsste und auch nicht daran dachte, erneut in den Aquamarin zu sehen, weil es mir Angst machte. Ich ging und kam nicht mehr in euer Haus, bis deine Mutter aus Trinidad zurückkehrte und sie selbst mich rufen ließ.

Du solltest ihr nicht sagen, dass ich dir das erzählt habe. Ich weiß nicht, ob du es schon wusstest, aber mir schien, du solltest es wissen.»

Ich dankte ihr und stand auf, um nachzusehen, ob meine Mutter inzwischen aufgewacht war. Auf Zehenspitzen betrat ich ihr Zimmer und traf sie mit offenen Augen an. Ich wünschte ihr einen guten Morgen und erzählte ihr, dass ihre Freundinnen María Vigil und Amable Casanova darauf warteten, sie zu sehen. Sie bat mich, ihr aufstehen und sich anziehen zu helfen, und beklagte sich darüber, dass ich sie nicht früher geweckt hatte.

Als sie angezogen war, ging ich ins Wohnzimmer zurück, wo die beiden Frauen leise miteinander redeten. Amable stand sofort auf, aber María Vigil blieb sitzen und musterte mich von oben bis unten. Plötzlich stand sie auf, folgte mir in die Küche und fuhr mir mit der Hand übers Haar.

«Ich kann nichts im Aquamarin sehen, Enriqueta, ich besitze diese Fähigkeit nicht. Aber ich habe etwas anderes: viel Lebenserfahrung. 1920 war ich im Vergleich zu deiner Mutter eine alte Frau. Ich hatte mich schon zurückgezogen, wenn du verstehst, was ich meine. Du weißt, wer ich bin, deine Mutter hat es dir bestimmt erzählt, und wenn sie es dir nicht erzählt hat, wissen die Leute auf der Straße, wer die Macorina ist. Hier wurde dieser Name nie erwähnt, deine Großmutter nannte mich immer María, deine Mutter ebenfalls, und du, seit du ein kleines Mädchen warst, hast keinen anderen Namen gekannt. Deshalb habe ich die Frauen dieses Hauses immer geliebt. Ich werde dir etwas erzählen: Deine Mutter hat die Romanze mit Caruso nie bereut, und er dürfte sie ebenfalls nicht bereut haben. Er hat Dinge für sie getan, die ein Mann nicht tut, außer, er ist sehr verliebt. Ich habe sie in Regla gesehen, als ich deine Großmutter ins Haus von Cheché, so haben wir Calazán genannt, begleitet habe. Ich habe draußen gewartet, bis deine Großmutter mit deiner Mutter gesprochen hatte. Calazán kam heraus, um mich zu begrüßen, ich war damals fast vierzig, aber ich hatte noch immer ein bisschen Angst, diesen Neger zu treffen. Es war nämlich so, dass mich Calazán viele Jahre zuvor, als er ein junger Babalawo und ich in blühender Jugend war, heftig umworben hat. Jemand warnte mich, Calazán wolle mich festbinden, ich war blond und weiß, und er redete davon, dass er mit mir zusammen sein wollte und dass er bereits den *afoché* vorbereitet hätte, das war ein Pulver, damit ich klein beigebe. Ich lebte jahrelang sehr in Angst, aber es geschah nichts mit mir, keine Hexerei wirkte sich aus, denn ich hatte mein Schutzamulett, das mir beistand. Dieses Schutzamulett hatte mir Yuan Pei Fu angefertigt, er höchst persönlich, und ich hatte es in seiner Anwesenheit schlucken müssen, denn den Schutz der chinesischen Babalawos schluckt man, und dann kann einem keiner mehr etwas anhaben. An jenem Tag, als ich deine Großmutter nach Regla begleitete, schmeichelte Calazán mir sehr und sagte, ich könne hereinkommen, in seinem Haus würde niemand gefressen werden. Ich antwortete ihm, dass ich es vorzog, draußen zu warten, denn ich wusste, dass die Atmosphäre drinnen sehr angespannt war. Dann fragte ich ihn nach Aida, und er antwortete, dass er sich um sie kümmerte, und ich fragte ihn nach Caruso, und er sagte, dass er für diesen nichts mehr tun könnte, weil er schon tot sei, und die Toten könnte nur Oyá versorgen. Er fügte hinzu, dass er wegen eines Mannes, dem Ikú bereits seine Hand gereicht hat, nicht das Reich der Heiligen betreten oder mit den Orishas kämpfen würde.

Dann bot er mir an, einen Blick auf den Schlafenden zu werfen. Wir gingen hinters Haus und sahen durch ein Fenster. Es war das erste und letzte Mal, dass ich deinen Vater gesehen habe. Er war nackt, man hatte ihm ein weißes Tuch auf die Stirn gelegt, er war dick und hatte eine Halbglatze, und sein ganzer Körper war mit Schweiß überzogen. Eine Fliege hatte sich auf seinem Gesicht niedergelassen, und andere schwirrten drum herum. Calazán legte mir seine Hand auf den Rücken. ‹Er ist im Begriff zu gehen, aber ich will nicht, dass er geht, solange er mit meinem Schützling zusammen ist.› Ich fragte ihn, ob Caruso krank sei, und er antwortete mir, schwer krank sei er nicht, aber er wäre schon gezeichnet angekommen, was schlimmer sei, als krank sein. Er fuhr mit seiner Hand meinen Rücken bis zu den Pobacken hinunter und sagte zu mir: ‹Verdammt, wie viele Seile habe ich geknüpft, um dich festzubinden, Macorina.› Ich lachte auf. ‹Ach, mein alter Cheché, warum begreifst du nicht, dass ich einen chinesischen Schutz habe und dass gegen die chinesische Hexerei keiner was ausrichten kann?›

Ich war glücklich, denn am Tag, als die Bombe explodierte, es war ein Sonntag, hatte es an meiner Tür geklingelt, und als ich aufmachte, stand ein schlanker, gut angezogener Mann mit sauberem Hemd und einem Strohhut vor mir. Er hatte einen Schnurrbart und sprach ausgesprochen korrekt, es war zu merken, dass er gebildet war. Er fragte mich, ob aus meinem Haus angerufen worden wäre, wegen einer Schreibmaschinenreparatur. Ich erklärte ihm, dass es bei mir keine Schreibmaschine gäbe, aber vielleicht im Nebenhaus, weil dort ein Notar wohnte. Er sah mich an, als könne er sich nicht zum

Gehen entschließen. Er war jünger als ich, höchstens dreißig oder zweiunddreißig Jahre alt, und er schwitzte, der Sommer 1920 war heißer als jeder Sommer, an den ich mich erinnere. Und weil es so heiß war, lud ich ihn zu einer Limonade ein.

Mich wunderte, dass er sonntags arbeitete, und sagte es ihm. Er erklärte mir, dass er unter der Woche Geschäfte aufsuchte und an den Sonntagen die Schreibmaschinen von Notaren und solchen Leuten reparierte, die zu Hause arbeiten. In dem Moment wurde an mein Fenster geklopft, ich beugte mich hinaus, und von der Straße aus riefen sie mir zu, dass es im Teatro Nacional eine Explosion gegeben habe und dass alle, die drinnen gewesen waren, tot seien. Als er das hörte, ließ der Mann die Limonade stehen und stand auf. Ich sah, dass er gehen wollte, und empfahl ihm, es nicht zu tun, für den Fall, dass es noch eine Explosion gäbe. Er setzte sich wieder. Das war mein Glück.

Als ich am nächsten Tag mit deiner Großmutter nach Regla fuhr, war ich so fröhlich, wie seit langer Zeit nicht mehr, und wäre nicht die Sorge um deine Mutter gewesen, hätte ich diese Bombenexplosion gepriesen. Von da an besuchte mich Angelito Capiró, so hieß dieser Mann, jeden Tag und brachte seine Arbeit mit in mein Haus. Er war sehr rücksichtsvoll, er machte keinen Krach, er setzte sich, reparierte seine Schreibmaschinen und bat mich um Kaffee. Die Monate vergingen, es wurde März, ich hing sehr an deiner Mutter und kam oft in euer Haus. Eines Morgens ließ deine Großmutter die Hebamme rufen, sie solle schnell kommen, und die Hebamme, eine gute Freundin von mir, kam auf dem Weg bei mir vorbei und gab mir Bescheid. Wir kamen gemeinsam her, und ich sah dich auf die Welt kommen, eine Geburt, die mir ziemlich leicht erschien, die deiner Mutter aber große Schmerzen verursachte. Als ich nach Hause kam, wartete Angelito auf mich. Ich erzählte ihm, dass du geboren seist, er kannte die Geschichte schon und wusste, dass du Carusos Tochter bist. Er fragte mich, wie du heißt, und ich antwortete ihm, dass du noch keinen Namen hättest. Dann, da er so gebildet war, sagte er, dass sie dir einen

Namen aus einer Oper geben sollten. Ich schrieb auf, was ihm einfiel: Adina, Santuzza, Nedda und andere, noch merkwürdigere Namen. Ich versicherte ihm, dass deine Mutter dir keinen davon geben würde, am wenigsten Santuzza, niemand auf Kuba würde es wagen, sich so zu nennen. Er umarmte mich: ‹Nun, mein Schatz, sollen sie sie doch Enriqueta nennen, dann hat sie etwas von ihrem Vater.›

Und so kam ich am nächsten Tag mit dieser Idee hierher. Da du seinen Familiennamen nicht tragen konntest, würdest du zumindest seinen Namen tragen. Den konnte dir niemand nehmen.

Angelito kannte dich als Kind, du erinnerst dich bestimmt nicht mehr, aber er rief dich Enrica, Carusita, Carusela und mit anderen Namen, die er aus den Opern hatte, und du hast sie gerne wiederholt. Jahre später starb er ganz plötzlich in seinem Haus, gerade als er sich fertig machte, um zu mir zu kommen. Ich erfuhr es erst Tage später, als seine Frau ihn schon beerdigt hatte.

Ich weinte wie eine Irre und fühlte mich wie seine Witwe. Er war die große Liebe meines Lebens, die mir die Bombe schenkte. Von jenem Tag an gab es keine Macorina mehr.

Himmel! … Aida!

Es gab eine Zeit, in der sich die Hexen von Trinidad – die nicht schwarz wie die von Cárdenas, sondern weiße Hexen von den Kanarischen Inseln waren – zu treffen und auf dem Hügel von La Vigía ihre Feste zu feiern pflegten. Sie stiegen abends hinauf und kamen im Morgengrauen herunter, und auf dem Weg verstreuten sie ein Pulver, das nach Fisch roch. Die Menschen atmeten es ein und erkrankten am Nesselfieber oder erblindeten, und die Kinder wurden gelähmt: Sie fielen steif und mit erstarrten Händchen um.

Diese Geschichte erfuhr ich viele Jahre später, als du, Enriqueta – du warst ein sehr lesebegeistertes Kind – ein Buch mit nach Hause gebracht und mir die Zeichnung von Trinidad gezeigt hast. Du dürftest so dreizehn oder vierzehn Jahre alt gewesen sein, ich weiß sicher, dass dir niemand davon erzählt hat, dass deine Eltern sich dort aufgehalten haben, aber auf geheimnisvolle Weise bist du auf den Turm aufmerksam geworden, der zum Kloster gehörte, und dann wolltest du, dass ich die Geschichte von den Hexen lese, du hast auf den Höhlen beharrt: «Caniquí», hast du gesagt. «Die Höhle von Caniquí», und als ich dich das sagen hörte, wurde ich unruhig, fühlte diese Beklemmung, die in der Brust hochsteigt, eine Mischung aus Angst und Unglück.

Am Morgen unseres zweiten Tages in Trinidad bat ich Enrico, am Strand spazieren zu gehen. Auf der Straße blieb ich an einem Stand stehen, um Turrones zu kaufen, sie sind aus dem Samen des Kaschubaums und lindern Übelkeit. Er rauchte und wollte keine essen, aber mich, die ich noch nicht wusste, dass ich schwanger war, gelüstete danach, Turrones zu essen oder Zuckerrohrsirup zu trinken. Ich wollte nur Süßes.

Beim Spazierengehen nahm ich diesen Fischgeruch wahr, nicht den Geruch nach frischem Fisch, der ein bisschen dem des Meeres ähnelt, sondern etwas anderes, eine Art Kneipendunst, fettig und stark salzig. Enrico beklagte sich, dass ihm die Augen brannten, und mir fingen die Arme zu jucken an. Diese Beschwerden verschwanden, kaum dass wir am Strand ankamen, der ganz verwaist war. Wir setzten uns ein Weilchen in den Sand, und Enrico wollte schwimmen; er zog das Hemd aus und krempelte die Hose hoch, dann schwamm er vor mir hin und her, die ich am Ufer sitzen blieb. Später erzählte er mir, dass er absichtlich Meerwasser geschluckt hätte, denn das täte seiner Stimme gut.

Zu Mittag spazierten wir zurück nach Hause. Enrico erwähnte zum ersten Mal, seit wir in Trinidad waren, Mario und Zirato. Die anderen nannte er nicht, aber er flüsterte, dass er sich den Aufruhr zu dieser Stunde in Havanna und vielleicht auch in New York gar nicht vorstellen wollte, wo die Nachricht von seinem Verschwinden sicherlich schon angelangt war. Er sah zu Boden, auf die Straße aus Flusskieseln und Lehmziegeln – dieser Mischung, auf der manche Schritte widerhallten und andere nicht. Ich bin überzeugt, dass er an seine amerikanische Frau und seine kleine Tochter dachte und vielleicht an seine Familie in Neapel. Bevor wir zu Hause ankamen, fragte er mich, ob ich irgendeine Nachricht vom Cabildo erhalten hätte. Ich erklärte ihm, dass es noch zu früh sei, dass sie uns benachrichtigen würden, wann wir nach Havanna zurückkehren könnten, und dass sie es uns durch die Negerin ausrichten lassen würden, die für uns kochte, sie war Nicolás Iznagas Vermittlerin.

Beim Mittagessen planten wir einen weiteren Spaziergang: Wir hatten einen Park mit schmiedeeiserner Pergola gesehen, und man hatte uns erzählt, dass an jenem Abend dort eine Kapelle spielen würde. Nach dem Essen machten wir einen Mittagsschlaf. Das war eher Enricos denn meine Gewohnheit, aber an jenem Nachmittag überwältigte der Schlaf uns beide. Ich schrieb dies dem Strandspaziergang und dem Fischgeruch, diesem scharfen, so ranzigen Geruch zu, der sich in unseren Nasen festgesetzt hatte. Enrico legte sich zuerst hin, und ich folgte ihm taumelnd, ich ließ mich aufs Bett fallen und sank in einen Halbschlaf; ich sah Licht und hörte Geräusche, aber gleichzeitig war ich unfähig, mich zu bewegen. Ich erinnere mich, dass ich irgendwann ganz verzweifelt war, weil ich aufwachen wollte und es nicht konnte; ich schluchzte im Schlaf, und Enrico hätte meine Schluchzer hören müssen, aber auch er konnte nicht aufwachen. So vergingen die Stunden, es war nicht normal, wir haben nicht aus Genuss so lange geschlafen.

Als ich endlich wieder die Augen öffnen konnte, war es bereits dunkel. Das Lämpchen im Zimmer war angezündet, und als Erstes sah ich die Silhouette eines Mannes, der vor mir stand. Es ging alles sehr schnell: Dieser Mann stürzte sich auf mich, es war ein korpulenter Mulatte, dem ich nur mit großer Mühe entwischen konnte. Ich stieß einen Schrei aus und sprang aus dem Bett, ich wusste nicht, ob Enrico schon wach war, ich versuchte nur, zur Tür zu gelangen, aber es war sinnlos: Der Mann presste mich an seinen Körper und hielt mir den Mund zu. Ich verspürte Atemnot und begann, mit den Beinen zu strampeln, ich versuchte, ihm in die Hand zu beißen, einen Moment lang konnte ich den Kopf drehen und stellte fest, dass ein zweiter Mann ins Zimmer gekommen war und mit Enrico rang. Vom Miteinanderringen gingen sie zu Schlägen über, mehr konnte ich nicht sehen, weil ich ins Wohnzimmer geschleppt wurde. Die Fenster standen offen, und die Negerin, die uns versorgte, beobachtete zusammengekauert und mit angstvoll aufgerissenen Augen alles von der Tür aus. Als ich am Tisch vorbeigezerrt wurde, gelang es mir, ein Glas zu schnappen, ich versuchte, es im Gesicht des Mannes zu zerschlagen, aber er schubste mich an die Wand und das Glas zerbrach in meiner Hand. Eine Glasscherbe schnitt mir in die Finger. Ich habe sie mir nicht ganz abgeschnitten, aber später mussten sie mir amputiert werden: diese drei, die mir seither fehlen.

Ich wurde aus dem Haus geschleppt und in ein Auto gezerrt. Ich weiß nicht, ob uns jemand auf der Straße sah, ich konnte nicht mehr schreien, die Anstrengung und der Schmerz hatten mich schwindlig gemacht. Ich dachte, dass sie Enrico umbringen würden oder dass er schon tot sei, und da entspannte sich mein Körper, ich ließ mich fallen, ich wollte sterben und hatte den Eindruck, dass es mir gelang. Es war ein behagliches Hinabsinken, ein Moment des Friedens inmitten des Wahnsinns. Ich glaube, das nennt man Resignation.

Ich war fast bewusstlos und hielt den Kopf gesenkt. Deshalb habe ich das Gesicht des Mannes nicht mehr gesehen, der seinerseits kein Wort sprach. Ich kannte weder seine Stimme noch seinen Tonfall; ich könnte nicht sagen, ob er Ausländer war oder nicht. Nach einer Weile hielt der Wagen an, und ich wurde zum Aussteigen gezwungen. Ich konnte mich nicht auf den Beinen halten, so dass der Mann mich hochhob und mit mir auf den Armen loslief. Wir waren auf dem freien Feld, und ich hörte die Geräusche der Nacht: Grillen und Nachtvögel. Ich dachte an meine Mutter und an Noro Cheng, der in den offiziellen Papieren mein Vater war, und erst in diesem Augenblick begriff ich, dass er auch mein Vater im Herzen war. Ich erinnerte mich an Baldomero und unsere gemeinsame Tochter, und ich erinnerte mich an meine Großmutter. In meiner Verwirrung glaubte ich, dass mich alle diese Toten umringten und begleiteten. Ich weiß nicht einmal, wie lange ich getragen wurde, das Einzige, woran ich mich hinterher erinnern konnte, war, dass der Weg auf und ab ging und dass sich dieser Mann trotz allem ohne Licht orientierte.

Ich schloss die Augen und öffnete sie erst wieder, als wir stehen blieben. Es roch anders, die Geräusche des Berges waren verstummt, und stattdessen waren andere Geräusche zu hören, ich konnte sie kaum unterscheiden, aber als der Mann weiterging, tat er es langsam, als fiele es ihm schwer, sich zu orientieren oder das Gleichgewicht zu halten. Gleich darauf gab er es auf oder gelangte an den Ort, wo er mich offensichtlich zurückzulassen gedachte: Ohne große Rücksicht ließ er mich zu

Boden fallen, schubste mich an eine Wand und verschwand. Ich lehnte den Kopf zurück und entdeckte, dass die Wand sehr feucht war, ein paar Steine standen hervor, und um mich herum waren Pfützen. Ich begriff, dass ich mich in einer Höhle befand.

All diese Jahre wollte ich mich erinnern, wie ich jene Nacht verbracht habe, aber es war unmöglich. Ich weiß, dass ich trotz des großen Blutverlustes nicht ohnmächtig wurde. Ich weiß auch, dass ich nicht schlief. Aber diese Stunden sind aus meinem Gedächtnis gelöscht, als hätte sich ein anderer Geist an die Stelle meines Geistes gesetzt und gelebt, was ich durchleben musste. Meine Mutter erklärte mir Jahre später, ich wäre in jener Nacht «besetzt» gewesen, besessen von der Herrin meines Kopfes, das ist die Heilige, die ich anbete. Yemayá ist eine Ganzheit, aber sie hat sieben Wege. Sie kann Olokúns Botin sein und im lauwarmen Wasser plantschen; oder sie kann Olofis Sekretärin sein und durch die Gänge einer Höhle irren. Im ersten Fall heißt sie Yemayá Asesu und im anderen Yemayá Achabá. Ich weiß nicht, welche von den beiden bei mir blieb und mit all dem, was mich umgab, kämpfte: Wassertiere und giftige Schlangen, Fledermäuse und Blutegel. Ich frage mich noch immer, warum sie mich nicht gefressen haben und warum sie nicht in meinen Bauch eindrangen, um dich zu fressen.

Als ich wieder zu mir kam, fielen Lichtstrahlen in den Höhleneingang. Ich spürte meine Beine fast nicht mehr, sie waren eingeschlafen, aber ich versuchte, mich vorwärts zu schleppen und ins Freie hinauszugelangen. Auf Grund meiner Schwäche kamen und gingen diese Gedanken, sie reiften nicht lang genug, um eine Entscheidung zu treffen oder meinen Muskeln Befehle zu erteilen. Ich hob meine Hand, die zu brennen anfing. Im Halbdunkel konnte ich die herabhängenden Finger erkennen, Fleischstückchen, die nicht mehr zu mir gehörten und die ich auch nicht mehr spürte. Ich fing zu weinen an, nicht über meine Finger, sondern über Enrico. Ich dachte an die Tragödie meines Lebens und an seinen Tod. Und dass meine Mutter niemals erfahren würde, wo meine Knochen ruhten, dass weder Calazán noch Yuan Pei Fu ihr helfen könnten, sie zu finden.

Als Nächstes spürte ich eine Erschütterung, jemand rief meinen Namen. Mindestens zwei Männer halfen mir aufzustehen, ich wusste nicht, wie viele in die Höhle gekommen waren, ich sah alles verschwommen und konnte auch den Mann nicht erkennen, der mich hochhob und hinaustrug. Erst als wir ein gutes Stück Weg zurückgelegt hatten, wurde mir klar, dass es Nicolás Iznaga war.

Wir kehrten nach Trinidad zurück. Wie in einem Traum spürte ich, dass sie mich aus dem Auto hoben und ins Haus brachten, das voller Schwarzer war. Im Salon setzten sie mich in einen Schaukelstuhl und gaben mir einen Milchkaffee, aber ich wollte ihn nicht trinken. Stattdessen erbrach ich eine Flüssigkeit aus meinem Magen, das Wasser, das ich von den Höhlenwänden geleckt hatte. Ich erbrach mehrmals und entleerte mich über meinen Rock. Eine Negerin hielt meinen Kopf und blies mir ins Gesicht, mit diesem Atem streifte mich der Geruch von Aguardiente. Das belebte mich ein bisschen, genug, um den Arm zu heben und vom Entsetzen gepackt zu werden, angesichts der Fingerstummel, des getrockneten Blutes und der Hautlappen, die sich niemand endgültig abzutrennen traute.

Nicolás Iznaga baute sich vor mir auf.

«Ich habe deinen Paten benachrichtig», sagte er.

Es fiel mir schwer, meine Zunge zu bewegen, ich dachte, sie müsste extrem angeschwollen sein. Unter großen Anstrengungen gelang es mir, nach Enrico zu fragen.

«Der Arzt war schon bei ihm», war Iznagas Antwort. «Jetzt kommt er zu dir.»

Ich war unfähig aufzustehen, also legte ich den Kopf zurück und döste oder wurde vielleicht ohnmächtig. Ich öffnete die Augen, als ich spürte, dass jemand meine Hand berührte. Es war ein Mann mit Brille, sein Gesicht war voller Sommersprossen und er hatte einen blonden Schnurrbart, der parfümiert roch. Obwohl, vielleicht kam dieser Duft von seinen

Lippen. Zu jener Zeit gab es Leute, die sich den Mund parfümierten.

«Haben Sie keine Angst», flüsterte er.

An der Art, wie er meine Finger bewegte und die Wunden untersuchte, wurde mir bewusst, dass er der Arzt war.

«Ich muss sie mitnehmen», sagte er zu Nicolás Iznaga. «Hier kann ich sie nicht operieren.»

Meine Zunge war wie ein Ziegelstein, wie eine der Bodenfliesen. Unter Schmerzen und mit Mühe bewegte ich diesen Stein und sagte, ich wolle Enrico sehen. Der Arzt sah Nicolás Iznaga an, der den Kopf schüttelte. Ich weiß nicht, woher ich die Kraft nahm, ich glaube, aus meiner Wut, ich sprang auf und lief ins Schlafzimmer. Niemand hielt mich auf, und ich war mir sicher, dass er tot sei. Das Lämpchen war an, ein scharfer Geruch nach Medikamenten stieg mir in die Nase, und ich sah argwöhnisch zum Bett. Da lag er auf einen Stapel Kissen gebettet wie ein Meerestier, das am Ufer gestrandet ist. Neben ihm stand eine Nonne, die ihm gerade den Arm verband. Er blickte mich an, als sähe er ein Gespenst.

«Aìda.»

Ich ging langsam auf ihn zu, denn die Tränen nahmen mir die Sicht. Mit meiner gesunden Hand streichelte ich ihm übers Gesicht, die geschwollene Wange und einen kleinen Schnitt nahe beim Ohr. Auch ich dürfte ein verunstaltetes Gesicht gehabt haben, denn auch er hob eine Hand, um mich zu berühren, streifte mich aber kaum.

«Das ist alles meine Schuld», sagte er.

Ich ließ nicht zu, dass er meine kaputten Finger sah. Ich glaube, er hat nie erfahren, dass ich sie verloren habe.

«Ich bin ja hier», war das Einzige, was ich zu sagen imstande war.

Nicolás Iznaga war mir gefolgt; er sagte, dass der Arzt mich mitnehmen würde, um mich ordentlich zu versorgen, und dass ich später wieder ins Haus zurückkehren und Enrico pflegen könnte. Ich sah die Nonne an, die mit dem Verband fertig war; sie war es, die mir Mut machte.

«Gehen Sie ganz beruhigt.»

Enrico lächelte und schloss die Augen. Ich betrachtete seinen geschwollenen Bauch und fragte mich, wie viel Schläge er wohl eingesteckt hatte. Ich sah ihn lange an, meine Augen füllten sich wieder mit Tränen und ich rang nach Luft. Nicolás Iznaga zerrte mich fast gewaltsam aus dem Zimmer und stieß mich fast gewaltsam in die Arzthände.

«Nehmen Sie sie mit und behandeln Sie sie. Ich will nicht, dass ihr Pate sie blutverschmiert sieht.»

Wir stiegen in ein Auto. Der Arzt setzte sich neben mich, und ich fragte ihn, ob Enrico schwer verletzt sei.

«Das ist er», antwortete er mir. «Sie wissen nicht, wer ihn so zusammengeschlagen hat?»

Ich verneinte, aber er gab sich damit nicht zufrieden. Er zündete sich eine Zigarette an und blickte auf meine Füße und meine erdverkrusteten Schuhe.

«Sagen Sie mir eines: Was macht Enrico Caruso in Trinidad?»

Ich schloss die Augen, um ihm nicht antworten zu müssen, und er sagte nichts weiter. Wir kamen im Unfallkrankenhaus an, eine Krankenschwester legte mich auf eine Bahre, zog mich aus und wusch mir das Blut ab, das über meinen ganzen Körper getropft war. Ich fragte sie, ob man mir die Finger abnehmen würde, und sie antwortete, das solle ich den Arzt fragen. Später erzählte meine Mutter, dass es ein Wunder gewesen sei, dass ich nicht den ganzen Arm verloren hätte. Um dich sorgten wir uns nicht, es konnte sich noch niemand vorstellen, dass du auf dem Weg warst. Sie gaben mir etwas zum Riechen, und von da an erinnere ich mich an nichts mehr bis zum nächsten Tag, als mich die Stiche und der Schmerz in den Fingerstummeln weckten. Eine Krankenschwester brachte mir eine Tasse mit Brühe, und der Arzt kam, um mir zu erklären, was er mit meiner Hand gemacht hatte. Ich konnte kaum zuhören, denn mitten in seiner Erklärung sah ich Nicolás Iznaga und hinter Iznaga meinen Paten, José de Calazán.

Ich verspürte eine Mischung aus Freude und Gewissensbissen. Calazán kam näher, legte mir seine Hand auf die Schulter und sagte kein Wort. Nicolás Iznaga redete für ihn:

«Deine Mutter wartet draußen.»

Er hatte es noch nicht ganz ausgesprochen, als meine Mutter hereinstürzte, mich sah und zu weinen anfing; sie schluchzte wie ein kleines Mädchen, und keiner der Anwesenden, weder der Arzt noch Iznaga, noch Calazán taten etwas, um sie zu trösten. Als sie sich beruhigt hatte, half sie mir aufzustehen, zog mir ein geblümtes Kleid über und setzte mir ein Hütchen auf, all das hatte sie mir aus Havanna mitgebracht. Ich hatte keine Lust zu reden, ich bewegte nur den Kopf, wenn ich etwas gefragt wurde. Bevor wir das Unfallkrankenhaus verließen, erläuterte der Arzt meiner Mutter, wie sie die Nähte versorgen müsste, die an meiner Hand zurückblieben.

«Ernähren Sie sich gut», sagte er zu mir. «Machen Sie in Havanna keinen Unsinn.»

Wir stiegen in ein Auto, das uns in die Calle del Desengaño zurückbrachte. Meine Mutter legte ihren Arm um meine Schultern, und Calazán beobachtete die Leute und den Trubel in Trinidad, der sich vor unseren Augen abspielte. Die ganze Zeit über traute ich mich nicht, nach Enrico zu fragen; ich spürte, dass schon die Tatsache, nach ihm zu fragen, ihm schaden könnte. Iznaga war uns vorausgefahren und öffnete die Tür, als wir bei dem Haus ankamen. Wir gingen hinein, ich sah auf dem Boden Bündel liegen, es waren meine Kleider, alle meine Sachen, die meine Mutter zusammengesucht hatte. Ich sah sie an, und sie blickte zu Boden. Dann sah ich Calazán an.

«Es ist aus», sagte er zu mir.

Ich ging langsam auf das leere Zimmer zu. Das Bett war noch zerwühlt und der Arzneigeruch hing noch im Raum. Ich setzte mich auf die Bettkante und verbarg mein Gesicht in einem der Kissen. Jemand war mir gefolgt und streichelte mir über den Rücken: Es war meine Mutter.

«Aidita, hör mir zu, Aidita.»

Ohne den Kopf zu heben fragte ich, wann er gestorben sei.

«Er ist nicht gestorben», sagte sie. «Sie haben ihn zur Behandlung nach Havanna gebracht.»

Mein Inneres verkrampfte sich, ich blieb ein paar Minuten unbeweglich sitzen und dachte nach. Dann stand ich auf und ging in den Salon, sah wieder die Bündel an und begriff, welcher Weg mich erwartete: aus der Calle del Desengaño in Trinidad in die Calle de la Cruz de Amargura in Havanna. Die Tür stand offen, und ich ging hinaus, Calazán folgte mir und ergriff mich am Arm:

«Komm herein.»

Ich reagierte für ihn völlig unerwartet: Ich wand mich wie eine Wilde und schlug ihn mit der gesunden Hand ins Gesicht; ich ballte sie zur Faust, so dass er mehr als eine Ohrfeige abkriegte, einen Faustschlag, der ihn niederstreckte. Meine Mutter kam schreiend herausgelaufen, und hinter ihr sah ich Nicolás Iznaga Calazán zur Hilfe eilen. Ich drehte mich um und lief los, ich taumelte über die Straße. Ich überquerte einen Platz und betrat eine Kirche, sie waren mitten in der Messe, die Leute drehten sich um und starrten mich an: eine Chinesin mit den Augen einer Wahnsinnigen, völlig zerzaustem Haar und verbundener Hand. Ich wich zurück und lief wieder hinaus. Niemand folgte mir, und ich lief zwei oder drei Häuserblocks weiter. Als ich an der nächsten Straßenecke anlangte, ließ mich etwas den Blick heben: *Calle Amargura*, las ich.

Bis zu dem Moment hatte ich den Verstand noch nicht verloren. Ich mochte auf die anderen wie eine Irre gewirkt haben, aber in meinem Innern hatte ich die ganze Zeit gewusst, was ich tat. Dieser Moment war die Grenze, ich geriet völlig aus der Fassung, und diese Straße in Trinidad war schuld daran, denn sie hieß genau so wie die in Havanna. Ich vergaß, dass ich weit weg war, und ging auf die Suche nach dem Hotel Sevilla, ich suchte und suchte und fragte die Leute, wie man in die Calle Zulueta gelangte oder wie man in die Calle Trocadero kam. Am Ende landete ich in einer weiteren Kirche, oder zumindest glaubte ich, es sei eine Kirche: ich sah nur sehr hohe Wände und Öffnungen, hinter denen drei Glocken hervorlugten.

Dann wurde alles dunkel. Ich erinnere mich an Fragmente der Rückreise nach Havanna; ich erinnere mich an Gesichter, einige waren vertraut und andere nicht; ich erinnere mich sogar an ein paar Träume, ich dürfte jede Nacht von Enrico geträumt haben. Meine Mutter erzählte mir, dass ich zwei Monate ohne Erinnerungsvermögen war, dass ich nicht mehr wusste, dass ich Aida heiße, oder gar, was mein Leben gewesen war. Ich war wie eine Tote, die morgens friedlich aufstand, ernsthaft frühstückte und aus dem Fenster starrte. Währenddessen bist du in mir gewachsen und hast mir vielleicht diese Erinnerungen ausgesaugt. Oder du hast sie in dir aufbewahrt, damit wir sie eines Tages hervorholen, damit wir sie zusammen heraufbeschwören, so wie wir das jetzt diese ganzen Monate getan haben.

Nicht ich habe dir diese Geschichte erzählt, Enriqueta, denn wenn ich dir in die Augen sehe, bist du es, die sie mir erzählt hat; du bringst mir eine Geste, einen Blick deines Vaters zurück; du wiederholst mir Calazáns Worte, Domitilas Weinen, Yuan Pei Fus Rauch. Ich wusste, dass du dich vor deiner Geburt angekündigt hast, du bist in Amable Casanovas Aquamarin erschienen. Sie hat dich gesehen, und du hast uns vom Grund des Steines aus auch gesehen. Du hast deinen Vater von Bord des Schiffes gehen sehen, das ihn nach Kuba brachte, und später hast du ihn abreisen sehen.

Enrico wurde aus Trinidad abgeholt. Der Impresario Adolfo Bracale kam mit Bruno Zirato und Mario Fantini, und die drei überredeten ihn, nach Havanna zurückzukehren, wo sie nur ein paar Stunden blieben, da das Dampfschiff *Cartago* zum Auslaufen bereit war.

Wenige Wochen später merkte meine Mutter, dass ich schwanger war. Sie sagte es mir nicht gleich, ich hätte sie sowieso nicht verstanden. Sie erzählte mir, dass sie meinen Bauch gestreichelt und leise zu mir gesagt hätte: «Du wirst ein Kind bekommen, Aida», aber ich gab vor, nichts zu hören, ich reagierte bis zum vierten Monat nicht. Eines Morgens wachte ich auf und sagte, dass ich Stoff benötigte, um Windeln zu nähen. Später, als ich schon im sechsten Monat war, ging in Havanna das Gerücht um, dass Enrico Caruso in New York gestorben sei. Es war der Morgen des Neujahrstages, María Vigil war bei uns, um das neue Jahr zu begrüßen, und als die zwölf Glockenschläge und der Lärm auf der Straße zu hören waren, senkte ich den Kopf und begann zu weinen. Sie umarmte mich und bat mich, das Jahr fröhlich zu begrüßen.

«Siehst du denn nicht, dass wir schon 1921 haben? Das ist das Jahr, in dem dein Kind geboren werden wird.»

Die Zeitungen dementierten Enricos Tod, obwohl sie berichteten, dass er in einem Hotel in New York operiert worden war. Sie druckten den Namen dieses Hotels: das Vanderbilt, und ohne dass es jemand wusste, ging ich zur Post und schickte ihm ein Telegramm. Aus Angst, dass es seiner Frau in die Hände fallen könnte, schickte ich es an seinen Sekretär. Ich schrieb Folgendes:

> Bruno Zirato, Hotel Vanderbilt, New York.
> Ich bitte Sie, Enrico mitzuteilen, dass sein Kind im März geboren werden wird.

Ich unterschrieb mit meinem vollen Namen, Aida Petrirena Cheng, und fügte die Adresse in der Calle Amargura hinzu. Es vergingen mehrere Wochen, in denen ich die Hoffnung verlor, Antwort zu erhalten, aber eines Morgens Mitte Februar klingelte es und meiner Mutter wurde ein Telegramm ausgehändigt. Es war aus New York City, und man teilte mir mit, dass der *Commendatore* Caruso sehr krank sei, aber sobald es ihm besser ginge, würde man ihm meine Nachricht ausrichten. Es war mit keinem Namen unterschrieben, da standen nur die Initialen B.Z.

Ich hatte die Hoffnung, dass deine Geburt früher erfolgen und du am selben Tag wie Enrico geboren werden würdest, am fünfundzwanzigsten Februar. Aber du warst pünktlich und hast bis März gewartet: Am fünften im Morgengrauen setzten die Wehen ein. Den Rest kennst du ja: Du bist kurz nach elf Uhr vormittags geboren, und deine Großmutter weinte, weil sie meinte, dass du als Mädchen ohne den Namen deines Vaters zu leiden haben würdest. Sie wollte nicht, dass ich dich Enriqueta nenne, aber ich bestand darauf; ich hoffte noch immer, Enrico wieder zu sehen.

Als du fast drei Monate alt warst, nahm ich dich mit in das Haus in der Calle Manrique. Ich ging ab und zu hin, damit dich Yuan Pei Fu sehen konnte, der schließlich dein leiblicher Großvater war. An einem Kiosk betrachtete ich die Zeitungen. Ich trug dich im Arm, und eine Frau, die Zeitschriften kaufte, blieb stehen und sah dich an: «Was für eine hübsche kleine Chinesin», sagte sie zu mir, obwohl du keineswegs wie eine Chinesin aussahst. Ich hatte keine Zeit, ihr zu antworten, denn auf einer dieser Zeitungen las ich: «New York nimmt Abschied von Caruso. Der Tenor wird den Sommer in Neapel verbringen.» Ich habe dich fast fallen lassen, meine Beine gaben nach, und ich wollte schon um Hilfe bitten. Ich begriff, dass Enrico geradewegs auf seinen Tod zusteuerte, dass ich mir von diesem Augenblick an keine Hoffnungen mehr machen durfte.

In jenen Tagen kam Calazán nach Havanna, um dich zu sehen. Wir hatten uns versöhnt, denn ein Pate kann nie mit seinem Schützling brechen, auch kann der Schützling nicht mit seinem Paten brechen, selbst wenn er es wünscht. Er brachte mir als Geschenk ein Schutzamulett mit und bat mich, Anfang August mit dir nach Regla zu kommen. Ich fragte ihn, warum es zu diesem Zeitpunkt sein müsse. Er nahm dich auf den Arm, segnete dich mit seinen derben Fingern und legte dich wieder in deine Wiege.

«Ich werde sie von ihrem Vater Abschied nehmen lassen müssen.»

In der Nacht des ersten Augusts warst du sehr unruhig. Du hast im Schlaf gewimmert und bist ständig weinend aufgewacht. So ging das bis zwei Uhr morgens, als mir schien, du seist endlich eingeschlafen. Ich begann, im halb dunklen Haus herumzuwandern, meine Mutter stand auf und leistete mir Gesellschaft. Sie sagte, dass auch sie keinen Schlaf finden könnte und an meine Großmutter denken müsste. Wir wärmten Kaffee auf und tranken ihn auf die Fensterbank gelehnt, während wir auf die verwaiste Straße blickten. Ich fragte sie, warum sie sich eine Straße mit so traurigem Namen ausgesucht hätte. Sie entgegnete, sie hätte gar nichts ausgesucht; Noro Cheng hätte sie mit hierher genommen, als sie heirateten, in das Haus, das Yuan Pei Fu für sie beide gekauft hatte. Es war das erste Mal, dass sie mir von dieser seltsamen Absprache zwischen einem Chinesen, der sie geliebt hatte, und einem anderen Chinesen, der sich darauf beschränkte, mit ihr zusammenzuleben, erzählte.

Wir schwiegen, denn wir hörten plötzlich Schritte. Es waren Schritte, die auf den Pflastersteinen kräftig widerhallten, und wir beide sahen in die Richtung, aus der das Geräusch kam. Meine Mutter beugte sich hinaus, um zu sehen, wer um diese Zeit spazieren ging. «Da kommt ein Mann», sagte sie. Ich beugte mich ebenfalls hinaus und sah diese Gestalt mit Hut und Stock, eine verschwommene Gestalt, die schnell ging. Plötzlich waren die Schritte nicht mehr zu hören. Wir sahen den Mann, aber wir hörten seine Schritte nicht mehr. Ich wechselte einen verblüfften Blick mit meiner Mutter, kaum eine Sekunde lang, aber als wir wieder hinaussahen, war der Mann verschwunden, und kaum war er verschwunden, war der Klang seiner Schritte wieder zu vernehmen, Schritte ohne Körper, die vor unserer Haustür innezuhalten schienen.

«Das ist Enrico», sagte ich zu meiner Mutter.

«Das ist niemand», erwiderte sie, aber sie zitterte.

Du bist aufgewacht und hast zu weinen angefangen. Es war kein Weinen aus Hunger, auch kein Weinen, weil du auf den Arm genommen werden wolltest. Es war, als würde dir etwas im Innersten wehtun. Du warst erst fünf Monate alt, aber du hast wie ein erwachsener Mensch geweint.

Zwei Tage später brachten die Zeitungen die Meldung:

Enrico Caruso war um neun Uhr sieben morgens in Neapel gestorben, was unter Berücksichtigung der Zeitverschiebung mit dem Augenblick übereinstimmte, in dem wir diese Gestalt hatten näher kommen sehen, diesen Mann, der sich auf der

Straße verflüchtigte. Ich zog Trauerkleidung an und weinte diesen und den ganzen nächsten Tag. Dann hörte ich zu weinen auf und tröstete mich nach und nach mit dir.

Als ich dich am sechsten oder siebten August, so wie er es verlangt hatte, zu Calazán brachte, fragte ich ihn nach der Bedeutung dieser Schritte, die wir in jener Nacht gehört hatten. Mein Pate antwortete, in dem Augenblick, in dem jemand stirbt, ohne seine Rechnungen beglichen zu haben, ziehe vom Ort des Todes ein Bote der Seele aus und fliege an seinen Bestimmungsort. Enricos letzter Bestimmungsort sei mein Haus gewesen, sei es immer gewesen. Denn die Wege der Seelen seien gezählt, und jener Bote sei gekommen, um dich zu sehen, Enriqueta, um sich mit Schmerz und mit Liebe von uns beiden zu verabschieden.

Mein Pate nahm dich auf den Arm und bat mich um den Goldklumpen, den mir Enrico geschenkt hatte, diese Erinnerung an die Bombe, die ich für dich aufbewahre, denn sie enthält ein Stückchen Holz, einen Span, der aus den Trümmern des explodierten Theaters stammt. Er fuhr mit diesem goldenen Stein über deine Arme, über deinen Kopf und bekreuzigte dich damit: «Verabschiede dich von deinem Vater, mein Kind», sagte er zwei- oder dreimal, und du hast angefangen zu lachen. Dann wickelte er den Stein in ein rotes Tuch und gab ihn mir zurück.

«Der Mann war ein Sohn Changós», sagte er zu mir. «Aber du siehst ja, dass Wasser die Kerze löscht.»

Ich wagte nicht, ihm zu sagen, dass er sich irrte, dass Enricos Kerze bei uns war, dass sie in mir und in dir brannte; sie brannte in Regla, in der Lagune von San Joaquín, in Santa Clara, und sie brannte vor allem in Trinidad, an all den Orten, wo wir uns so sehr geliebt hatten.

Ich kehrte mit dir nach Hause zurück, und du bist aufgewachsen und wurdest zu der Frau, die du heute bist. Ich habe dir diese Geschichte erzählt, obwohl ich wusste, dass du sie im Grunde schon kanntest. Ich habe nur an einem Faden gezogen und ihn dir aus der Seele gezupft. Deine und meine Erinnerungen sind verschmolzen, sie sind in all diesen Monaten gemeinsam gewandert, und heute ist die Geschichte zu Ende, sie endet hier mit mir.

Lass uns endgültig aufhören. Komm zu mir, Enriqueta, und gib mir einen Kuss. Wir schreiben zusammen das Wort Ende.

★ Zwanzig Tage später, am sechsten Dezember 1952, als ich ihr half, sich im Bett aufzusetzen, brach meine Mutter in meinen Armen zusammen. Sie kam nicht wieder zu Bewusstsein und starb am Spätvormittag des nächsten Tages. Die Nachbarin, die sie gepflegt hatte, bat mich, das Zimmer zu verlassen, um sie kämmen und waschen zu können. Kurz darauf traf María Vigil ein und kümmerte sich um die Vorbereitungen für die Totenwache.

Es waren ausgesprochen schwere Tage, an denen ich mich an ihre Abwesenheit gewöhnen und die Aufzeichnungen von ihrer Geschichte ordnen musste. Manchmal fragte ich mich, warum ich mir die Mühe gemacht hatte, sie aufzuschreiben, und kam dann zu dem Schluss, dass sie mir später zu etwas nütze sein würde. Vielleicht, damit sie meine Kinder lesen konnten, wenn ich denn irgendwann welche zur Welt bringen würde.

Für den Heiligabend jenes Jahres lud mich eine Arbeitskollegin des Radiosenders Cadena Azul zum Essen ein. Erst antwortete ich ihr, ich wäre ihr sehr dankbar, aber der Tod meiner Mutter läge erst kurz zurück. Später änderte ich meine Meinung und ging doch zu dem Essen mit ihrer Familie. Zu dem Abendessen war auch ein Freund ihres Mannes eingeladen. Ich erkannte ihn sofort, als ich ihm die Hand gab: Es war Israel Trujillo, der Uhrmacher, den ich ein paar Monate zuvor im Haus seines Bruders Abadelio, des Lokalredakteurs des *Diario de la Marina*, kennen gelernt hatte.

Israel lebte noch immer in dem Dorf Güines, und an jenem Abend erzählte er mir von seinem Witwerstand und seinem

Beruf. Meine Kollegin drang darauf, dass ich auch Silvester mit ihnen feiern sollte, aber ich erklärte ihr, dies sei immer ein besonderes Datum für meine Mutter gewesen und ich zöge es vor, in der Calle Amargura zu bleiben. Israels Einladung zum Essen am ersten Januar hingegen nahm ich an. Er war kein ganz junger Mann mehr, nicht einmal attraktiv, aber ich glaube, an jenem Abend begriffen wir etwas Wichtiges, nämlich, dass wir uns zu unserem Glück oder Unglück in etwas Wesentlichem ähnelten: Wir waren beide ruhige Menschen, wir litten an derselben Schüchternheit und derselben Vorsicht, was Gefühle anging. Keiner von uns beiden besaß die Fähigkeit, sich wegen etwas oder jemandem zu ereifern, diese Fähigkeit anderer Menschen, sich Illusionen hinzugeben oder den Kopf zu verlieren.

Nach dem gemeinsamen Mittagessen am ersten Januar entdeckten wir, dass wir auch eine seltsame Leidenschaft teilten, nämlich die, im Chinesenviertel ins Kino zu gehen und Filme der Landsleute anzuschauen. Bei mir war das verständlich, da ich die Enkelin eines Kantonesen war. Aber Israels Neigung, sich solche Filme anzusehen – einige waren gesungen, andere nicht und in der Mehrzahl ohne Untertitel –, war nicht sonderlich begründet.

Wie auch immer, wir gingen an den Wochenenden ins *Águila de Oro*, wie eines der Kinos hieß, oder ins *Nuevo Continental*, wie das andere hieß. In beiden roch es feucht, manche Chinesen spuckten auf den Boden, viele husteten, klatschten, wenn eine berühmte Sängerin auftrat oder wenn eine Kriegsszene zu Ende war. In einer Pause in einem dieser beiden Kinos verkündete ich Israel, dass ich nach Cienfuegos fahren würde. Er antwortete nicht sofort, aber später beim Hinausgehen fragte er mich, an welchem Tag ich fahren und wie lange ich dort bleiben wollte. Ich erwiderte, noch in derselben Woche und nicht länger als drei oder vier Tage, gerade so lange, um einen Arzt, einen Doktor Benito Terry, ausfindig zu machen und mit ihm über meine Mutter zu reden. Israel sagte, er hätte eine Idee: Wenn ich zurückkäme und nichts dagegen einzuwenden hätte, könnten wir heiraten.

Bis zu dem Augenblick hatten wir uns ein einziges Mal geküsst, am Sonntag davor im Halbdunkel des *Nuevo Continental.* An diesem Abend, als wir uns vor meiner Haustür verabschiedeten, küssten wir uns auch und umarmten uns, Israel zeigte sich zärtlicher als die vorigen Male und wünschte mir eine gute Reise.

Ich fuhr mit dem Bus nach Cienfuegos. Da die Fahrt so lange dauerte, blieb mir Zeit, über meine Einsamkeit, über die Ehe und darüber nachzudenken, wie sich mein Leben mit Israel gestalten würde. Ich war zweimal verlobt gewesen. Das erste Mal mit zwanzig Jahren, mit meinem ersten Freund, einem Angestellten der Drogerie Sarrá. Das zweite Mal, fünfundzwanzigjährig, mit einem Vertreter, den ich auf einem Ball kennen gelernt hatte. Die Heiratspläne mit Ersterem scheiterten an seiner Mutter: Er war ein weißer Junge, der ein Abendstudium absolvierte, und zu jener Zeit wurde eine Heirat mit einer Frau mit unbekanntem Vater, die noch dazu den chinesischen Namen ihrer Mutter trug und in deren Adern das Mischblut ihrer Großmutter floss, nicht sehr gern gesehen.

Die Heiratspläne mit dem Vertreter führten etwas weiter: Wir setzten den Hochzeitstermin fest, wobei meine Mutter darauf bestand, dass wir im Juni heirateten. Aber nur wenige Monate davor überlegte er es sich anders. Er sah ein, dass ein unternehmungslustiger Mann und ziemlicher Abenteurer wie er nicht viel mit einer zurückgezogen lebenden Frau gemein hatte, die fast nie im selben Maße seiner Glut und seinem Drängen entsprechen konnte; und ich entsprach ihm tatsächlich nicht, nicht aus Sittsamkeit oder Unwissenheit, sondern weil ich unter Zuneigung etwas anderes verstand oder auf Grund meines Wesens. Ich habe es ja bereits erwähnt: Meine Mutter und mein Vater waren in so heftiger Leidenschaft füreinander entbrannt, dass ich vielleicht etwas leer, zu Männern distanziert oder vielleicht ängstlich geworden war. Auf dieser Busreise konnte ich zum ersten Mal akzeptieren, was ich vorher nicht akzeptieren konnte: dass dieser Vertreter ernüchtert und meiner überdrüssig gewesen war und – was noch schlimmer ist – dass ich nie einen Mann kennen gelernt hatte, der in mir den Wunsch entfacht hatte, alles zurückzulassen und alles zu riskieren, und zu diesem Zeitpunkt meines Lebens, mit fast zweiunddreißig Jahren, würde ich diesen Mann vielleicht nie mehr kennen lernen.

Als ich in Cienfuegos ankam, fuhr ich gleich ins Hotel Gran Prado, nahm mir ein Zimmer und ging hinauf, um mich umzuziehen. Etwas später fand ich mit Hilfe eines Hotelangestellten die Telefonnummer von Benito Terry heraus. Ich rief noch am selben Tag an und hatte eine Frau am Apparat. Ich log sie an und sagte, dass ich eine frühere Patientin des Doktors sei, die extra für eine Konsultation aus Havanna angereist wäre.

«Der Doktor praktiziert nicht mehr», sagte sie. «Er ist nicht bei bester Gesundheit.»

Ich insistierte, ich flehte sie an und versuchte, sie mit dem Argument, dass es sich um das Leben meiner Mutter handelte, zu erweichen. Und der Wahrheit zu Ehren handelte es sich tatsächlich um ihr Leben, auch wenn meine Mutter bereits tot war. Sie zögerte und legte den Hörer beiseite, um den Arzt zu befragen. Nach ein paar Minuten war sie wieder am Apparat und sagte, der Doktor sei einverstanden, mich am nächsten Morgen um zehn Uhr zu empfangen. Sie gab mir die Adresse und ermahnte mich, pünktlich zu sein.

An jenem Abend aß ich allein in einem Restaurant in der Nähe des Hotels. Nach dem Essen ging ich spazieren. Ich schlenderte die Calzada de Dolores entlang, wo in einem der Häuser für kurze Zeit meine Mutter gelebt hatte. Ich wusste die genaue Hausnummer nicht, so dass ich alle neugierig musterte und eine Spur, einen Hauch, eine Ahnung suchte. Es war schon nach neun Uhr abends, aber ich hielt ein Taxi an und bat den Fahrer, mich in die Calle Urrutiner zu bringen. Er fragte mich, wo genau hin in dieser Straße, und ich erklärte ihm, ich wollte wissen, ob ein Geschäft mit dem Namen «Die amerikanische Flagge» noch existiere. Er lächelte und bejahte, es sei aber um diese Zeit geschlossen. Ich bat ihn, dennoch hinzufahren, und als ich das Ladenschild sah, durchfuhr mich so etwas wie ein süßer Schmerz oder eine Wehmut zu wissen, dass sich dort meine Mutter jenen Fächer kaufte, mit dem ich sie begraben hatte. Ich stieg aus und sah durch das Schaufenster, wo die Fächer ausharrten, denn im Grunde schienen sie auszuharren.

Ich ging zum Taxi zurück und bat den Fahrer, weiter ins Teatro Tomás Terry zu fahren. Ich sah es bei Nacht in ein seltsames Licht getaucht, und ich glaube, es war besser, es so gesehen zu haben, weit weg und geheimnisvoll, als wäre es weiterhin im Strudel der Zeit in jenen Abend versunken, an dem Caruso zu den Proben kam und ein Geiger aufstand, um zu sterben.

Am nächsten Morgen richtete ich mich sehr sorgfältig für das Treffen mit Benito Terry her. Ich wollte nicht wie irgendeine Frau auf ihn wirken. Auch war ich mir nicht sicher, ob ich ihm die Wahrheit sagen oder mir eine Geschichte ausdenken sollte, wie ich es so oft getan hatte. Die Angestellte, die ich am Telefon gesprochen hatte, öffnete mir und bat mich einzutreten. Sie war wie eine Krankenschwester gekleidet, und außer ihr sah ich sonst niemanden in dem Haus. Wir durchquerten einen mit Krügen gesäumten Flur und bogen in einen rechteckigen Innenhof ein, der wie ein Spiegelkabinett wirkte: Die in Reihen gepflanzten Betelpalmen standen exakt einander gegenüber, ebenso wie die vier Statuen auf jeder Seite. Sogar die Schaukelstühle waren einander gegenübergestellt und vermittelten den Eindruck eines Spiegelbilds. In einem dieser Schaukelstühle sitzend und so den Spiegeleffekt zerstörend, wiegte sich sanft ein Mann: Benito Terry war noch immer blond, sehr gealtert, aber blond, und sein Schnurrbart und Bart sprießten üppig. Später wurde ich gewahr, dass er sich nicht mehr parfümierte.

«Soweit ich verstanden habe, hat Ihre Mutter Sie zu mir geschickt», sagte er nach der Begrüßung zu mir.

Mir zitterten die Beine, als wäre ich bei einem Verbrechen erwischt worden. Benito Terry war blind, er stützte sich beim Reden auf einen Stock und verdrehte die Augen in der ängstlichen Manier der Menschen, die sich noch nicht mit der endgültigen Dunkelheit abgefunden haben.

«Sie ist die Frau, der Sie vor mehr als dreißig Jahren mehrere Finger amputiert haben. Das war in Trinidad, erinnern Sie sich an sie?»

Er antwortete nicht, neigte den Kopf und verharrte lange Zeit unbeweglich und wortlos in dieser Position. Ich befürchtete, dass er ohnmächtig geworden war, und wagte nicht, irgendetwas hinzuzufügen; stattdessen blickte ich mich Hilfe suchend nach der Krankenschwester um.

«Aida Cheng», murmelte er schließlich, als ich schon im Begriff war, um Hilfe zu rufen. «Sie hat drei Finger verloren und einen Nervenzusammenbruch erlitten. Als ich sie das letzte Mal sah, saß sie gegenüber der Ermita de la Popa del Barco und weinte um Enrico Caruso.»

«Deshalb bin ich hier. Ich möchte wissen, was geschehen ist.»

Benito Terry hob den Stock und tastete sich nach vorn, als wolle er mir einen Weg zeigen.

«Und warum fragen Sie sie das nicht selbst?»

«Sie ist vor zwei Monaten gestorben», antwortete ich und spielte diese Karte aus, die letzte, die einzig mögliche.

«Sie ist gestorben», murmelte Benito Terry, «und Caruso starb vor langer Zeit an den Schlägen, mit denen er misshandelt wurde. Aber ich bin noch hier und leide unter meinem Unglück, das ich durch Verschulden dieser beiden in Trinidad de Cuba erlitten habe.»

Die Krankenschwester kehrte zurück und brachte ihm ein Glas Milch mit zwei oder drei Tabletten. Sie sah mich nicht sonderlich höflich an und fragte, ob ich etwas trinken wolle.

«Bringen Sie ihr einen Cognac», ordnete der Arzt an. «Ihre Mutter ist gestorben.»

Er steckte sich die Tabletten in den Mund und nahm einen Schluck Milch. Nur einen, dann gab er der Krankenschwester das Glas zurück.

«Ich wurde hier aus diesem Haus geholt. Nicolás Iznaga kam

mich holen; er war Oberhaupt eines Kongo-Cabildo drüben in Palmira. Morgens um sechs tauchte er hier auf und forderte mich höflich auf, mitzukommen und mir einen Schwerverletzten in Trinidad anzusehen; es handle sich um einen wichtigen Mann. Meine Frau flehte mich an, nicht hinzugehen, sie hatte sich in den Kopf gesetzt, dass dies ein Streit unter den Cabildos und der Verletzte bestimmt ein Hexer, ein niedergestochener Ñañigo, sei. Ich war daran gewöhnt, nach Trinidad zu fahren und die Reichen zu behandeln, die vom Pferd gefallen waren oder sich sonst wie verletzt hatten. Iznaga und ich nahmen das Schiff und kamen so um die Mittagszeit in Trinidad an. Wir fuhren nach Casilda und von dort aus direkt in die Calle del Desengaño in ein ganz gewöhnliches Haus. Dort fand ich vor, wen ich als Letztes erwartet hätte: Enrico Caruso, der blutverschmiert in einem zerwühlten Bett lag und von ein paar schwarzen Frauen versorgt wurde. Ich war jung und sehr beeindruckt, ich wollte ihn ins Unfallkrankenhaus mitnehmen, aber das wurde mir nicht gestattet. Caruso selbst wollte das Haus nicht verlassen. Er sagte, er erwarte seinen Sekretär, der bald eintreffen würde.

Man hatte ihn verprügelt. Diagnose: Er hatte eine Rippe gebrochen. Sechs Monate später musste man sie ihm in einem im New Yorker Hotel Vanderbuilt improvisierten Operationssaal entfernen. Die Ärzte haben sich den Kopf zerbrochen; bei Caruso bildeten sich nahe bei den Nieren und um die Brust herum Abszesse, und keinem kam in den Sinn, ihn zu fragen, ob er irgendeinen Schlag erhalten hätte. Er verschwieg natürlich, was ihm in Trinidad passiert war, sein Sekretär erwähnte es auch nicht, und ich wagte noch viel weniger, es bekannt zu machen. Der Mann war dem Tode geweiht, seit er Kuba verlassen hatte, es war eine Frage von Monaten. Und stellen Sie sich vor, ich glaube, es dauerte nicht einmal ein Jahr.»

Er hielt inne und räusperte sich. In dem Augenblick kehrte die Krankenschwester mit dem Cognac, den ich nicht wollte, zurück. Ich nahm ihn aus Höflichkeit an und wartete, bis sie wieder verschwand, um ihn wegzustellen. Aber Benito Terry, blind und alles, spürte meine Absicht und befahl mir, ihm den Cognac zu reichen.

«Die Ärzte nahmen die Schuld auf sich», fuhr er fort, nachdem er den Cognac in einem Zug ausgetrunken hatte. «Vor allem die aus den Vereinigten Staaten. Puccini – wissen Sie, wer Puccini war? – schrieb einer Freundin, die sehr krank gewesen war, damals einen Brief. Ich habe die Kopie dieses Briefs, er wurde von einer New Yorker Tageszeitung veröffentlicht. Er schrieb so was wie: Armer Caruso, was für ein trauriges Schicksal ... Während dich ein italienischer Arzt rettet, wird Caruso von den amerikanischen Ärzten umgebracht.

Tatsächlich ist Caruso an Bauchfellentzündung und Blutvergiftung gestorben: Er ist buchstäblich innerlich verfault. In dem Hotel in Neapel, wo er starb, waren fünf oder sechs italienische Ärzte anwesend. Was glauben Sie, was die gesehen haben? Dasselbe wie ich, als ich mich in Trinidad von ihm verabschiedete: eine arme Seele, die schon nicht mehr mit ihrem Körper zurechtkommt. In seinen letzten Stunden war er gelähmt, er konnte nicht einmal mehr trinken, obwohl er einen Sterbensdurst hatte. Nur seine Stimme blieb lebendig, und mit dieser Stimme redete er weiter, obwohl niemand sich erklären konnte, wie er in seinem Todeskampf noch reden konnte.

Hinterher wurden viele Artikel geschrieben. Alle fragten sich dasselbe: Woran ist er gestorben? Woran ist er gestorben? Es gab einen italienischen Professor, einen so genannten Chiarolanza oder Carolanza, der ein bisschen herumschnüffelte. Er schrieb einen Artikel, ich habe ihn bei meinen Unterlagen. Er schrieb, dass bei Carusos Tod einige Faktoren unerklärlich wären, Fehler in der medizinischen Behandlung, denen folgte, was man ‹unbegreiflichen Fatalismus› nennt. Und dies ist seine Schlussfolgerung: Für diejenigen, die an das Schicksal glauben, ist alles geschehen, was geschehen musste. Caruso wich nicht vom Drehbuch ab, er war unfähig, auch nur eine Zeile zu überspringen. Die Fügung des Schicksals ist die einzige Oper, die man nie einstudieren muss: Wir werden schon mit ihr geboren.

Ihre Mutter, die Frau, der ich die Finger amputierte, war eine

Fatalistin. An jenem Tag, als ich sie vor der Ermita de la Popa del Barco antraf, sagte sie zu mir: ‹Wenn sie ihn nach Neapel bringen, wird Enrico sterben.› Ich hatte eine Nachricht für sie, eine Botschaft, die Caruso ihr vor seiner Abreise nach Havanna hinterlassen hatte. Aber ich merkte, dass sie völlig verwirrt, fast wahnsinnig, und nicht in der Verfassung war, irgendeine Botschaft aufzunehmen. Am Abend zuvor hatte ich im Unfallkrankenhaus ihre Wunden versorgt und ihr das Blut abgewaschen, ihr ganzer Körper war blutverkrustet gewesen. Sie war von denselben Männern geschlagen worden wie Caruso. Ich glaube, dass die sie verschleppt hatten im Glauben, dass sie eine berühmte Sängerin sei, und als ihnen klar wurde, dass sie das nicht war, beschlossen sie, sie in Caniquí, in dieser Höhle in den Niederungen von La Vigía, zurückzulassen. Ihr Glück war, dass die Kongo wie Mäuse sind, alle Nischen kennen und sich gegenseitig helfen. Als Nicolás Iznaga erfuhr, was mit ihr passiert war, handelte er klug: Zuerst rief er mich, brachte mich zu Enrico Caruso und ließ mich ihn behandeln, während er sich mit seiner Schar auf die Suche nach Aida machte.

Sie brachten sie um zwei oder drei Uhr nachmittags halb verblutet und halb tot vor Hunger zurück, aber noch in diesem Zustand bat diese Frau nur darum, Caruso zu sehen. Iznaga wollte dem Wahnsinn ein Ende machen und sagte ihr, dass sie ihn nicht sehen könnte. Und plötzlich sehe ich sie aufspringen und loslaufen, sie raste wie ein Meteor in das Schlafzimmer; ich hätte nicht geglaubt, dass sie sich auf den Beinen halten, geschweige denn auf diese Weise laufen könnte. Sie blieb eine Zeit lang bei Caruso, aber der döste, halb betäubt von einem Beruhigungsmittel, das ich ihm verabreicht hatte. Dann zerrte Iznaga sie gewaltsam aus dem Raum und gewaltsam übergab er sie mir und bat mich, sie zu verarzten, ihr diese Finger anzunähen oder ein für alle Mal abzuschneiden, irgendetwas zu tun, damit ihre Familie sie nicht in diesem Zustand sähe.

Während sie im Unfallkrankenhaus schlief, wurde Caruso abgeholt. Es waren drei Männer, alles Italiener, sie tauchten ganz diskret in Trinidad auf und verteilten in alle Richtungen Geld. Einer von ihnen, der Impresario Bracale, der fast wie ein Kubaner redete, bat mich, niemandem zu erzählen, was geschehen sei. Ich versprach es ihm, und er wollte mir eine übertriebene Geldsumme anbieten für das bisschen, was ich in jenem Haus ausrichten konnte, in dem es keine Instrumente gab, um genau zu untersuchen, wie es in Carusos Innerem aussah. Ich habe das Geld selbstverständlich abgelehnt und ihn daran erinnert, dass er mit einem Ehrenmann spreche, keinem Geringeren als einem Terry.

Zum Zeitpunkt seiner Abreise ging es Caruso besser, er konnte zumindest aufstehen. Bevor er in den Wagen stieg, nahm er mich beiseite und fragte mich, was mit Aida passiert sei. Ich sagte ihm die Wahrheit: dass ich ihr mehrere Finger hatte amputieren müssen, aber dass sie noch jung und kräftig sei und sich schnell erholen würde. Da gab er mir diese Nachricht für sie und ließ mich schwören, sie niemand anderem zu verraten.

Aber Sie wissen ja schon, dass Ihre Mutter zu fliehen versuchte. Als sie den Sänger bei ihrer Rückkehr nicht vorfand, lief sie ins Dorf, in die Kirche Santísima Trinidad, wo sie die Messe unterbrach, einen Nervenzusammenbruch erlitt und vor der Wallfahrtskapelle landete. Sagen Sie mir, welche Nachricht hätte ich ihr dort, mitten auf der Straße neben diesen Kongo, die sie sofort abholen kamen, und vor dieser Frau, Aidas Mutter, also, Ihrer Großmutter, einer ausgesprochen hysterischen Mulattin, die ‹Aida, Aida, Aida› rief, ausrichten sollen?

Es gibt einen Volksglauben, ich glaube, bei den Ureinwohnern von irgendeiner dieser Pazifikinseln, ich habe das als sorgloser Junge, als reicher Junge aus Cienfuegos, als überheblicher Dummkopf irgendwo gelesen ... Nun gut, laut diesem Volksglauben gibt es eine Art Schicksalsschlag, der manchmal wie eine Decke auf eine bestimmte Anzahl von Menschen herabsinkt, und jeder nimmt sich ein Stück dieser Decke, was wie ein Stück Unglück ist. Dieses Unglück kann von Mensch zu Mensch verschieden sein, aber nur augenscheinlich, denn im Grunde gibt es Fäden, die es verbinden, ein paar Stiche, die sich überkreuzen, derselbe Stoff, der nur die Farbe wechselt.

Eine solche Decke sank in irgendeinem Augenblick über unsere Leben herab. Es war unwichtig, ob Ihre Mutter in Havanna, ob Caruso in New York und ich hier waren, mit meinem fertigen Studium und als Arzt anerkannt, mit einer wunderbaren Frau verheiratet und mit einer Zukunft vor sich, von der niemand geglaubt hätte, dass sie sich auf so tragische Art und Weise verdüstern würde. Wie es Ihrer Mutter, der armen Frau, im Leben ergangen ist, weiß ich nicht. Aber sehen Sie sich Caruso an, ihm blieb nicht viel, weil er starb. Und sehen Sie mich an: Ich kehrte nach Cienfuegos zurück, fiel ins Bett, und nichts interessierte mich mehr. Mich interessierten weder meine Frau noch das Kind, das sie erwartete und das heute Arzt ist und in Havanna lebt. Und meine Karriere interessierte mich noch viel weniger. Das Unglück, das ich erlitt, war das Schlimmste von allen, denn es war ein Unglück ohne Rechtfertigung. Zu meiner Zeit nannten sie es Schwermut. Ich erkrankte an der Traurigkeit, an der Leere, an einer sehr großen Desillusionierung, und meine Frau, die nicht gewollt hatte, dass ich an jenem Morgen nach Trinidad fuhr, starb in der Überzeugung, dass ich mich in einen Streit zwischen Cabildos eingemischt, dass ich einen Hexer, einen dieser Ñañigos, behandelt und mich bei der Behandlung angesteckt hätte.

Ich weiß nicht, warum ich ihr nicht gleich erzählte, dass ich Enrico Caruso verarztet hatte. Vielleicht, weil ich dachte, dass sie mir nicht glauben würde. Und als ich aus Trinidad zurückkehrte, war ich so erschöpft, hatte ich so genug von allem, dass mich der bloße Gedanke, den Mund aufmachen und Erklärungen abgeben zu müssen, erschöpfte. Ein paar Jahre später, bevor sie starb, sagte ich es ihr. Ich erzählte ihr, dass in Trinidad nichts Besonderes geschehen wäre. Es sei purer Zufall gewesen, dass ich mich verändert hätte, dass sich mein Charakter und mein Leben von diesem Tag an schlagartig verändert hätten, und es sei gut möglich, dass sich diese Veränderung auf jede andere Weise ergeben hätte, auch wenn ich Cienfuegos nicht verlassen hätte.

Sie glaubte mir nicht. Ich sagte Ihnen ja schon, dass sie in der Überzeugung starb, ich sei Opfer eines Zaubers, einer Hexerei geworden. Und damals erinnerte ich mich an diese Lektüre, an das mit der Decke des Unglücks, die herabsinkt und sich ausbreitet. In den Augen Carusos, dieses großen Mannes, hatte ich etwas gesehen, was mich zutiefst erschreckte. Ich sah es auch in den Augen Ihrer Mutter, chinesischen Augen, die wunderschön waren. Schmutzig und zerzaust wie sie war, erinnere ich mich an Ihre Mutter als beeindruckende Frau.

Aber nicht einmal die Schönheit hinderte mich daran zu sehen, was auf dem Grunde lag. Der Tod siegt immer, und nichts ist sonderlich der Mühe wert. An jenem Tag in Trinidad sah ich wie in einen Brunnen voller Öl, ein schwarzes Loch, das Nichts vom Nichts. Als hätte es eine Explosion gegeben und ich wäre hinter dem Rauch im Leeren verblieben. Ich verbrachte lange Zeit im Bett, nachts und besonders im Morgengrauen weinte ich. Schließlich hörte ich zu weinen auf und lebte mein Leben mit einer Abneigung, die andere, meine Frau, meinen Sohn, sogar meine Patienten, verletzte. Ich verwandelte mich in eine Maschine oder in etwas Pflanzliches. Meine Frau ertrug das nicht, sie starb sehr jung, und ich wurde blind vor lauter Gleichgültigkeit. Sie sehen ja, verglichen mit dem Leben Ihrer Mutter oder Carusos Leben ist meines schlimmer gewesen.»

Er schwieg. Es war ein unerträgliches Schweigen, zähflüssig und Schwindel erregend. Ich erinnerte mich an das Bild mit dem Brunnen voller Öl, und ich hatte Angst, dass mich Benito Terry mit hineinriss ins Nichts.

«Ich möchte Sie um etwas bitten», sagte ich und stand auf. «Ich möchte Sie bitten, mir zu sagen, wie die Nachricht lautete, die Caruso meiner Mutter hinterlassen hat.»

Benito Terry verströmte einen welken Geruch, er stützte sich auf seinen Stock und stand ebenfalls auf. Es war eine große Anstrengung für seine Knochen und vielleicht eine Anstrengung für sein Gedächtnis; er vermittelte den Eindruck, als würde sich sein Körper schon nicht mehr daran erinnern, was zu tun war, um sich aufzurichten oder zu gehen.

«Es war eine sehr verworrene Nachricht, ich habe sie nie verstanden.»

«Vielleicht verstehe ich sie», sagte ich zu ihm. Die Luft in dem Innenhof war erstickend, ich begann zu schwitzen und erinnerte mich an das Schwitzen meines Vaters.

«Wenn ich jetzt darüber nachdenke», sagte Benito Terry, «war es vielleicht diese Nachricht, die mein Leben zerstört hat.»

Er zog ein Glöckchen aus der Hosentasche und schüttelte es ununterbrochen, bis die Krankenschwester auftauchte.

«Die Señora geht jetzt», sagte er zu ihr. «Begleiten Sie sie zur Tür.»

★ Eine Woche nach meiner Rückkehr nach Havanna heiratete ich Israel Trujillo. Wir renovierten das Haus in der Calle Amargura, wir lebten immer hier, und er eröffnete eine kleine Uhrmacherwerkstatt in der Calle Galiano. Es war eine sehr bekannte Werkstatt, in die die Leute ihre wertvollen Uhren zu bringen pflegten. Im Jahr 1961 wurde die Werkstatt von der Regierung verstaatlicht, er wurde jedoch gefragt, ob er als Angestellter bleiben wollte. Israel akzeptierte, denn obwohl der Lohn gering war, ging es ihm im Grunde nur darum, Uhren zu reparieren. Er blieb bis Mitte achtundsiebzig in der Werkstatt; in dem Jahr wurde er krank. Wie meine Mutter starb Israel an Krebs, und ich weinte um ihn, wie ich nie um jemanden geweint habe.

Sein Bruder Abadelio war damals ein gebrechlicher alter Mann, der in den harten Zeiten, mit den Entbehrungen so vieler Dinge in allem von Israels und meinen Besuchen abhing. So dass ich ihm nach Israels Tod vorschlug, zu mir zu ziehen, was er erfreut annahm, denn er hatte mich immer gemocht.

Wir lebten viele Jahre in Eintracht zusammen, bis auch er starb. Abadelio hatte seinen Plattenspieler mitgebracht, und abends hörten wir Opern, wir legten Enrico Carusos Platten auf, und ich ergötzte mich an der Stimme meines Vaters und bedauerte, ihn nicht gekannt zu haben.

Israel hatte mir nie geglaubt, dass ich Carusos leibliche Tochter bin. Er hatte meine Geschichte akzeptiert, als handle es sich um eine Laune, um eine Manie, um einen dieser Fehler, die Menschen haben, die aber ihre restlichen Tugenden nicht beeinflussen. Für seinen Bruder Abadelio hingegen war die Geschichte wahr, und er nahm abends, wenn wir gegessen hatten, in jede Hand eine Platte, fuchtelte mit beiden herum und sagte:

«Lass uns deinen Vater singen hören. Was ist dir lieber: *Oh! mostruosa colpa!* oder *M'apparì tutt'amor*?»

Er wusste zur Genüge, dass ich *M'apparì tutt'amor* vorziehen würde. Ich kannte sie auswendig und sang leise mit, die Augen auf keinen festen Punkt gerichtet, als würde ich einem Gespenst vorsingen.

Am dreizehnten Juni 1970 ging ich wie gewohnt in den Radiosender. Damals gab es die Cadena Azul nicht mehr, und ich las im Radio Progreso die Nachrichten. Ein Nachrichtensprecher namens Aurelio Suárez und ich wechselten uns mit dem Lesen der Tagesmeldungen ab: Ich las eine und er die andere, und wenn sie sehr lang waren, teilten wir sie uns in Absätze auf. An jenem Tag, nachdem wir die Schlagzeilen verlesen hatten, war es an mir, folgende Notiz zu lesen:

«Heute ist der fünfzigste Jahrestag der Explosion im Teatro Nacional, als der Tenor Enrico Caruso im pittoresken Kostüm des Kriegers Radames durch Havannas Straßen lief. Wohin flüchtete sich der große Star? In den Zentralpark, wie einige sagten? In die Küche des Hotels Inglaterra, wie andere behaupteten? Oder stimmt es vielleicht, dass er ins erstbeste vorbeikommende Auto stieg und sich mehrere Tage lang ins Hotel Sevilla einschloss?»

Dann war es an Aurelio zu lesen:

«Radames' und Amonasros Flucht entbehrt nicht der Komik. Radames musste sich nach den Satz *Kehre als Sieger zurück* Richtung Calle Consulado umdrehen. Zu einem Wachmann, der zum Schutz des Stars eingesetzt war, musste er den feierlichen Satz sagen: ‹*Ich bleibe bei dir, Wächter.*› Kurz darauf erschien ein keuchender, verschwitzter und halb nackter Amonasro im Tigerfell und mit einer Kette aus Wildschweinzähnen. Freundschaftlich schlug er Radames vor, ins Hotel zu *fliehen*. Und Caruso folgte erfreut. Es war das erste Mal, dass sich Radames in *Aida* wegen der unheilvollen Bombe vor dem *unheilvollen Stein* rettete.»

Den letzten Absatz hatten sie unerbittlich so markiert, dass ich ihn lesen musste:

«Noch heute, am dreizehnten Juni, fünfzig Jahre nach jenem Vorfall, der Havanna bewegte, ist das ein Geheimnis.»

Als wir fertig waren, legte Aurelio seine Papiere zusammen, steckte den Kugelschreiber in die Hemdtasche, und da er ein ungezwungener Typ war, ließ er plötzlich folgenden Satz fallen:

«Verdammt, dieser Caruso.»

Ich blickte auf, ich weiß nicht einmal, was mich dazu verleitete zu sagen:

«Caruso war mein Vater, und heute vor fünfzig Jahren lernte er meine Mutter kennen.»

Aurelio erstarrte und sah mich verblüfft an, denn er wusste, dass ich normalerweise keine Scherze machte.

«Heißt du nicht Enriqueta Cheng?»

«Das ist der Familienname meiner Mutter», antwortete ich. «Aber ich bin Carusos Tochter.»

Ein paar Sekunden blieb er ernst, nur ein paar wenige. Dann schüttelte er den Kopf und lachte laut auf.

«Verarsch mich nicht, Enriqueta. Wenn du Carusos Tochter bist, bin ich der Sohn des Caballero von Paris.»

Er meinte einen berühmten Bettler, der durch Havannas Straßen strich. Auch ich lachte, und wir verließen zusammen die Kabine.

Es war das letzte Mal, dass ich behauptete, die Tochter meines Vaters zu sein.

Glossar

aché – dynamische Kraft der Götter
Allágguna – Gottheit
ayé – Unheil bringender Fluch
babalawo/babalocha – ausschließlich männlicher Orakelpriester (Pflanzenkundler) in der *Yorubareligion*
cabildo – Die katholische Kirche gründete während der Kolonialzeit religiöse Bruderschaften für Sklaven und freie Schwarze, die als Institutionen gegenseitiger Hilfeleistung registriert waren. In diesen Vereinigungen erhielten sich in Kuba viele afrikanische Glaubensvorstellungen. Die Mitglieder der einzelnen *cabildos* gehörten meist einer bestimmten afrikanischen Volksgruppe an, was der Erhaltung von Traditionen förderlich war.
Changó – Gott des Donners; früher König der *Yoruba*
ebbó – Paket mit Lebensmitteln, wird zur rituellen Reinigung eingesetzt; Opfergabe an einen *orisha*
ecobio – Freund, Bruder
ékuele – Traditionellerweise Metallkette mit zwölf Samenkernen, die beim Wurf auf ihre Vorder- oder Rückseite fallen können. Daraus liest der *babalawo* ein entsprechendes Orakel.
egungún – Totengeister der *Yorubareligion*, bei Festen in Masken dargestellt
Fundament (fundamento) – in Suppenschüsseln aufbewahrte Gegenstände; Träger der Kraft der *orishas*
iyalocha – Priesterin (*santera)*
Ifá – Orakelsystem der *Yoruba*
Ikú – der Tod

Kongo – (Pl. Bakongo) Bantuvolk am unteren Kongo, staatstragendes Volk des ehemaligen Königreichs Kongo, das infolge des Sklavenhandels zerfiel

«La Macorina» – *maco* = Muschel, auch Bezeichnung für Vulva

morrubba – Unheil bringender Zauber

Ñañigo – Mitglied eines ausschließlich männlichen Geheimbunds auf Kuba

nganga – «Meister des Geheimen», Heiler

Oba – Göttin; erste Frau von *Changó* auf Kuba; Symbol der guten Hausfrau und treuen Gefährtin

Obatalá – Gottheit, *orisha* des Friedens, der Harmonie des Universums und Symbol der männlichen Potenz

Oddúa – Todesgott

Ogún – Gott, *orisha* des Eisens, Beschützer der Schmiede, heute der Mechaniker und Chauffeure

Olofi – Schöpfergott; personifizierte Göttlichkeit

Olokún – Meeresgott

Olorún – oberster Schöpfergott der nigerianischen Yoruba

Olúo – chinesischer Priester

omiero – Pflanzenabsud für verschiedene Rituale

orisha – Gottheit

Orula – Schutzgott der *babalawos*

Oshún – Göttin, Hüterin der Flüsse (Süßwasser); Frau von *Changó*; symbolisiert körperliche Liebe

ossode – der *babalawo* wirft das *ékuele* für sich selbst

Osún – Bote von *Olofi*

Oyá – Göttin, Hüterin der Friedhöfe; Frau von *Changó*

Patin/Pate (madrina/padrino) – initiierte/r *santera/santero*, die/der sich um die religiöse Erziehung seiner *Schützlinge* kümmert und Ratschläge erteilt

Pferd (caballo) – *santero* oder Gläubiger in Gestalt eines Pferdes, wenn er von seiner Gottheit «besetzt» oder «besessen» wird

Regla – kleines Fischerdorf mit Marienheiligtum bei Havanna mit großer Lucumígemeinde

Regla Ocha (Lucumíreligion) – afrokubanische Volksreligion – auf Kuba in der spanischen Kolonialzeit entstanden –, deren

Kongo – (Pl. Bakongo) Bantuvolk am unteren Kongo, staatstragendes Volk des ehemaligen Königreichs Kongo, das infolge des Sklavenhandels zerfiel

«La Macorina» – *maco* = Muschel, auch Bezeichnung für Vulva

morrubba – Unheil bringender Zauber

Ñañigo – Mitglied eines ausschließlich männlichen Geheimbunds auf Kuba

nganga – «Meister des Geheimen», Heiler

Oba – Göttin; erste Frau von *Changó* auf Kuba; Symbol der guten Hausfrau und treuen Gefährtin

Obatalá – Gottheit, *orisha* des Friedens, der Harmonie des Universums und Symbol der männlichen Potenz

Oddúa – Todesgott

Ogún – Gott, *orisha* des Eisens, Beschützer der Schmiede, heute der Mechaniker und Chauffeure

Olofi – Schöpfergott; personifizierte Göttlichkeit

Olokún – Meeresgott

Olorún – oberster Schöpfergott der nigerianischen Yoruba

Olúo – chinesischer Priester

omiero – Pflanzenabsud für verschiedene Rituale

orisha – Gottheit

Orula – Schutzgott der *babalawos*

Oshún – Göttin, Hüterin der Flüsse (Süßwasser); Frau von *Changó*; symbolisiert körperliche Liebe

ossode – der *babalawo* wirft das *ékuele* für sich selbst

Osún – Bote von *Olofi*

Oyá – Göttin, Hüterin der Friedhöfe; Frau von *Changó*

Patin/Pate (madrina/padrino) – initiierte/r *santera/santero*, die/der sich um die religiöse Erziehung seiner *Schützlinge* kümmert und Ratschläge erteilt

Pferd (caballo) – *santero* oder Gläubiger in Gestalt eines Pferdes, wenn er von seiner Gottheit «besetzt» oder «besessen» wird

Regla – kleines Fischerdorf mit Marienheiligtum bei Havanna mit großer Lucumígemeinde

Regla Ocha (Lucumíreligion) – afrokubanische Volksreligion – auf Kuba in der spanischen Kolonialzeit entstanden –, deren

Glossar

aché – dynamische Kraft der Götter

Allágguna – Gottheit

ayé – Unheil bringender Fluch

babalawo/babalocha – ausschließlich männlicher Orakelpriester (Pflanzenkundler) in der *Yorubareligion*

cabildo – Die katholische Kirche gründete während der Kolonialzeit religiöse Bruderschaften für Sklaven und freie Schwarze, die als Institutionen gegenseitiger Hilfeleistung registriert waren. In diesen Vereinigungen erhielten sich in Kuba viele afrikanische Glaubensvorstellungen. Die Mitglieder der einzelnen *cabildos* gehörten meist einer bestimmten afrikanischen Volksgruppe an, was der Erhaltung von Traditionen förderlich war.

Changó – Gott des Donners; früher König der *Yoruba*

ebbó – Paket mit Lebensmitteln, wird zur rituellen Reinigung eingesetzt; Opfergabe an einen *orisha*

ecobio – Freund, Bruder

ékuele – Traditionellerweise Metallkette mit zwölf Samenkernen, die beim Wurf auf ihre Vorder- oder Rückseite fallen können. Daraus liest der *babalawo* ein entsprechendes Orakel.

egungún – Totengeister der *Yorubareligion*, bei Festen in Masken dargestellt

Fundament (fundamento) – in Suppenschüsseln aufbewahrte Gegenstände; Träger der Kraft der *orishas*

iyalocha – Priesterin (*santera)*

Ifá – Orakelsystem der *Yoruba*

Ikú – der Tod

Inhalt

Glaubenssystem und Rituale auf der Verehrung der *orishas* aus dem Pantheon des nigerianischen Yorubavolkes basiert und größtenteils mit den katholischen Heiligen synkretisiert ist. Sie enthält das Konzept einer Macht oder übergeordneten Gottheit (*Olorún/Olofi*) mit Gewalt über die anderen Gottheiten, die nicht direkt verehrt wird wie die *orishas*, welche als ihre Untergebenen und Botschafter gelten. In der *Lucumíreligion* kann ein *santero* ebenfalls Katholik sein.

santera/santero – initiierte/r Priesterin/Priester mit jeweiliger Schutzgottheit; auch für andere Gläubige (*Schützlinge*)

Schützling (ahijada/o) – Funktion eines Patenkindes, bleibt dem Paten lebenslang verbunden

Suppenschüssel (sopera) – Gegenstand aus Porzellan oder Steingut, steht auf dem Altar des *babalawo* und enthält konsakrierte Steine und Werkzeuge für die Gottheiten: *Obatalá*, *Yemayá*, *Ogún*, *Oyá*, *Oba* und *Orula*.

Yemayá – Meeresgöttin, Herrin des Salzwassers; auf Kuba Jungfrau von Regla

Yewá – Göttin, Hüterin der Friedhöfe

Yoruba – nigerianisches Volk, als Sklaven in der Kolonialzeit nach Kuba verschleppt

Yorubareligion – auf Kuba *Lucumíreligion*

Zambo – Nachkomme eines schwarzen und eines indianischen Elternteils.